ニューヨーク五番街の事件簿①

レディーズ・メイドは見逃さない

マライア・フレデリクス　吉野山早苗 訳

A Death of No Importance

by Mariah Fredericks

コージーブックス

JN231199

A DEATH OF NO IMPORTANCE
by
Mariah Fredericks

挿画／坂本ヒメミ

謝辞

最初のありがとうは、エージェントのヴィクトリア・スカーニックへ。彼女は、この本は書きあげるにふさわしいと言ってくれました。わたしはいつも、ほんとうのことを言ってとお願いし――彼女はじっさいにそうして、笑わせてくれました。鋭い批評眼とやさしい気持ちは、出版業界では両立しないのに。

クィーンズ・ミステリ作家グループの女性たち、ラダ・ヴァットサル、ローラ・ジョー・ローランド、ナンシー・ビロー、シズカ・オオタケ、ジェン・キシズ、トリス・スタインに、心から深く感謝します。物語を書きはじめたころからの仲間、E・R・フランク、キャロリン・マックラー、ウェンディ・マス、レイチェル・ヴェイルたちが見せてくれた心の広さとユーモアは、ほんとうにありがたかったです。

編集者のエリザベス・ラックス。本物の編集者はなかなか見つけられないものですが、あなたはそのひとりです。ありがとう。それに、セント・マーティン社のすばらしいチームのみなさん、マーティン・クイン、サラ・ショーフ、アリソン・ジーグラー、デヴァン・ノーマン、インディア・クーパー、そしてローラ・ドラゴネットにも感謝します。

ありがとう、ニューヨーク公共図書館――ここの司書以外の誰が、一九一〇年のニューヨークの電話番号に関する質問にまじめに、しかも嬉々とし答えてくれるでしょう？　ありがとう、《ニューヨーク・タイムズ》紙。膨大なアーカイヴに助けられました。
　グリフィン・ワイスとは、本作を書き終えたあとにいっしょに図書館に行ってアイスクリームを食べました。そして、ジョシュ・ワイス。彼がいなければ書き終えることはできなかったし、こんなにもおもしろい作品にはならなかったでしょう。

　以下は、本作を書くにあたり参考にした書籍です。

『ギャング・オブ・ニューヨーク』ハーバート・アズベリー（富永和子訳／早川書房）
Serving Women : Household Service in Nineteenth - Century New York by Faye E. Dudden
Gilded City : Scandals and Sensation in Turn - of - the - Century New York by M. H. Dunlop
City of Eros : New York City, prostitution, and the Commercialization of Sex, 1790 - 1920 by Timothy J. Gilfoyle
When the Astors Owned : New York Blue Bloods and Grand Hotels in a Gilded Age by Justin Kaplan
Low Life : Lures and Snares of Old New York by Luc Sante
The Triangle Fire by Leon Stein

ようやく、父に捧げることができます。

一九一〇年十二月に、またはその頃に人間の性格が変わった。

ヴァージニア・ウルフ

「言ったろう？　世界じゅうがダイナマイトを信じてるんだよ」

J・B・マクナマラ

一九一〇年十月一日の《LAタイムズ》紙本社ビル爆破事件で有罪

レディーズ・メイドは見逃さない

主な登場人物

ジェイン・プレスコット……………………ベンチリー家のレディーズ・メイド
ルイーズ・ベンチリー……………………ベンチリー家の長女
シャーロット・ベンチリー……………………ベンチリー家の次女
キャロライン・ベンチリー……………………ルイーズ、シャーロットの母親
アルフレッド・ベンチリー……………………ベンチリー家当主
ノリー・ニューサム……………………ニューサム家の長男
ルシンダ・ニューサム……………………ニューサム家の長女。ノリーの妹
ローズ・ニューサム……………………ノリー、ルシンダの継母
ロバート・ニューサム……………………ニューサム家当主
ウィリアム・タイラー……………………タイラー家の長男
ビアトリス・タイラー……………………タイラー家の長女。ウィリアムの妹
プレスコット牧師……………………ジェインのおじ
アナ・アルディート……………………ジェインの友人
ヨーゼフ・ポーリセック……………………アナの友人
マイケル・ビーハン……………………新聞記者

すべてお話ししよう。ぜひ、そうしようと思う。大切なことは忘れられ、なかったことが記憶されているのだから。わたしだって、すべてのことを見知っているわけではない。ただ、何が忘れられて何が記憶されているのか、わたしの話を聞けばはっきりとわかるはず。

そうはいっても、すでによく知られていること――裕福な家族、美しいカップル、そして殺人について、どうしていまごろになって話すのかって？

それは、みなさんが聞いた話がまちがっているから。目にした新聞の見出し、社会のありようを嘆く新聞記事――すべて誠実で、よかれと思って書かれたものだ。でも、出来事のほんとうのところは知られていない。すべてが見当ちがいだ。

これからお話しすることは数ある〝世紀の犯罪〟のなかでも、今世紀最初のひとつだ。そこに隠された真実を知ると断言するわたしのことは、誰だとお思いだろう？

誰でもない。取るに足らない存在だ。わたしは、シャーロット・ベンチリーのレディーズ・メイド（仕える女性の一切の身の回りの世話を任されるメイド）だった。

安っぽい名声を求めたメイドが妄想をたくましくした果てのおとぎ話だと撥《は》ねつけられないうちに、これだけは言わせてほしい。何事にも目をつぶろうとするひとたちがいる一方で、あらゆることに目を配ろうとするひとがいる。このようなひとにとって、メイドは一生をかけた務めだ。銀器をしっかり磨いておくのが仕事なら、曇りを見逃さない目が必要だ。シーツを滑らかで平らにしておく必要があれば、まず、しわを見つけなければならない。ベンチリー家とニューサム家に関して言えば、わたしは曇りとしわはもちろん、汚れを見つけたのだ。

もし、一介のメイドがこういったことを理解する能力などないと思っているなら、先を聞く理由はない。

でもそうでないなら、どうかこのまま聞いてほしい。

1

アメリカじゅうの人たちの心をとらえることになる事件が起きたとき、わたしはベンチリー家のメイドになって一年たっていた。前の雇い主のアームズロウ夫人は莫大な財産を慈善団体に遺して亡くなり――わたしは無職になっただけだった。

ちょうど、次々と葬儀が行なわれていたころだ。ニューヨーク市の人たちは、高貴な家系のアスター夫人の喪に服するのを終えたと思ったら、すぐにアームズロウ夫人のためにクレープ地の喪章をつけなくてはならなくなった。夫人は血縁関係だか婚姻関係だかで、ニューヨーク市でいちばん高名な一族とつながりがあった。イギリスでは、放蕩三昧だったエドワード七世が病《やまい》に苦しんでいた。ベルギー国王のレオポルド二世は、その年の十二月に亡くなった。アームズロウ夫人の葬儀が執り行なわれのと同じ日には、アパッチ族のジェロニモが捕虜収容所で亡くなった。八十歳くらいだったと言われている。新聞によれば、彼は囚われの身になっても、先住民がたどった闘いの路《みち》にもどる時機をうかがっていただけの〝アメリカ大陸でもっとも卑しく、残酷な野蛮人〟のままだったという。

アームズロウ夫人の追悼式が終わって親族と使用人たちがお屋敷にもどったところで、夫人の姪《めい》のフローレンス・タイラー夫人がわたしを捜しにきた。一族のなかではそれほど裕福ではない家の出の夫人には、庶民的なところがあった。親しげにわたしの腕に軽く触れながら、彼女は言った。「わたしのことを完璧な悪魔だと思うかもしれないけど、これだけは訊いておかないと。新しい仕事先は、もう見つかった？」

わたしが首を横に振ると、夫人はつづけた。

「それなら、ぜひ引き受けてちょうだい。ベンチリー夫人という大切なお友だちが、よりによってスカーズデールから引っ越してきたんだけれど、彼女、すっかり途方に暮れてしまって。だんなさまがね、発動機を発明したの。いえ、特許を取ったんだったかしら？　発動機の何かの部品で。じゃない、ライフル銃に関係があるもの？　ともかくなんであれ、合衆国政府がそれを欲しがっているの。要するに、莫大な利益を得たということ。でもね、どういった暮らしをすればいいか、その取っ掛かりまでは得られていないの。収入に見合った暮らし、ということよ。何を着て、誰を雇い、どういうおもてなしをするか。気の毒な夫人にはお嬢さんがふたりいるの。うちとおなじね。だから、わたしが力になってあげられるんじゃないかと思ったの。それで、何がまっさきに頭に浮かんだと思う？　あなたよ、ジェイン。ジェインは賢い。自分にそうつぶやいたわ。たいへん賢く、たいへん思慮深い。ああ、ジェイン。あなたはまさに、ベンチリー家が必要としている人材よ。ぜひ会ってみない？」

こうしてわたしは、一九一〇年六月にベンチリー家にやってきた。手にしていたのは、使用人が望める最高の推薦状だ。わたしよりまえの候補者は、誰も持っていなかった。ベンチリー家は五番街にある、五階建てのタウンハウスに居を定めていた。四十九丁目に面していて、高級品を扱う店舗の立ち並ぶ地区に危険なほど近い。でも、タイラー夫人はベンチリー家のひとたちに、住まいは控えめなものにして社交界に安心感を与えるようにと助言し、新顔のお金持ちがやたらと財力を見せびらかすのを阻止していた。

家のなかに入れてくれたのは、ハウスキーパーでもなければ執事でもなく、体格のいい女性だった。あとになって、一家の料理人だとわかった。彼女は裏階段を通り過ぎ、玄関ホールまで案内してくれた。そこで待つあいだ、わたしは廊下に目を走らせていくつも並ぶ部屋の数を数えながら、この住まいの寸法を測った。どの部屋も天井が高そうだった。ペルシャ絨毯《じゅうたん》が贅沢に床を覆い、玄関の上部にめぐらされた帯状の彫刻にはノルマン征服のいち場面が描かれ、ハロルド二世が射貫くような視線を投げかけていた。興味ぶかいものが、あらゆるところにごちゃごちゃと置かれている。中国製やトルコ製の花瓶が、革装の本やギリシアの彫像と場所を争い、マントルピースの上からはスフィンクスとパグ犬がこちらをじっと見つめていた。たっぷりとしたカーテンが引かれて窓が隠れた居間は、さながら暗室のようだった。美術館並みの数の絵画や肖像画が壁という壁に掛けられ、イギリス製の茶器一式がフランス製のオットマンに危なっかしくのっていた。さまざまな大きさの金縁の鏡がそのようすを映し、部屋の混とんぶりはさらに増していた。

タイラー夫人がほのめかしていたように、手入れがおろそかになっているのは見てすぐにわかった。鏡はくすみ、絨毯には汚れがついている。そこらじゅう埃だらけだ。コーヒーカップや葉巻の吸い殻の入った灰皿が、マントルピースの上に放っておかれている。コーヒーを飲んだ人物は、それぞれちがった気質を持っているようだった。ひとりはぞんざいで、コーヒーが半分残ったカップにスプーンを入れっぱなしにしていた。もうひとりは潔癖らしく、カップはソーサーの上にきちんともどされ、スプーンはその横に置かれていた。葉巻を吸ったのは訪問者だろう。タイラー夫人から聞いていたベンチリー家の人々のイメージからすると、葉巻の銘柄がずいぶん風変わりに思えたからだ。それにあきらかに、この家の使用人たちは灰皿をきれいにすることに慣れていない。泥だらけの靴——作りはていねいだけれど、きちんと磨かれていない——が暖炉のなかに、うち捨てられたように置いてあった。気味の悪いことに、動物の糞と思われるものが肘掛椅子のそばにひっそりと残されていた。

この日の《ニューヨーク・タイムズ》紙の朝刊が、椅子の横のテーブルに置かれていた。その椅子の座面はへこみ、ほかの椅子とはいくらか離れたところにあった。ベンチリー家の当主が坐るのだろう。ジョージ・エリオットの『ミドルマーチ』の三ページ目に、しおりがはさんであった。メアリ・ロバーツ・ラインハートの『男が結婚するときは』は広げられたまま、伏せて置いてあった。

階段をどたどたおりる足音が聞こえ、わたしは玄関にもどった。そうしてベンチリー夫人と対面した。

キャロライン・ベンチリー夫人——結婚まえはキャロライン・ショー——はぽっちゃりとして、不安げな女性だった。着ているからし色のティーガウンは、絶望的に時代遅れだ。首元の飾り布は、誰かが両肩にナプキンを叩きつけたように見える。こげ茶色のサッシュは、きちんと結ばれていない。袖口のひだ飾りは、使用人が洗濯を失敗してうっかり縮ませたのだろう。髪に挿さったピンは曲がり、後頭部の髪はいまにもほつれそうだ。この壮観な住まいのなかで、夫人はニューヨークの親戚を訪ねてきた、いなかに住むいとこのようだった。ため息をつき、「かわいいキャロラインが帰ってしまうよ」と言われる日を指折り数えているような。

「ほんとうに申し訳なかったわ」息を切らしながら夫人は言った。「誰かがなかに入れてくれたのよね？　ええ、そうよね。とうぜん。では、居間で話しましょうか」

さっそうと例の〝暗室〟に移動すると、夫人はふり返って言った。「すっかり混乱しているの。みんなおなじことを言うけれど、優秀なメイドを見つけるのは、それはたいへんなのよ。娘さんたちはもう、家庭内での仕事はしないと言われて。みなさん、お店で働くほうがいいみたいね。でなければ、おそろしげな工場で」

そういった不満を聞くのは、これがはじめてではなかった。アームズロウ夫人や彼女の知人は、下層階級の娘たちが、恩知らずにも年長者の要求に応えるのを拒むことを嘆いていた。かつては十六人かそれ以上の使用人を雇っていた家も、いまや十二人、あるいは九人で間に合わせなければならない。

わたしは答えた。「若い娘たちの誰もが、ほかのひとのために仕えることに意義を見いだすとはかぎりませんから」

「お友だちのタイラー夫人から、あなたがいかにすばらしいかを聞いているわ。このニューヨークに住むことになって、夫人にはとてもお世話になっているの。彼女がいなかったら、どうしていいかわからないくらい。あなたはたしか、ラヴィニア・アームズロウ夫人に仕えていたのよね？」そう訊かれて、わたしはうなずいた。「それで、そのまえは？」

「アームズロウ夫人のまえは、おじのプレスコット牧師のところで仕事をしていました。おじは……」

わたしは言いよどんだ。おじは避難所を運営している。かつてはからだを売っていたけれど、いまはべつの職に就きたいと願う女性たちのための施設だ。その願いが叶うまで、そして以前の雇い主が追手を寄こさなくなるまで、彼女たちはそこで過ごす。

アームズロウ夫人はおじの信念のために、莫大な財産のごく一部を捧げた。彼女は年にいちど、〈迷える女たちのためのゴーマン避難所〉を訪れては、救済途中の魂を観察した。そんなある年、わたしが十四歳のときだったけれど、これほど多くの堕落した女性たちのなかで多感な時期の少女が育つことに疑問を持った夫人は、わたしに仕事を与えてくれた。将来が安定したものになり、モラルが守られるようにと。

「おじは、いちど道を誤った女性たちのための避難所を運営しています。よりよい生活を求める彼女たちが、安心して暮らせるようにと」

ベンチリー夫人はうなずいた。「そういった女性たちは、きちんとした生活にもどるのにたいへん苦労するんでしょうね。それに、無理強いされているひとも多いのよね。さらわれてくることさえ――」

夫人はそう言って、ひと息ついた。白人の奴隷や、からだを売るようになってしまう無垢ないなかの娘たちのことをいろいろ聞きたがっているようだった。そこでわたしは尋ねた。

「メイドが必要なのは、夫人ご本人ですか？」

「わたし？」頭ではまだ、からだを売る女性のことを考えていたのだろう、答えが返ってくるのに間があった。「いえ、ちがうわ。わたしには頼りになるモードがいますから。もう長いこと、わが家に仕えているのよ。〝ふたりといない《マッチレス》・モード〟と呼んでいるわ。でも、娘たちには歳相応のメイドが必要なの。とはいっても、ふたりともとても扱いにくい子たちで、ふさわしいメイドを見つけるのに苦労しているところ。それぞれに雇えばいいのかと思ったこともあったけれど、どうしてひとりで事足りないのか、夫のアルフレッドには理解できないの。そして夫が理解できないということは、それはつまり……」夫人は神経質そうに、手でもう一方の手をさすった。「それは、わかるでしょう……」

「わかります」わたしは安心させるように言った。「わたしはお嬢さまおふたりにお仕えするんですね」

ため息とともに、夫人は両手を膝の上に落とした。「ああ、ちゃんとわかってくれたのね。それに、あなたは英語を話せる。アイルランド人も英語を話すというけれど、わたしにはちっとも理解できないの。あら――あなた、アイルランド人ではないわよね？」

「はい、マダム。わたしはスコットランド出身です。三歳まで住んでいました」

夫人は顔を輝かせた。「まあ、すばらしい。では、娘たちと話すことにしましょうか?」

先に立って階段をのぼりながら、夫人は言った。「まず、シャーロットに会ってちょうだい。一カ月まえに社交界にデビューしたのよ。ええ、それはもう、すばらしかったわ。何百というひとたちに囲まれて」

アームズロウ夫人の友人にギブズ夫人というひとがいたけれど、彼女はそういった行事を〝俗悪ショー〟と表現していた。その一方で、〝少女はかわいらしい存在だ〟と認めていた。

ベンチリー夫人は話をつづけた。「そのこともやはり、タイラー夫人のおかげだわ。仕出し業者はどこがいいか、花はどこで買えばいいかを教えてくれたの。誰を招待すべきで、誰をすべきでないかもね。そういうことが、どうやら重要らしいのよ」

タイラー夫人がしてくれたことに、ベンチリー夫人は報酬を払ったのかしら。わたしは考えた。名家ではあるけれど財産はさほどでもないレディがそういった助言をして謝礼を受け取るのは、何もタイラー夫人が最初ではないだろう。

廊下の先から金切り声が聞こえてきて、わたしたちの会話は途切れた。ベンチリー夫人は声がした部屋へ急ぎ、勢いよくドアをあけた。彼女のあとから近づいてみると、そこは五番街に面した、広々として美しい部屋だった。その部屋の真ん中に、シュミーズ姿のかわいらしいお嬢さまが立っていた。両手をぎゅっと握り、くるぶしのあたりまで山となっている薄青色の布のかたまりをにらみつけている。サイズの合わないメイド服を着た年配の女性がむっつりとした顔で、危険が及ばないようお嬢さまから距離を保って立っていた。

「いったい何事なの、ジャーロット？」ベンチリー夫人が訊いた。

「何事って……」シャーロットはメイドを振り払うように手をひらひらさせた。「彼女、まったく役立たずなの。何をすればいいのか、わかってないのよ」

驚くことではない。薄青色の布は、ホブルスカート（裾が極端に狭まったスカート）だ。大流行しているスタイルだけれど、それはほんの最近になってからのこと。細い円柱状で脚にぴったりするデザインのスカートを穿《は》けば、女性はちょこちょことぎこちなく歩くしかなくなる。デザイナーのポール・ポワレによると、「このスカートは胸部を解放し、両脚は拘束する」らしい。おかげで着るのがたいへんむずかしく、スカートが脚にまとわりつくとバランスを崩しかねない。

どうやら、わたしの出番のようだ。

「よろしいでしょうか」わたしはそう言い、部屋に足を踏み入れた。「アームズロウ夫人のお孫さまが、これとおなじようなスカートをお持ちでした」シャーロットの横で膝をつきながら、わたしは年配の女性に言った。彼女がマッチレス・モードだろう。「あそこの椅子を持ってきてもらえますか？　ミセス・ベンチリー、これに坐ってすこしお待ちください」

わたしは指先で慎重にスカートをつまみ上げると、シャーロットの脚を一気に締めつけないようゆっくりと穿かせ、スカートとお揃いのジャケットも着せた。シャーロットが鏡のなかの自分の姿をじっくり観察しているあいだに髪を整え、それから帽子をのせた。

あらゆる点で、シャーロットは着飾らせ甲斐があった。まだ十七歳になっておらず、ほっそりとしたウェストに優美な両腕という、生まれながらにして砂時計のようなスタイルに恵まれていたから。金色の髪はやや細いけれど、笑顔は魅力的だった。鏡の前で訓練した成果だろう。ふっくらした頬と胸、ほれぼれするような大きな目という、このころ人気のあった、子どものようなかわいらしい容貌だ。学校の教室にいるタイプの少女などではない。そんな子どものような容貌の少女が、教室の外ではどんなことをするのか、すこしだけ知っているとほのめかす表情を殿方に見せるすべを身につけていたら、そしてその表情に殿方が応えたとたん頬を赤らめることができたら、言うことはない。どうやらシャーロット・ベンチリーは、そういった表情の見せ方をよく心得ているようだ。

シャーロットは自分の外見に目を光らせ、わたしのすることすべてに口を出した。帽子は慎重に頭にのせて。フリルのついたブラウスはだめ、流行遅れだから。ただわたしは、薄青色のジャケットとスカートに合わせるのに、グローヴが白色では明るすぎるのではと気になった。そこで、薄墨色のものを持っていないかと訊いてみたところ、やはり彼女は持っていた。コーディネートの仕上げに、シャーロットは満足した。

笑みを浮かべ、ベンチリー夫人は娘に言った。「彼女なら、あなたともちゃんとうまくやっていけると思うわ。どう？」

夫人はシャーロットの肩に腕を回したけれど、娘はその手から逃れた。「それに、ルイーズともうまくやっていけるんでしょうね」

ベンチリー夫人は言った。「あのね、あなたのお父さまは……」

シャーロットは苛立たしげに、グローヴをぐいと引っぱった。「ばかげてる。お母さまからお父さまに説明してくれればいいのに。お父さまがわたしたちをここに連れてきたのよ、なんとかなるだろうと、あたりまえのように。それなのに、必要最低限のこともしてくれないなんて……」

母親がなんと答えようと、それを撥ねつけるように、シャーロットは片手を振った。それからバッグを取り上げた。「もういいかしら、遅れちゃう。お会いできてよかったわ、ミス・プレスコット。わたしが帰ってきたとき、あなたがまだここにいるのか、なんとも言えないけれど」

彼女が最後にそう言うとわたしたちの目と目が合い、そこではじめて、この先、何カ月にもわたってあらゆることを書きたてられることになる、この若いレディの姿をはっきりと見た。ギブズ夫人がシャーロット・ベンチリーのことも〝かわいらしい存在〟と考えていたとしたら、それはとんだまちがいだ。

いっしょに廊下を歩きながら、ベンチリー夫人はため息をついた。「ほんとうにしんどいわ、娘がふたりもいると。わたしはね、シャーロットのことは心配していないの。我が道を行こうとしていて、少々、強情なところがあるにしても、だいたいにおいて正しいもの。でも、上の娘のルイーズときたら！　ルイーズのことで力になってくれたら、なんて言えばいいのかしら、あなたのことは天使か何かだと思うわ。あの子はいい子よ。いまどきの娘なんて、誰も親の話を聞きやしないでしょう。でも、ルイーズは聞くの。ところがかわいそうなことに、あの子はね……」

三つ目のドアの前までくると、ベンチリー夫人は声を落として言った。「さあ、わたしの言ったことがわかるわよ。ルイーズ！」それからドアをノックした。

「どうぞ」小さな声で返事があり、わたしたちは部屋に入った。

ルイーズ・ベンチリーの第一印象は、甲羅のないカメだった。ベンチリー夫人といっしょに部屋に入っていくあいだ、彼女は肩を落として長い背中を丸め、鏡台に向かって坐っていた。やせすぎで、髪はくすんだ金髪。その金髪は、頭部にだらりとしがみついているようだった。まるで、頭の形というものがないことに絶望しているみたいに。大きな灰色の目は飛びだしていた。腕は長かった。長すぎて、その先に手のひらがあることを忘れているんじゃないかと思えた。彼女はあきらかに——そして気の毒なことに——母親の言うことを聞いていた。着ているものは、ベンチリー夫人が若かったころにはやったものだ。チェリー色なんてひどすぎる。

夫人といっしょに部屋に入っていくと、ルイーズはぴょんと立ち上がった。夫人がわたしたちを紹介し、ルイーズはためらいがちに手を伸ばしてきた。彼女の不安が伝わってくる。どうしようかと戸惑っていると、ベッドの上にずらりと並んだたくさんの人形があったので、すてきなコレクションですねと、感想を口にした。

「ええ……」ルイーズは部屋のなかを見回した。正直に言って、それだけの人形の数はわたしを落ち着かなくさせた。磁器製の顔とこわばった小さな手のひらを持つ、女性を完璧に象《かたど》った小さな人形が何列にもわたって坐っていた。フリルやリボンをつけて息苦しそうだ。完璧だけれど小さすぎる口では息をすることもできない。ましてや、声を出すことなんてむり。髪はきれいに整えられていた——すべて人毛だ。この人形たちはさらに完璧になろうと、生きた女性を食べてしまうのではと考えずにはいられなかった。

わたしは言った。「メイドにお望みのことを教えていただけませんか？」

ルイーズは混乱したようだった。「そんな、わからない。なんでもいいわ」

ベンチリー夫人が割って入った。「ルイーズ……」でもそこで、下階《した》から悲鳴と何かがぶつかるような音が聞こえてきて、話は中断された。夫人は急いでドアのところまで行くと、もっとお互いをよく知りなさいとわたしに念を押し、部屋を出ていった。

人形をじっと見つめながらルイーズは言った。「妹には会った？」

「シャーロットさまですね。はい、お会いしました」

「あの子は、この市《まち》が気に入ってる。ここが合っているのね」そう言ってルイーズはある人形の小さな手を取り、いっしょに散歩をしているとでもいうようにその手を揺らした。「この子はシャーロットのものだったの。引っ越してくるとき、妹はこれを捨てようとした。ばかみたいかもしれないけど、わたしはそのことにがまんならなかった。いつも手元に置いておいたものを、ただ、ぽいと捨てるなんて。だから、こんなにも人形が集まっちゃったのね。見放すなんて耐えられないもの。それどころか、心配なの」

ルイーズは顔を上げてわたしを見た。「これだけは言っておかないと。わたしはほんとうに、どうしようもないのよ」

「わたしのおじは牧師です。おじは、どうしようもない人間なんてひとりもいないと言っていますよ」

「でも、わたしはそうなの。何事においてもね。だいじなこと、すべてにおいて。バドミントンはべつだけど」一瞬だけ、彼女の顔が明るくなった。「わたし、バドミントンはとってもうまいの」

「誠実で、スポーツが得意――りっぱな長所ですわ」わたしは言った。

「やだ、やめて。わたしはおばかさんよ、生まれてからずっと。でもね、そんなことはいまのわたしたちにはたいしたことじゃないような気がする。シャーロットはすぐに、ここに馴染んだ。あの子はかわいらしいし、すごくおしゃれだもの。それに、勇敢なの。海辺で夏を過ごしたとき、あの子は波に向かって飛びこんでいったのよ。わたしは、お母さまにぴったりと張りついて泣いていたのに。それは、ここでもおなじ。あの子がここでの生活でおもしろいと思うことが、わたしにはそう思えなくて」

わたしは尋ねた。「そんなふうにむずかしく考えてしまうのは、理由がおありなのでしょうか？」

ルイーズはしばらく何も答えなかった。それから急にわっと泣きだした。「ひとが怖いの。愉しくしようといっしょうけんめいになっても、無視されるだけだもの。おまえはたいして賢くない、たいしてかわいくない、たいして……。ええ、うちはたしかに、お金ならあるわ。

でも、それさえたいしたことではないの。ここに百年住んで、名門五大ファミリーのひとつでないと」

わたしは、アームズロウ夫人がアスター一族のことを〝成り上がり〟とばかにしていたことについて考え、それから言った。「この市《まち》では、お金があればあっという間に馴染むことができて、驚きますよ」

「とても贅沢で、とても快適なことなんでしょうね。でもじっさいは、まるで……暴力よ。欲しがるものは、みんなおなじ。女の子たちは誰もが、ひとりの富豪と結婚することを望んでいるわ。母親たちはあちこちのパーティに招待されたがっている。ええ、タイラー夫人は親切でいようとしてくれている——でもね、ほかのひとたちにしてみれば、うちの一家にはそんな結婚の可能性はひとつもないの」ルイーズはそう言って顔を上げた。「ときどき思うの。招待された家に行くと、まるで、誰もが誰かを殺そうとしているんじゃないかと」

彼女の言葉の深刻さをやわらげようと、わたしは言った。「そうでしょうか。これまでフィッシュナイフで刺したり、シャンパンのボトルで殴りかかったりするひとなんて、見たことがありませんよ」

「そうかもしれないわね」ルイーズはぼんやりと言った。

わたしはしばらく、ルイーズを観察した。ベンチリー一家四人のうち、これで三人に会ったことになるけれど、その三人の雇い主としての短所をはっきりと思い浮かべることができた。それでも、わたしを必要としているという一家の圧倒的な思いが感じられ、自分はここで役に立てると、なんとなくわかってきた。シャーロットのためには、ほかのメイドとおなじようなことしかできないだろう。でもルイーズのためには、もっとできることがありそうだ。

「さあ」わたしは彼女の顔を両手ではさんで鏡に向けた。「この髪を、ニューヨークのデビュタントの誰もがうらやむようなスタイルに整えましょう。彼女たちのお母さま方は、ナイフでも棍棒でも持ってくればいいですわ。怖がることはありません」

「わたしは怖いわ、わたしだったら怖い」ルイーズはそう言ったけれど、その顔は笑っていた。

もちろんわたしは、ルイーズの話を真に受けたわけではない。彼女は死に魅了されていたのだろう。そういうひと――若者や健康なひと、それにお金持ち――は多い。彼らは死からはずっと離れたところで生きているのだけれど。

ところが哀しいことに、ルイーズはわたしなんかよりずっと死の近くにいた。

2

ひとの秘密を公にするなら、わたし自身に秘密があってはいけないと思う。わたしは群衆のなかのひとり、前世紀の終わりにこの国の海岸に押し寄せた、大きな波のなかの一滴だった。父もその一滴だけれど、母はちがう。母はわたしの幼い妹といっしょに、どこか海の底で眠っている。

船をおりたときは、父といっしょだった。新しい土地は、知らないひとたちがたくさんいるところとしか思えなかった。ひとつの場所にぎゅうぎゅうに押しこまれ、みんな怒りっぽく、小突きあい、どこかべつのところに行きたいと心から願っていた。列に並ぶあいだ、わたしは父の脚に寄りかかるか、膝を抱えて床に坐るかしていた。でも、抱っこしてほしいとめそめそ泣いたにちがいない。父はきっぱりと言った。「自分の脚で立ちなさい、もう大きいんだから。できるはずだ」

ベンチがあってよかった、と思ったことは憶えている。わたしだけの場所、わたしだけの空間。ここなら誰にも押されずに坐ることができる。すると父は、いきなり気が立ったように「さあ」と言ってわたしのからだを持ち上げ、すばやく木製の座面に坐らせた。

それから「ここにいるんだよ」と言い残し、その場からいなくなった。

父が手を放そうとするとき、わたしは抵抗した。じっさいに見たからというより、その感触で記憶している。ひねったりつかんだりして、わたしは父の指と格闘した。父の親指を手のひらでつかんだけれど、引き抜かれた。手のひらに感じた、父の指の関節や爪。分厚くざらざらしたウールの生地をつかんだ感触——ズボンだったと思う。でなければ袖口。手のひらがかすかにすりむけ、そして空っぽになった。

わたしは父の最後の姿を見ただろうか。はっきりとはわからない。濃い色の丈の短いコートを着た男の人はたくさんいて、みんな先を急いで走っていたから。ひとりだけ、歩み去るときにふり返ってわたしのことを見た男のひとがいた。あのひとはほんとうに父だった？でなければ、そんな一瞬があったと、わたしがそう思いこんでいるだけ？　新しい生活をはじめようと逃げていく父が、そんなことをしたはずはないのだから。

そのあと憶えているのは、とりわけ靴だ。地面に届いていない、自分の靴。ブランコのことを考えながら、靴がブランコだったらおもしろいのに、と思ったことを憶えている。

長いあいだ、そのベンチから救いだしてくれたのはおじだと思っていた。でもおじによると、警察官だったらしい。その警察官が、わたしのコートの背中にピンで留めてあった、おじの名前と住所に気づいたのだ。

男のひとがみんな、自分の弟が見捨てたばかりの子どもの責任を持とうとするわけではないし、娼婦のための避難所も子どものための避難所も似たようなものだと考えるわけではない。でもわたしのおじは、そう考えるひとだ。いったん正しいことをしようと決めると、それを実行する——何をするにも、たいていのひとなら躊躇《ちゅうちょ》してしまうような面倒なことも、おじは気にしない。

　わたしは教育も受けた。読み書きを習い、避難所の女のひとたちといっしょに足し算を学んだ。八歳のとき、〝curtain《カーテン》〟で使われるときと〝certain《サーテン》〟で使われるときでは、アルファベットの〝C〟は発音が変わると、ロシアからきた女のひとに説明しようとしたことを憶えている。裁縫教室にも避難所の女のひとたちといっしょに通い、成長してからは、彼女たちの髪でヘアメイクの技を磨いた。

　夕食のあと、おじは聖書を読んで聞かせてくれた。おじの好んだテーマは、不正についてだった。「高官たちは都の中で獲物を引き裂くおおかみのようだ。彼らは不正の利を得るために、血を流し、人々を殺す」（『エゼキエル書』二十二章二十七節）。また、務めについても。「子どもも、行いが清く正しいかどうか、行動によって示す。聞く耳、見る目、主がこの両方を造られた」（『箴言』二十章十一、二節）。この一節を聞くと、わたしはいつも身もだえしてしまう。

　アームズロウ夫人からわたしをメイドにという申し出があると、おじはわたしと話し合うことはしないで、行きたいかどうかだけを訊いた。

　避難所での生活とアームズロウ夫人のお屋敷での生活は、どんなところがちがうのでしょう。わたしはそう尋ねた。おじは仕事について、ざっと説明してくれた。だいたい、まずは洗濯だということだった。それからこう言った。「もちろん、夫人のところではお給金をもらえる」

お給金のことを考えたことは、いちどもなかった。毎日している仕事に対して誰かからお金をもらうというのは、奇妙なことにもわくわくすることにも思えた。おじの言っていることはまちがっているにちがいない。そんな気がした。もし、自分でお金を稼げるなら……そのお金で何をしよう。まず、リンゴをひとつ買おう。それから、思い切ってロンドンへ行く。そんなことを、頭のなかであれこれ思い描いた。

わたしはすぐさま言った。「そういうことなら、はい、行きます」

「お金のためかい？」おじは片方の眉を上げた。

おじは、お金がないと何をするにも骨が折れるとよくわかっている一方で、お金のために何かをするのは品がないと思っている。そのことは、わかっていた。でも、わたしは新しい空気を感じたのだ。何をしたいか、それはどうしてかという質問にはもう答えたくない。お金はその願いを叶えてくれる。そんな、断固とした思いだ。

わたしが避難所を去る日、おじは言った。「自分のことを使用人だと考えることを、くせにするんじゃないよ。仕事に精を出し、誠実でいなさい。ただし」――無難が言葉が浮かばないようだった――「ここにはおまえの仕事がある。そのことは憶えておきなさい」

「はい、おじさん」わたしはそう言い、はじめておじを抱きしめた。

ベンチリー家で仕事をはじめたわたしは、ほかの五人の使用人とおなじように、タウンハウスの最上階に小さな部屋を与えられた。部屋の天井に低く、家具は少ない。それに、いつも寒かった。部屋が実家とおなじように質素なら、使用人たちは快適に過ごせると思う雇い主は多い。でもしずかだったし、なんといってもすべてが自分のものだった。

　ルイーズとシャーロットのふたりに仕えることは、それぞれまったくべつの仕事だとすぐにわかった。まず、シャーロットには次々と試練を与えられた。櫛が決まった場所に置かれていない。ドレスにしわがある。シニョンに結った髪がほつれてくる。鏡台が思いどおりに整理されていない――ほかにも手を替え品を替え、何百万もの試練があった。でも時間がたつにつれて信頼してくれるようになり、やがて試練は与えられなくなった。シャーロットはあちこちのパーティに招待されるので、彼女自身、とても忙しくしていた。そしてわたしは、ルイーズの世話もしなければならなかった。

　かわいそうなルイーズ！　息子でなく、年長だけれど妹に負けている。誰かのあとを追うしかなく、そして取り残される。ほかの誰と比べても、まったく何者でもないルイーズ。誰といても、だめな子と言われてしまう。シャーロットほどかわいらしくなく、母親のベンチリー夫人ほど優雅でない。それに、欠けている資質の代わりに持ち合わせていてもよかった知性すらなかった。

　ベンチリー夫人はふたりの娘の未来に関して、母親らしく強い責任を感じていた。そこで、何がどれなのか区別できなかったものの、さまざまな慈善事業に賛同した。ただし関わったのは、主に社会全般に受け入れられる事業だけで、それについては夢中になった。夫人のそういった情熱は、たいていは害がない。でも、そうでないときもあった。その情熱が引き起こした厄介な状況については、のちにわかる。

何事においても、ベンチリー夫人はタイラー夫人に導かれていた。彼女の後ろ盾のおかげで、ベンチリー一家は多くの名家への出入りを許された。シャーロットはどうにかしてバトラーズ家のゴルフ・コンペへの招待状を勝ち取り、週末にはニューポートにあるアスプリー家へおじゃますることになり、最高に洗練された人びととセントラルパークでテニスをした。

こうしたもてなしを受けるうちに、シャーロットは結婚相手にふさわしい、いまをときめく男性たちと接するようになった。たとえば、やや髪は後退しているけれど品のあるエドワード・ローダー。彼は若いレディたちのお気に入りだった。そんなに人気があるのに、まだ結婚していないのはなんだか妙だったけれども。愛情深いヘンリー・パージターは、ほかのひとたちとぶつかりそうになりながらも、ダンスフロアでシャーロットと激しいダンスを踊ってみせた。そして、魅力的なフレディ・ホルブルック。誰もが、彼はいとこのエディスと結婚するものと思っていた――そう、誰もが。たぶん、フレディ本人以外は。

ベンチリー家の娘ふたりの登場は、結婚相手を必要とする娘を持つニューヨークで指折りの裕福な家族たちに、たしかな不安を呼びおこした。その年はなぜだか、若い殿方や、妻を亡くした適任男性の数が少なく、候補者はかぎられていたからだ。タイラー夫人がベンチリー家を後押しするので、いくつかのグループから反撃を受けたこともあった。ギブズ夫人は、新たな友人には目を光らせておくのが賢明だとタイラー夫人に注意を促していた。なんといっても、タイラー夫人にも娘がふたりいるのだから。黒い瞳が魅惑的なビアトリスと、こましゃくれた妹のエミリーだ。

「ビアトリスの将来が安泰に思えるのはすばらしいわ。あの子とノリーは、実質的に子どものときから結婚しているようなものだから」ある日の午後のお茶会の席でギブズ夫人は言った。「でもあなたはまだ、エミリーのことを考えないといけないのよ」

ノリーことロバート・ノリス・ニューサム・ジュニアについては、誰もが新聞でさんざん読んでいることだろう。ノリーは若く、お金があり、とんでもなくハンサムだった。こげ茶色の髪は襟足まで伸び、ハシバミ色の目は輝いている。笑顔はうっとりするほど意地悪そうで、態度はいつもふざけていた――でなければ、相手の機嫌しだいで毒を吐いた。ロバート・ニューサムの唯一の男子跡継ぎで、ニューヨークでもっとも由緒ある名家の一員だ。

ニューサム家のひとたちは頻繁にアームズロウ家を訪れていた。アームズロウ夫人はときどき、彼らの家系と自身の家系とを比べることがあった。イギリスからやってきた最初の入植者たちのひとりであるニューサム家の先祖は、オランダからやってきたアームズロウ夫人の先祖たちを追い出していたのだ。最初に注目を集めたニューサム家の人物は、献身的なプロテスタントで、奴隷貿易にかかわる海運業も起こしたジェイムズだ。アームズロウ夫人は、ニューサム家にはろくでもない血が流れているとも言っていた。それが表れはじめたのはジェイムズの息子のエドワードかららしく、彼は大酒飲みで浪費家だった。一家が裕福だったことが過去の話になると、ノリーの祖父のジェイムズは炭鉱に投資して財政を立て直した。

さらに現当主のロバート・ニューサムは、一族の事業を鉄鋼業にも広げた。鉄鋼業は、石炭におおいに依存しているからだ。こうして、アメリカでもっとも裕福な一族のひとつというニューサム家の立場は確実なものになった。

ノリーを崇拝するお嬢さん方の言葉を借りれば、彼はいつも〝独特な〟ことをしていた。その独特さを暴走させ、家族の車で湖に飛びこんだり、サパー・ダンス（夕食の出るダンスパーティ）のときに、いとこのフィービーのダンスシューズに嘔吐したりした。学校は一校からだけでなく、三校から放校されていた。非難されてもとうぜんなのに、彼が守られてきたのは財産のおかげか、ニューサムという名前のおかげか、そのすばらしい外見のおかげか――あるいは彼自身は何があってもまったく気にしないで、いつもとおなじ調子でいたからか――を判断するのはむずかしい。でも、ビアトリス・タイラーと結婚すれば落ち着くだろうと、周囲は強く期待していた。

ノリーの魅力をいっそう増したのは、あるスキャンダルにニューサム家がじっと耐えたからという事実がある。おかげで、眉をひそめたくなる彼の態度も少年時代の悪ふざけでしかないと世間に思わせることができた。でも、それはまたあとで話そう。

ベンチリー家ではじめてノリーの名前を耳にしたのは、夫人とふたりの娘がアダムズ家で開かれていた独立記念日を祝うパーティから帰ってきたときだった。家に入ってくる音が聞こえ、わたしは何か手伝おうと彼女たちのところへ行った。するとルイーズの部屋で、シャーロットが陽気にその夜の手柄を再現していた。「エレノア・アダムズったら、おおげさこ具合の悪いふりなんかしちゃって！　ごほん、ごほんって、ずっと咳をしていたのよ。彼女と結婚する男のひとはみじめね、結婚の翌日に彼女が死なないかぎりは。あと、ルシンダ・ニューサムを見た？　なんて野暮ったいのかしら！　ひと晩かかって、ようやくひと言だけしゃべらせることができたのよ。それなのに、出てきたのはわたしの努力に報いる価値のないひと言。彼女がノリー・ニューサムの妹って、どういうことなの？」

ノリーの名前が出ると、ベンチリー夫人とルイーズはそわそわしながら顔を見合わせた。それから夫人は、ふたりの娘にキスをして自分の部屋にもどった。

母親が行ってしまい、ルイーズは自分の意見を口にするだけの心意気を見せた。「わたしはノリーよりも、ルシンダのほうが好き」

ルイーズのベッドの上でだらりと横になりながら、シャーロットが言った。「お姉さまはすねているだけよ。ノリーがちっとも相手にしてくれなかったから。ノリーはね、愉しいことが好きなの。でも、お姉さまったら愉しくないんだもの」

「あなたは彼のことをじろじろ見すぎよ」寝間着に着替えさせるあいだ、ルイーズはもごもごと言った。

「どうしてそうしてはいけないの？」シャーロットはため息をついた。「わたし、ノリー・ニューサムが好きだと思う」

「そんな、だめよ」ルイーズは言った。「ビアトリスはどうなるの？」

シャーロットは手をひらひらと振った。「彼女がなんだっていうの？」

「ノリーと婚約してるじゃない。いえ、しているも同然というか」

「ビアトリスが何を考えているのかを気にしたら、悩むことになるんでしょうね」シャーロットはまたごろんと転がり、姉の顔を真正面から見た。「でも、わたしは気にしないの」


一週間後、洗濯をしようと汚れた衣類の入ったかごを抱えて下階《した》におりるまで、わたしはベンチリー夫人とルイーズが顔を見合わせていたことを忘れていた。その日、ベンチリー夫人はルイーズを連れて買いものに出かけていた。シャーロットは自分の部屋にいた。ドアベルが鳴り、わたしは誰かがそれに応えると思った。もういちど鳴ったので、自分で応対することにした。「どちらさまでしょう？」まばゆいばかりの若い男性を目の前にして、それが誰なのか、すぐにはわからなかった。男性はテニスのラケットを肩にのせていた。

彼が言った。「シャーロットにぼくがきたことを伝えて」礼儀としての〝よろしく《プリーズ》〟はなく、シャーロットのことは呼び捨てだ。そのとき、この男性はノリー・ニューサムだとわかった。アームズロウ家に何度か招待していたから、ノリーのことは知っていた。

「こちらでお待ちいただけますか？」わたしはそう言って、彼をなかに通した。「シャーロットさまがお会いになるか、訊いてまいります」

「ぼくはミスター・ロバート・ニューサム」彼は気安く答えた。「そして、彼女は会うに決まってる」

わたしは上階《うえ》のシャーロットの部屋に行った。「ニューサムさまがおいでです、シャーロットさま」

あわてて動き回る音がしたあと、ドアがあいてシャーロットが現れた。頰を赤らめ、目を輝かせ、からだを緊張させている。

彼女は言った。「お母さまとルイーズには内緒よ。いいわね？」

「はい、シャーロットさま」そう言われても、わたしは驚かなかった。こんなふうに気軽に訪ねてくるなんて、ノリー・ニューサムにしてはだらしない——無作法と言ってもいいからだ。互いをよく知っているなら、若い男性が若い女性の家にふらりと立ち寄ることもあるだろう。でも、ノリーとシャーロットはそんなことをするほどに相手のことをよく知らない。

このうえなくきらきらした屈託のない表情を慎重につくると、シャーロットは玄関におりて歓声を上げた。「ノリー、きてくれてうれしいわ！　ドライヴに連れていってくれるのよね！」

「車は修理に出してる」ノリーが答える声が聞こえた。「でも、とびきりやさしくしてくれたら、〈ウォルドーフ・ホテル〉に行って昼食にしてもいい」

「その〝とびきりやさしく〟というのは、わたしが代金を払うということ？」

ノリーの厚かましさに、わたしは眉を上げた。そして、さらに上げることになった。彼はこう答えたのだ。「きみがそうしたいなら……」

ふたりが行ってしまうと、わたしは考えた。スカーズデールから引っ越してきたばかりのシャーロットを、なぜ、あのノリー・ニューサムが訪ねてきたのだろう。この夏、ノリーの悪ふざけはそれまでになく歯止めが利かなくなっていた。ことによると、出入り禁止を言い渡す家も出てくるかもしれない。それに、父親のニューサム氏は息子をおとなしくさせようと、お小遣いを制限したという話も聞いた。口座の残金が足りず、いくつかのレストランでは借り越しになっているとか、店によっては、これ以上、返済期間を延長させないようにしているという噂もある。食事をするのにシャーロットをお伴させるのは、それでいくらか説明がつく。

でも、彼の態度は平然としていた。シャーロットに対して真剣な思いがあるわけではない。新しい成金の令嬢とおもしろおかしく遊びはするものの、最後には、ビアトリス・タイラーと結婚することになるのだ。わたしはそう、結論した。

3

殺人に関する新聞記事には、かならず悲鳴がついてまわる。怯えた叫び声と書いてあれば、ふつうにつづいていた生活が中断されたことが読者にもわかる。ベンチリー一家に起きた、一連の陰鬱な出来事のはじまりを告げたのも悲鳴だった――このときは、純粋によろこびの悲鳴だったのだけれど。

空気の冷たさに、この年はじめて秋を感じた九月のある日だった。ルイーズとシャーロット、ふたり分の夏物の衣類をどこにしまおうかとあれこれ考えていると、悲鳴が聞こえた。声を上げたのはベンチリー夫人だ。シャーロットがロバート・ノリス・ニューサム・ジュニアと婚約したと知ったところだった。

居間を通りかかると、夫人に呼び止められた。「ジェイン、ねえ、ジェイン。きてちょうだい。とんでもなくすてきなニュースよ！」

「お母さま！」シャーロットがにらみつけた。

夫人は片手で娘を押しとどめた。「ジェインにだけよ。ジェインには話さないといけないわ」

これ以上、シャーロットに口答えさせないために、わたしは思いついたことを言ってみた。

「それは……いいお話ですね？」

「シャーロットが」夫人は両手を何度も打ち鳴らしながら言った。「シャーロットがノリー・ニューサムと婚約したの！　でも、これはぜったいに秘密よ。夫もまだ知らないの。だから、ひと言も漏らし《ブレス》てはだめ……」

秘密だろう、もちろん。ノリー・ニューサムがシャーロット・ベンチリーと結婚するためにビアトリス・タイラーを振ったと知れわたれば、世間は息《ブレス》をするどころではない。かすれ声しか出ないだろう。

シャーロットは必死に訴えた。「お母さま、ほかには誰にも話さないわよね？」

「もちろん、誰にも話しませんよ。この先しばらくは、極秘中の極秘。約束するわ」

「何を話さないの？」ドア口にルイーズが現れた。

ベンチリー夫人は婚約のことを話した。こうして、殺人におけるふたつ目の要素が現れた。涙だ。

ルイーズはベッドの上でむせび泣いた。そのあいだわたしは、濡らした布で彼女の額《ひたい》をやさしく拭き、しゃっくりをすれば甘い紅茶を勧めた。ルイーズを責めることはできない。シャーロットは美しいけれどルイーズはそうではない、というだけの話ではないから。あるいは、シャーロットにはたくさん求婚者がいるけれどルイーズにはひとりもいない、ということでも。また、シャーロットは三人からプロポーズをされたけれど、ルイーズはずっと未婚でいるのではと母親から心配されることに、じっとがまんしているからでも。そうではなく、妹の婚約相手があれほどの名家の息子だということが、いくらなんでも堪えられないのだ。

紅茶を飲みながら、ルイーズは訊いた。「わたし……わたしもうれしいって、シャーロットに言ったかしら？　言ってないような気がする」

「ちゃんとおっしゃいましたよ、ルイーズさま」わたしがそう言うと、彼女はわっと泣きだした。

「どこかに逃げることはできると思う？　すべてが終わるまで。どこかに隠れていることは？　アラスカとか？」

「わたしは……できないと思います」

「いっそのこと、死ねたらいいのに」ルイーズは物憂げに言った。「何かひどい病気にかかって、それで死んでしまうの」

「ありえません」わたしは答えた。「ですから、健康なことを神に感謝しなくては。そんなこと、望むものではありません」

とはいえ、わたしには彼女の言いたいことがわかった。ベンチリー夫人の友人たちはひとり残らず、ルイーズの置かれた状況に同情を示すだろう。次女のほうが長女より先に結婚するのだから。社交界の名士たちとおつきあいしている令嬢たちは、シャーロットに向かってうれしそうに舌を鳴らすだろう。なんのとりえもない、つまらないお姉さまに対してあんなにひどいことをするなんて、あの子、フェアだと思ってるのかしら?

ルイーズのために、新しい布と氷を入れたボウルを持ってこようと下階《した》におりながら、タイラー家はなんと言うだろうかと考えて、わたしは身震いした。ノリーの〝若気の至り〟を見て見ぬふりをするという、がまんを強いられるゲームをずっとつづけてきたのだ。ふたたび富を手にするという期待を持って。それなのに、ここにきてニューヨークの社交界に現れてほんの一年にしかならない〝小娘〟に、ノリーをひょいと奪われるなんて!

階段のところで、ベンチリー夫人が話していることが聞こえた。「セントラルパークでプロポーズだなんて、すてきだわ。でも、ノリーが金庫室からおばあさまの指輪を持ち出せなかったのは、とても残念。プロポーズのときに婚約指輪があれば、言うことないのに」

「どうでもいいわ」シャーロットが言った。

「そうじゃないのよ」ベンチリー夫人は宥めるように言い、声を落としてつづけた。「いいこと、ニューサム家はタイラー家に説明しないといけないでしょう?」

気づまりな沈黙があった。

やがてシャーロットが口を開いた。「どうかしら。わたし、彼の家族には誰とも会っていないの。妹以外はね。お父さまはヨーロッパにいらっしゃるし」

ベンチリー夫人の声に不安げなようすが表れた。「でも、ニューサム氏は認めてくださっているんでしょう?」

シャーロットは答えない。

「ノリーはまだお父さまに話していないということ？」

「わたしは知らないとしか言えない。それに、どうでもいい」

ということは、ニューサム家のひとたちは知らないのだ。これではシャーロットの行く末が思いやられる。ノリーの父親のロバート・ニューサム氏は、タイラー家との結婚のほうがふさわしいと主張するかもしれない。

とはいえニューサム氏は、ニューヨークの伝説的な四百の名家出身でない若い令嬢と結婚する息子に、反対だと言えない立場にいる。最初の妻が亡くなると、彼も息子と似たようなことをしていたからだ。

キャロライン・アスター夫人にはすでに触れた。人生が終わりに向かうなか、年老いた彼女は世の中の風紀が乱れていること、なかでも〝タバコを吸ったりお酒を飲んだり、ほかにもとんでもないことをしでかす〟若い娘たちに対して、ひどく腹を立てていた。彼女が亡くなると、その存在が消えたことで、それまでの礼節という概念がニューヨークからなくなってしまったようだった。彼女自身の息子のジョン・ジェイコブは、母親の葬儀場から離婚裁判所に向かったも同然で、すぐに十代の女の子に夢中になった（彼と結婚し――そして先立たれたその女の子については、またべつの話だ）。

それよりも衝撃だったのは、尊敬に値するロバート・ニューサム（炭鉱を持っている）とローズ・ブリッグス（これといった財産はない）との結婚だった。新郎は五十二歳、新婦は十七歳。多くのひとが指摘しているように、この結婚はたいへん憂慮すべきものだった。ニューサム氏には彼女とおなじ歳の娘、ルシンダがいたからだ。その娘が、新しい母親と申し分なくうまくやっていけるだろうか？　ふたりがまさにおなじ学校に通っていたこと、そして、ニューサム氏がはじめて新婦と言葉を交わしたのが、授業参観の日に彼女からパンチを注いでもらったときだったことが知られると、世間は理性をなくしたかのようなおおはしゃぎをした。ニューサム氏は世間の冷たい目を逃れようと、新しい妻を連れてヨーロッパへ旅に出た。

ニューサム家のふたりの子どもたちは苦しむことになった。ルシンダは継母の名前を聞くだけで涙を流した。ノリーは真正面からこの件を攻撃した。あるパーティで、誰かが愚かにも継母についてノリーに尋ねたことがあった。彼は結婚式の夜の出来事を即興で演じて、その質問に答えた。葉巻を父親に、ブランマンジェを継母に見立てて。

その場にぐずぐず残っていると、ベンチリー夫人が夫人らしくない断固とした態度でこう言うのが聞こえた。「ノリーはお父さまと話さなくてはいけません。それに、あなたのお父さまにも――わが家がニューサム家とはちがうことは承知しています。だからといって、礼節が無視されていいはずありません」

シャーロットは声を張り上げて答えた。「ノリーはどちらのお父さまにも話すわ、心の準備ができたときに。そのときまで、お母さま、誰にも何も話さないで。秘密のままにして。ノリーを急かしたくないの」

でも、秘密というものはふたりが加担すればもはや秘密ではなく、ということはベンチリー夫人に知られた秘密は、《ニューヨーク・タイムズ》紙の表紙に載ったようなものだった。料理人が、ホリックス家の運転手をする夫にその話をしてベンチリー夫人をやきもきさせるとか、パーティでルイーズが目を赤くしているところを見られるとか、シャーロットが自分のしあわせについて口の軽い友人に打ち明けるとか……誰にわかるだろう？

でも、ノリー・ニューサムがセントラルパークでシャーロットにプロポーズをした――ほんとうにしたのだ！――という噂は数週間のうちに広まり、ここにきてふたりは内密に婚約した。

世間は驚いた。そして世間は驚くと、いろいろなことをささやきあう。その話を信じないひともいた。だって、婚約は発表されていないでしょう？　シャーロットは指輪をしてる？疑い深いひとたちは、シャーロットはノリーにちやほやされたことを誤解したのだろうと言った。ひょっとしたら、わざと誤解したのかもしれない。それでノリーに結婚へのプレッシャーをかけられることを願って、と。寛大なひとたちはそういう意見は無視して、ただ誤解しただけだと言った。シャーロットはルールを知らないから、と。

人びとはふたりがどんな行事に参加しようと、注意深く観察した。でも、ノリーはこれまでとおなじ態度でビアトリスに接し、シャーロットはそれを気にする素振りは見せなかった。彼女のそんな態度を、婚約の噂は嘘だという証拠だと考えてよろこぶひともいた。あとはみんな、答えを探しもとめた。

ある日の午後、タイラー夫人が都合をつけてベンチリー家を訪ねてきた。気分をすっきりさせようと上階《うえ》にあがってきた夫人は、廊下でわたしをつかまえると言った。「ジェイン、ちょうどいいところにいてくれたわ。すこしお話ししましょう。どうやってベンチリー家のみなさんとうまくやっているのか、教えてちょうだい」

「だんだんそうなっていったんです」わたしは答えた。

「そうでしょう、そうでしょうとも。あなた、ルイーズに魔法をかけたんですってね。あの子、先日のタルマッジ家のパーティでは生き生きとしていたもの。たしか、おしゃべりさえしていたのよ」

わたしたちは廊下の角を曲がった。階段からじゅうぶんに離れたところで、誰かに話を聞かれることはない。タイラー夫人はわたしをおだてながら、どんどん核心に迫ってきた。

「ベンチリー家の会社は、このごろたしかに業績がいいわ。そういうことって、家を訪ねてくるひとを見ればわかるものなのよ」

「わたしはめったに、来客の応対には出ません」

タイラー夫人はからだを寄せてきた。ふたりで秘密の話をする段階に突入した。

「さあ、ジェイン。あなた、何もかも見てるんでしょう、ほんとうなら見てはいけないものまで。わたしのおばが午餐会のときに粗相をしたときも見ていて、それから騒ぎもしないで彼女を部屋の外へ連れ出したじゃない。あのとんでもない執事が、おばのワインセラーのワインをつぎからつぎへと飲んでいるところも見ていた。ノリー・ニューサムがこの家にきたのだって、知ってるはずよ」

タイラー夫人にはお世話になった。いま彼女は、それに報いるように迫っていた。「いらっしゃったことはあります」わたしは認めた。

タイラー夫人の目の色が怒りで暗くなった。わたしはあわててつけ加えた。「でも、正式な婚約については何も知りません。指輪はありませんし、どちらのお父さまも何も聞かされていないと思います」

それで宥められ、タイラー夫人は理解した印にうなずいた。下階にもどろうとからだの向きを変えたところで、夫人は立ち止まって壁をじっくりと見つめた。「この壁紙、なんて趣味が悪いの。キャロラインに言っておかないと。というより」そこで彼女は、わたしに視線を移した。「何も言わないでおくのがいいかもしれないわね」

二週間後、《タウン・トピックス》という新聞に小さな記事が載った。ベンチリー家とニューサム家のスキャンダルについてはさまざまな逸話が書かれることになるけれど、これはその最初のひとつにすぎない。そして、数少ない貴重な記事でもある。名前を挙げられたひと全員が、このときはまだ生きていたのだから。

ルーズヴェルト大統領の娘のアリスが、大酒を飲んだり賭けの胴元のところに行ったりすると、《タウン・トピックス》紙は彼女の最新の奇行について書きたて、アメリカじゅうのひとたちを愉しませた。メトロポリタン美術館がノミに侵略されると、読者にノミが蔓延することの危険性を訴えた。ある紳士がべつの紳士の脚の毛を剃ったときは、どうして彼はそうしたかったのかと訝《いぶか》る記事を書いた。剃られたほうの紳士は、名前を言わないと約束するのに、相手にかなりの額を要求した。植木鉢のなかに嘔吐したデビュタント、招待された家の女主人のドレスのなかに手を伸ばした若い男性、グリニッジ・ヴィレッジに愛人を囲っている投資家……そういう話はみんな《タウン・トピックス》紙で読めると、誰もがそう思っていた。もちろん分別のあるひとなら、それを読んでいることはぜったいに認めないだろうけれど。

シャーロットとノリーの婚約の件が新聞に載った日の朝、アイロンをかけたばかりのシャーロットのドレスを手に彼女の部屋に行こうとしていたところで、ベンチリー夫人が大慌てでわたしのところに駆けてきた。「ジェイン！　わが家が新聞に載っているの！」

夫人はわたしの手に新聞を押しつけた。「《タウン・トピックス》は新聞などではありませんよ、奥さま」

「読んで」夫人は小声で言った。「ほら、読んでちょうだい、さあ……」

わたしは彼女が示す段を読んだ。

ニューサム・ジュニアが、若いお嬢さん――敢えて言おう。息子のお相手もやはり、若いお嬢さんだ――と結婚するのは事実だろうか？　噂によれば、お相手はほかならぬシャーロット・ベンチリー。あらたに富を得たものの、由緒ある家系ではない家のご令嬢だ。たいした平等主義ではないか！（とはいえ、そもそもいまでこそしゃれ者のなかでも最先端を行く独身女性の何人が、二十年まえにもそれなりのしゃれ者だった？）

「夫が読んだらどう思うかしら？」ベンチリー夫人は涙声で言った。「それとも、誰かから聞かされたら？——わたし、何も話してないのよ！」

婚約が知られることは、シャーロットにとって悪いことではない。これでノリーは婚約を認めるか破棄するか、はっきりさせるだろう。でも、何も聞かされていなかったベンチリー氏が、このニュースを知ってよろこぶとは思えなかった。

ふいに思いついて、わたしは言った。「でも、奥さま。奥さまだって、このニュースはご存じなかったんですよ。シャーロットさまが秘密にしていらしたから。婚約が正式に決まるまで、お嬢さまは奥さまに知らせたくなかったんですもの」

不安げなルイーズの姿を思い浮かべながら、わたしはつづけた。「それどころか、シャーロットさまがお話しになったのは、お姉さまだけです」ルイーズは嘘をつけない。もし、父親から婚約のことをあらかじめ知っていたかと詰問されたら、少なくとも正直に話してしまうだろう。

「朝食のときはどうすればいいかしら？」ベンチリー夫人がくよくよと言った。「ほかの新聞もこのニュースを伝えていて、わたしたちがテーブルについているあいだに夫が読んでしまったら？」

「そのときは、驚いてからうれしそうになさってください」

ベンチリー家での朝食の支度は、いつも大混乱だった。ハウスキーパーはまだおらず、三カ月で三人のキッチン・メイドを雇ってはクビにしていた。そこでわたしは、いちばん新しく雇われたメイドのキャスリーンは自分で指導することにした。ジャムやバターや熱い液体といった、衣類に付いたあらゆる汚れを洗い落とすことにうんざりしていたからだ。

いつものように、ベンチリー氏が新聞に隠れてテーブルの上座に坐った。ベンチリー一家と過ごした日々、わたしは当主のベンチリー氏と顔を合わせることはほとんどなかった。彼はワシントンDCにいることが多かった。朝食の席では新聞の陰に隠れた。夕食の席では食事に集中した。ベンチリー家の三人の女性は、おしゃべりしたり笑ったり小言を言ったりということはすべて、ニューヨーク市から遠く離れたアフリカでしていたようなものだった。それもこれも、当主を煩わせることのないように。社交の場に出席しても、背が高く頭の禿げたベンチリー氏はほかの出席者からすこし離れたところに立ち、誰ともほとんど会話をしなかった。彼のもとにやってきた誰もが、すぐに立ち去った。気難しい人物だと、しょっちゅうささやかれていた。

わたしは新聞をじっくり読んだ。

その左ではシャーロットが遠くを見つめ、右ではルイーズがお皿の上で卵を転がしていた。向かいには夫人が坐り、テーブルの下でナプキンをぎゅっと握りしめていた。ベンチリー氏が咳払いをすると、ほかの三人は跳びあがらんばかりになった。

「誰かが」ベンチリー氏はしずかに言った。「どこかのビルを爆破したらしい」

「なんですって？」とか「まあ、ひどい！」という悲鳴がダイニング・ルームに響いた。その騒ぎに乗じて、わたしは近づいて新聞をこっそり覗いた。一面の炎に包まれるビルの写真があり、見出しにはこう書いてあった。《LAタイムズ》紙のビル、爆発される！　二十一人が死亡！〟

ベンチリー氏は声に出して記事を読んだ。「〝製鉄工の労働組合は、労働者たちを組合に加入させるよう要求。企業側は拒否。これが」――彼はそこで、爆破現場の写真が載ったページを上にして新聞をテーブルに置いた――「組合の最新の交渉戦術というわけだ」

わたしはティーポットにお湯を足すようキャスリーンに指示し、彼女がきちんとできるよう厨房まで付き添った。そこでベンチリー氏の声に耳をすました。「シャーロット。ルイーズ」

シャーロットが答える。「はい、お父さま」

「きのうある紳士から、ご令嬢の婚約おめでとうございますと言われた。わたしは礼を言ってから、人違いではとつづけたのだが。いったいどうしてそんな誤解をしたのか、わからなくてね」

シャーロットの反応が見たくて、わたしは厨房のドアをあけた。彼女は気安い調子で言った。「ノリー・ニューサムに結婚を申し込まれたの。わたし、お受けするつもりよ」

その言葉をきっかけに、ベンチリー夫人がわっと泣き出した。「まあ、シャーロット！」

ベンチリー氏が割って入った。「そういうことなら、ニューサムの息子にわたしの執務室にくるように伝えなさい」

「もちろんよ、お父さま」

「きょうの午後だ、できれば」新聞を開きながらベンチリー氏は言った。「わが家の名前が新聞に載るのは一日でじゅうぶんだ」

4

誰とでも友人になれる女性がいる。その一方で、限られたひとたちとだけつきあう女性もいる。友人がほんとうにひとりもいない女性というのは、めったにいない。そう思っていた。でも十一歳になって、わたしはアナ・アルディートに出会った。

避難所の玄関前の階段をバケツの水で流していたときだった。夏場になるとここは多くのひとのベッドにもトイレにもなるから、かならずそうする必要があった。朝まだはやい時間で、通りはひっそりとしていた。そこに悲鳴が聞こえてきた。その声はすさまじく、わたしはバケツを落としてしまった。悲鳴がまた聞こえると、わたしは通りへ駆けだした。

共同住宅にはさまれた路地の真ん中で、少女がふたりの男に襲われていた。ひとりが少女の腕を、もうひとりは髪をつかんでいる。そうして彼女を立ち上がらせようとしていた。少女は激しく脚をばたつかせた。片方の足先がなんとか、髪をつかんでいる男の股間に当たり、男は手を放した。そしてすぐ、おなじように地面に倒れているもうひとりの男の腕に嚙みついた。その男も少女から手を放した。

わたしは少女が逃げると思った。でも彼女はそうしないで、やせこけた腕をやみくもに振りまわし、甲高い声で叫んだ。片方の男は、少女に近づくのをためらっている。少女は石をさっと拾いあげると、彼に向かって投げつけた。もうひとりの男は地面に倒れたせいで、顔じゅう馬の糞だらけだった。ふたりは少女を口汚く罵り、蹴りつけた。でも負けているのはふたりのほうで、彼らもそのことがわかっていた。だから路地をぶらぶらと歩きながら、その場から立ち去った。

わたしは、ワンピースから埃を払い落としている少女のところに駆け寄った。「だいじょうぶ？　あのふたり、もどってくるかな？」

「もどってくる？」少女はばかにしたように言った。「まさか」

「警察に行ったほうがよくない？」

「警察に用はない。あいつらは獣《けだもの》だよ、だけどあたしの兄さんたちでもあるんだ」

少女は歩きはじめた。わたしもいっしょになって歩いた。「どうして、あんなことをするの？」

「あたしを仕事に行かせたくないから。兄さんたちに言わせれば、縫製工場で働くのはろくでなしだけだって。だから言ってやったの。ろくでなしっていうのは、一日じゅうごろごろしては、お酒を飲んでるひとのことだって。兄さんたちみたいにね。きょうはあいつらのせいで遅刻だよ。急がないと……」

そうして少女は通りを駆けていき、姿が見えなくなった。

いつもならわたしは、いなくなったひとを探すことはしない。それでもいつの間にか、蒸し暑い日々が長くつづいた夏のあいだずっと、あの少女にまた会えるかもと期待して路地をさまよっていた。ある日の夕方、ほつれたカールを跳ねさせ、やせこけた腕を振りながら、ちょこちょことおかしな歩き方をしている彼女を見かけた。

「ハロー！」わたしは叫んだ。

彼女は驚いて足を止めた。すぐにわたしのことがわかったようで、こちらを指さした。誘ってほしいと言われた気がした。避難所の裏口はあいている。わたしは訊いた。「寄っていく？」

断られるかもしれないと思ったけれど、彼女は短く「うん」と答え、わたしのあとについてキッチンまでやってきた。何年も避難所にいるアイリーンが、やかんを火にかけてから流しの脇の作業台に坐らせてくれた。その少女、アナがわたしの質問に答えて生い立ちを話すあいだ、わたしはじっと耳を傾けた。家族はイタリアからの移民だった。ふたりのおばさんと、たくさんのいとこと、ふたりの兄とで暮らしていた。

それから彼女は言った。「あんたのところは？　お母さんはいないの？　お父さんは？」

「いないわ」

「あたしもだ。おばさんには、結婚しないといけないと言われてる。わたしはとっくに結婚してるよって」そこで彼女は間を置いた。「あんたは結婚したいと思ってる？」

これまで、誰からもそんなことを訊かれたことはなかった。結婚。わたしは考えた。でも、何も頭に浮かばない。「相手の想像がつかない」

アナはにっこり笑った。「あたしも」

そのあと何週間かは、アナに会わなかった。繁忙期で、一日十五時間も工場で働いていたのだ。ある日、台所でおじのシャツを繕っているところにアナがやってきた。そして針の刺さった糸巻きをひとつ手に取って訊いた。「これ、いくら払えばもらえる？　針だけでいい。糸はいらない」

「あげるわ」わたしは答えた。

「だめ。払うよ。きょうの昼間、自分のをなくしちゃったんだ。で、家に帰されたってわけ。あしたまでに新しいのを用意しておけ、さもなくば……って」そう言ってアナは肩をすくめた。

「工場にはないの？」

「あるに決まってる。でも、あたしたちに持ってこさせればいいのに、どうして工場のを使わせてくれるっていうの？　みんな、自前の糸やらはさみやらを持ちこんでるよ……ミシンさえもね」

でもアナがいちばん腹を立てていたのは、工場が女のひとたちに仕事に必要なものを持ってこさせることではなかった。何かにつけてお金を払わせていたことだ。「子どもが吐いたせいで五分遅刻したら、罰金。生地を切っているときに監督がぶつかってきてそれが破れたら、罰金。トイレからはやくもどってこなかったら、罰金。閑散期には、お給金から二ドル引かれるんだ。ロッカー代も取られるし、自分たちが坐る椅子代も取られる。だからこないだ、言ってやったんだ。この工場は誰のものだと思う？　あたしのものだよ。ロッカーを買わされ、椅子を買わされ、針を買わされたんだから――もう、あたしのものだって」

わたしは声に出して笑った。「それで、監督はなんと答えたの？」

「ひっぱたかれた」

わたしは笑うのをやめた。

その年の春、妊娠している女のひとがトイレに行くのを、監督が許さなかったことがあったという。アナはスカートをまくりあげて下着をおろすと、床におしっこをした。それから椅子の上に立って、みんなもおなじことをするようけしかけた。誰も真似しなかったけれど、みんな椅子で床をがんがん鳴らし、女のひとはようやくトイレに行くことができた。その日、仕事が終わるとアナは解雇を告げられ、もうもどってこなくていいと言われた。

わたしがものを知らないことは、アナを怒らせた。世間をちがう目で見ていることがあると、彼女は腹を立てた。いちど、ひとを殺したという女性が避難所にやってきたことがあった。殺した相手は用心棒をしてやると言い寄ってきた男のひとで、稼ぎの三分の二を渡すよう要求されたという。取り分を四分の三に上げると言われたところで、男の喉を切りつけたのだった。彼女は、おじなら警察から守ってくれるだろうと期待していた。おじは、ここにいてもかまわないと言ったけれど、警察がきたら嘘はつけないとも言った。

そして、警察がやってきた。女性は逮捕された。その話をすると、アナは怒りを爆発させた。

「あんたのおじさんは、いいひとだと思ってたのに。なんで、その女のひとを引き渡せるの?」アナは答えを知りたがった。

「どうすればよかったの? 法律を破るの?」

「あたりまえでしょう!」

こんなこともあった。一九〇一年にマッキンリー大統領が暗殺されたとき、わたしは泣いた——気の毒な大統領夫人に、にわかにおかしな同情を感じたのもひとつの理由だけれど、取るに足らないひとりの男にアメリカ合衆国の大統領が殺せるのだという恐怖が大きかった。犯人は無政府主義者のチョルゴッシュで、なんの後悔もしていなかった。「義務を果たすために」、わたしはマッキンリー大統領を殺した。ひとりの男が、これほど奉仕できることが信じられない。殺した男は、まったく何もしなかったのに」と言っていた。

「理解できないわ」わたしはアナに言った。「ひとを殺すことで、何かすばらしいことをやったと感じるなんて」

長く、気づまりな沈黙があった。やがてアナは口を開いた。「そう、理解できないんだ。いいんじゃないかな。あたしはよく理解できるけど」

アナはだんだんと避難所にこなくなった。わたしは、彼女に嫌われたと思いはじめた。アームズロウ夫人のメイドにと声がかかったとき、アナのことは置いていかなくてはならないもののひとつにすぎないと自分に言い聞かせた。

でも、わたしが出発する前の日、アナは包みを持って避難所に現れた。布で覆われたその包みは小さいけれど、ずっしりと重かった。「パンだよ」彼女は言った。「あたしのおばさんから」

「ありがとうと伝えてちょうだい」

アナはうなずいた。それから唐突に言った。「メイドになるの？」

「銀行の頭取になるべき？」

「そうだね」

そう言われて、わたしは笑った。

「でなきゃ、学校の先生かな。メイドじゃない。ちがう……いまのジェイン・プレスコットじゃない誰か」

不意にアナが両手を伸ばし、わたしはきつく抱きしめられた。

「わたしのこと、そんなに立派だと思ってくれていたなんて知らなかった」わたしは半分、冗談で言った。

「そういうわけじゃないけどね」アナは腕をほどきながら言った。「ねえ、さよならは言わない。また会えるよね？」

「ええ」わたしは答えた。

「あたしたち、ずっと友だちだよね？」ここにきて、彼女は不安そうだった。

「そうよ」わたしは答えた。

わたしたちはずっと友だちだった。アナが組合結成のチラシを配って工場を解雇されても、わたしたちは友だちだった。アナが国際婦人服裁縫労働者同盟で仕事をするようになっても、わたしたちは友だちだった。のちに〝二万人の蜂起〟として知られるようになる、ニューヨーク市の縫製業に携わる女性たちがストライキを行なった二カ月のあいだも、時間をつくっては会うようにしていた。このころ、アナはわたしの仕事をからかった。でも、意見が合わないときはやっぱり怒った。わたしは、いくつかの話題を避けるようになった。

ベンチリー氏がノリー・ニューサムに面会を求めたのは、わたしが週にいちど、午後に休みをもらえる日だった。その日わたしは、アナとの夕食に出かけるために夕方のはやい時間、高架鉄道の列車でダウンタウンに向かった。隣に坐った男性が読む新聞の一面には、《LAタイムズ》紙本社ビル爆破事件を報じる記事が載っていた。煉瓦造りの建物の残骸の隣に立つ消防隊員を写した、大きな写真が添えられている。見出しはセンセーショナルだった。〝《LAタイムズ》紙の本社ビル爆破！　発行人のオーティス氏は、爆弾犯を「臆病な殺人者」で「ろくでなしの無政府主義者」と非難〟

わたしは、アナには無政府主義者の友人がいると思っていた。でも、彼女自身が無政府主義者かどうかは、訊いたことはなかった。どこかで、知らないほうがいいと思っていた。

いつもそうしているように、わたしたちはアナのおじさんのサルヴァトーレが所有するレストラン〈モレッリ〉で会った。そこは床が白と黒のタイル貼りの小さなお店で、タイルはいくつかが欠けていた。椅子の脚は、立ったり坐ったりするたびにひっかかった。アナのおじさんは奥のテーブルについて坐っていた。わたしが入っていくと、あいさつ代わりに指を一本、立てた。

アナはわたしを抱きしめて歓迎してくれた。それから、疲れているみたいと言った。

「いつか」椅子に腰をおろしながら、アナは言った。「家庭内で仕事をするひとたちにも組合をつくってもらうよ。ちょっと考えてみてよ――あのひとたちだって、あたしたちみたいに暮らさないといけなくなるところを」アナはそう言ってにやりと笑い、パンをひと口ちぎった。「それで、あんたのベンチリーさんたちは元気にしてる？」

「大騒ぎしてるわ」わたしは答えた。「シャーロットさまがすてきな婚約相手を見つけたの――まあ、みんながそう思ってるだけかもしれないけど。ただお相手の男性は、まだシャーロットさまのお父さまに話していないの。ご自分のお父さまにも」

「お父さんなんて関係ないでしょう？　お父さんが結婚するわけじゃないし。それで、お相手っていうのは誰なの？」

「ロバート・ノリス・ニューサムさまよ。お友だちのあいだでは〝ノリー〟と呼ばれてる」

アナは眉をひそめた。「お父さんはロバート・ニューサム？」

「そうよ」わたしは言った。「実業家のロバート・ニューサムだ」

「殺人者のロバート・ニューサムだ」アナは冷静に、わたしの言葉を言い直した。園芸家のロバート・ニューサムとか、ワイン収集家のロバート・ニューサムとか言うのに比べたら、これ以上、腹の立つものはないとでもいうように。

わたしをじっと見つめながら、アナは説明してくれた。「ニューサム家はいくつも炭鉱を持ってる。そのなかのひとつで、労働者たちがストに入ったんだ。ニューサムはピンカートン探偵社の警備部門の社員を送りこんで、ストをやめさせた。そのとき、男性三人と女性ひとりが亡くなった。あとそれから、シックシニーの……」

ウェイターが料理を運んできた。アナはそこで話をやめて言った。「食事のときに話すことじゃないね」

「まだ食べてないじゃない。話して」

ため息をついて、アナは話をつづけた。「何年かまえ、ペンシルヴェニア州の炭鉱で事故があった。そこでは子どもも大勢、働いていたんだ。十歳ぐらいの男の子たちが。からだが小さいでしょう？　せまい隙間にも入っていけるからね。その男の子たちは、炭鉱が崩落して閉じこめられた。親はみんな、泣いて訴えたよ。穴を掘って、あの子たちを助けてって。でもニューサムは、危険すぎると言ったんだ。炭鉱全体が崩れる可能性があると。八人の男の子が死んだけど——それがどうした？　ということだね。シックシニー炭鉱の大惨事って、聞いたことない？」

決まり悪い思いでわたしは首を横に振った。

ふたつのグラスにワインを注ぎながら、アナは話をつづけた。

「ふたりはほんとうに結婚すると思う？」

「わからない。お相手は、何を考えているのかわからない若い男性だから」

「考え直すよう、伝えて。まあ、シックシニ　みたいなささいなことで、シャーロット・ベンチリーが嫌な思いをすることはないよ」

店の裏口のほうが何やら騒がしくなった。英語とイタリア語が飛び交うなか、アナのおじさんが誰かを迎え入れてバーのほうへ案内した。そのすぐあと、巨大な氷の塊がわたしたちのテーブルに近づいてきて、その氷を運んでいた男のひとの大声が響いた。「アナ！」

アナは椅子から立ち上がって彼にあいさつした。氷の塊をはさんで立っていることに気づき、ふたりは声を上げて笑った。その男のひとは氷をバーのなかにしまうと、手を拭きながら大きな笑みを浮かべてもどってきた。

アナがわたしたちを紹介してくれた。「ヨーゼフ、とても大切なお友だちのジェイン・プレスコットだよ。ジェイン、すごく親切なヨーゼフ・ポーリセック」

手を握った男のひとはわたしより背が低く、どこかのお店で売れ残った商品を寄せ集めてつくられたような外見だった。てんでに絡まった茶色の髪のせいで、頭は使い古したひげ剃りブラシのように見えた。ジャガイモみたいな鼻は歪み、歯は隙間を埋めるためにおかしな角度でガムを詰めたようだった。でも、その大きな目には温かみがあった。彼がひどくくせのある発音で「お会いできてうれしいです」と言うと、不器用なかわいらしさが感じられた。

「ふたりはいっしょに活動してるのね？」わたしはふと思いついて言った。

ふたりとも返事をためらった。それからアナが答えた。「うん」そして彼も、そうだというようにうなずいた。

彼は手を差し出した。「会えてよかったです」

ヨーゼフが行ってしまうと、アナはまた椅子に坐った。「彼ってすごく……」そう言いながら手をひらひらさせる。「でも、いいひとなんだ。ほんとうのところ……」

何がほんとうかはともかく、アナはそれについては話さないことにしたようだった。どんどん長くなる避けるべき話題のリストに、またひとつの項目が加わった。食事をつづけながら、わたしのどこが信用ならないように見えるのだろうと考えた。裕福な一家のところで仕事をしているから？ おじさんが牧師だから？ でなければ、単に性格のせい？ 自分はなんて愚かなんだと思わずにはいられなかった。

食事を終えるころ、わたしは勇気をふりしぼって、《LAタイムズ》紙本社ビルの爆破事件についてどう思うかをアナに訊くことにした。

つとめて何気ない口調で、わたしは言った。「ベンチリー氏は、背後に労働組合がいると言っているの」

「まあ、そう言うだろうね。労働者たちは団結しようとする。でも、あの新聞の発行人は、組合には反対の立場だ。そこで、壊れたガス管が爆発を起こす――おや、おそろしい組合員たちの仕業にちがいない、って」

「ガス管じゃないわ」

「ちがうよ、あたりまえじゃない」アナは皮肉っぽく言った。「無政府主義者を驚かせるために仕組まれた爆破事件だ」

「いったい誰がそんなことをするというの？」

「《LAタイムズ》紙のお偉いさんに訊いてごらん」

「どうして自分のところのビルを爆破するの？」

アナは両手を上げた。「そうすると、あんたみたいなひとたちは口をそろえて言う。たしかに、労働者にとって状況はよくないけど、これはやりすぎだ！　そんなひとたちの言うことに、耳を貸すことなんてできないって」

「わたし、そんなふうに言ったことないわ」でも、過去に自分が何を言い、何を言おうとしていたのか、はっきりとは憶えていなかった。それから先はふたりとも何も話さず、わたしたちはレストランを出た。

アナが言った。「お願いがある」

「何？」

「いつか、いっしょに集会にきて。あたしたちの信じるものを、自分の耳で聞いてほしい」

わたしは返事をためらった。アナはたったいま、〝あたしたち〟と言った。大きなグループの一員だと認めたということだ。彼女はわたしを信用してくれている。がっかりさせたくなかった。

「もし、気に入らなかったら？」

「あたしのことも気に入らなくなる？」

「そんなことは、ぜったいにない」

「まあ、どうだっていいけど」

どうだっていいと思っていないと信じたかった。それでもやはり、訊かずにはいられない……。「どうして集会にきてほしいの？」

アナはため息をついた。「ロバート・ニューサム父子のいるような世界だけに仕えて、人生をむだに過ごしてほしくないから。そうだね、あたしがキューピッド役になって、誰か知的なひととの仲を取り持ってあげるよ」

「それで、わたしはそのひとの世話をして人生をむだに過ごすわけ？」

「あたしたちは男女平等を信じてる。たぶん、そのひとがあんたの世話をするよ」

冗談を言い合えるようになったところで、わたしは言った。「そうね、そんなひとに会えるなら行ってみようかな」

アナは高架鉄道の駅まで送ってくれた。わたしが階段をのぼりはじめると、アナが訊いた。「一八九四年にプルマン車両会社で行なわれたストライキのときに、タフト大統領がなんて言ったか知ってる？」

わたしは首を横に振った。

「連邦軍が六人を射殺したと聞いて、タフトは言ったんだ。たった六人しか仕留められなかったのか。感銘を与えるにはまだまだだな」おやすみのキスをしながらアナは言った。「あたしたちは何人、殺さなければならないんだろうね、感銘を与えるのに」

それから数日して、ノリーはふたたび、ベンチリー氏の執務室にやってきた。一週間後、ニューサム夫妻から手紙が届いた。ニューサム家恒例のクリスマス・イヴのダンスパーティを開催するので帰国する、婚約はパーティの夜に発表する、ということだった。

ベンチリー氏がノリーに何を言ったかは知らないけれど、感銘を与えたのは確かだった。

シックスシニー炭鉱の悲惨な事故の話を聞いてから、わたしの頭のなかは高い目標でいっぱいになった。家庭内の仕事が過酷だということに気づき、もっと洗練された、新しい人生を追いかけようと心に決めた。となるとここから先は、すっかり進歩的な考えをするようになった女性についての話になってもよさそうだ。ただ、残念ながらわたしはそういうタイプではない。というわけで、ベンチリー家の女性たちに、世間から大顰蹙《ひんしゅく》を買うことなくニューサム家のダンスパーティを乗り切らせるという任務に没頭していた話をお聞かせしなくてはいけない。

ベンチリー家の女性たちは大騒ぎしていた。三人とも、最高の装いをする必要がある。何百着というドレスを並べ、着て、放り出した。靴や宝石類は、ドレスに合うものもあれば合わないものもあった。準備を整えるまでひと月もなく、ニューサム氏は仕事でペンシルヴェニアに滞在していた。そのため、ベンチリー一家が将来の親戚に会うのはパーティ当日ということになった。ニューサム夫人からはしゃれた手紙が届けられた。〝お互いのことをよく知るための、ちょっとしたお茶会〟の時間がなかったことは残念、と書かれていた。でも

〝わたしにとって、ホステスとしてはじめてのニューサム家のクリスマスの集まりですから〟、きっとおわかりいただけると思います、とも。シャーロットはその手紙を受け取ると頭をひと振りし、じっさいに準備をしているのは使用人たちだとノリーから聞いている、と言った。

ローズ・ニューサムに関する世間の評価は、はっきりとふたつに分かれていた。彼女の手強い義理の母は、ローズといっしょにいるくらいならと、国外に脱出していた。名高いニューサム家のクリスマス・イヴのダンスパーティがふたたび催されることになっても、義母を呼びもどすことはできなかった。〝あの女〟がもてなす会は、どれも大惨事で終わることになる。そう言ってはばからなかった。

新しいニューサム夫人の支持派は、彼女が慈善団体の代表として精力的に活動していること、その謙虚さ、夫への献身的な愛情のいじらしさを褒めそやした。彼女は美しい。ある崇拝者によれば、〝破滅的なまでに美しい〟らしい。そして、ルールを破ることが許されるタイプの美しさはいつも、ひとの心を惹きつけて離さない。ニューサム夫人に心を奪われた〈セント・レジス・ホテル〉のあるバーテンダーは、彼女の名前にちなんだカクテル、〝薔薇のはじらい《ローズ・ブラッシュ》〟を考案していた。ウォッカと砂糖と卵白、それに砕いたベリーを混ぜ合わせた、繊細なカクテルだ。キャロライン・アスター夫人がいたニューヨークを冴えないと判断したひとたちは、ローズ・ニューサムをあらたに吹いた新鮮な風だと見なした。ヨーロッパから帰国してひと月もしないうちに彼女がはじめて取り仕切るパーティに、誰が無関心でいられるだろう？

ベンチリー夫人はどちらの陣営につくか、決められないでいた。ローズ・ニューサムとは間もなく親戚になる。その一方で、自身が新参者ということもあり、多くのひとからよそ者と思われている彼女とつきあうことに不安を感じていたようだ。

わたしとしては、ニューサム夫人が事前にベンチリー家の女性三人を招待しようと、もっと力を尽くさなかったことを不思議に思った。婚約が正式に発表されるまえにノリーの気持ちが冷めることを期待して、時間稼ぎをしているのだろうか？

タイラー夫人の助言がいちばん必要とされたこのころ、彼女の姿を見かけることは目に見えてなくなっていた。ベンチリー家を避けていたのはタイラー夫人だけではない。ノリーがやってくる回数も、どんどん減っていった。やってきたときはやってきたときで、たいていはシャーロットと口論になった。

ドアに張りついて聞き耳を立てることではわたしよりも大胆なハウス・メイドのバーナデットによると、ノリーの気持ちはどうも、はっきりしないらしい。「話しているのはシャーロットさまだけ。ノリーさまは、面倒くさそうに鼻を鳴らしてるわ。きょうのドレスはどうってシャーロットさまが訊いたら、いかにもスカーズデールらしいな、なんて言うのよ」

わたしは眉を上げながら訊いた。「シャーロットさまはなんて答えたの？」

「何も。あのお坊ちゃんと結婚したくて仕方ないのね」

「でしょうね」

「それからシャーロットさまは、お母さまは何か企んでいないかと訊いていたわ。ふたりであの新しい奥さまに対抗していると思わせようとしたのね」

「うまくいったの？」

「いいえ。シャーロットさまが何か話している途中、ノリーさまはこれから友人に会うと言ったの。シャーロットさまは、誰に？　と訊いたけど、きみの知らないひとだって言われてた」

バーナデットはそこでコーヒーに口をつけた。

「今度はさすがに、シャーロットさまは腹を立てたわ。それで、ビアトリス・タイラーのことならよく知ってるわ、おかげさまで、と言ったの。だからノリーさまも、きみの母親がビアトリスの母親に金《かね》を払っていい思いをしてるだけだろう、と言い返してた。それって、ほんとう？」

よくわからないというように、わたしは肩をすくめた。

「とにかく、シャーロットさまは言ったの。あなたがビターホフ家でビアトリスと踊ってるところを見たわ――ひと晩じゅう、彼女と踊ってたわね、と。そうしたらノリーさまは、踊ってたらどうだというんだ？　なんて答えたのよ。彼女はダンスがうまいんだ。ぼくは、馬がとっとこ走るみたいなスカーズデールのダンスにはうんざりなんだ、ですって」

「まあ、ひどい」わたしはマグを両手で包んだ。「それで、シャーロットさまはなんて？」

「そりゃあ、言うまでもなくすごく怒ってた。でも、感じよくしようとはしていたわ。あの手紙のせいでいらいらしてるんでしょう、と言ってた」

「手紙って、何？」

今度はバーナデットが肩をすくめる番だった。「さあ。あんな手紙、悪い冗談だと言ったろう、とノリーさまは答えてたけど。そして、部屋を出ていったわ」バーナデットは椅子に深く坐り直した。「婚約指輪を顔めがけて投げつけてやればよかったのに」

「シャーロットさまは持っていないのよ」


そしてパーティの一週間まえ、ノリーはニューヨークを離れた。

自分の部屋で、ルイーズがひそひそと話してくれた。「ノリーはフィラデルフィアに行きたいと言ったんですって……事業の状況を確認しに。でもシャーロットが言うには、彼が事業を気にかけたことなんて、いちどもないらしいの。どうして、いまなのかしら？」

「たぶん、結婚なさるからでしょう」このうえなくいい表情を見せようと必死になりながら、わたしは言った。

「たぶん、ね」ルイーズは両手を背中にまわして壁にもたれた。「妹は、そのことでひどく動揺しているの」哀しそうに言う。

動揺しているということで思いだした。「ルイーズさま、シャーロットさまは何か手紙のことを話していらっしゃいませんでした？　ニューサム家に届いた手紙なんですけど」

「いいえ、何も言ってないわ。どうして？」

「なんでもありません。わたし……勘違いしていたんですわ」

その日の夜、ベッドを整えようとシャーロットの部屋に行くと、彼女は布を目に当ててむせび泣いていた。すぐ横に、氷のはいったボウルがある。わたしに気づくと、彼女は洟《はな》をすすってから言った。「目が腫れるのがいやなの。ブタみたいになるんだもの」

シャーロットが自分について悪く言うことはめったにない。わたしは同情してしまった。

「ノリーさまは、すぐにフィラデルフィアからもどられますよ」

ブラシを手に取り、わたしは彼女の髪からピンを抜きはじめた。「それに、いいことではありませんか？　ノリーさまはまたひとつ、責任を担うことになるんですから」

「仕事をしてるってことよね？」化粧鏡のなかの自分を見つめながら、彼女は言った。「ジェイン？　あなたがアームズロウ夫人のところにいたとき……」彼女がふり返り、わたしは髪を梳《と》かす手を止めた。「きっと見たことがあるわよね、ノリーとビアトリスを。ふたりがいっしょのところを」

「アームズロウ夫人のところには大勢の方がいらっしゃいました」わたしは言葉を濁した。

シャーロットは黙りこみ、目を閉じた。わたしは彼女のきらめく長い髪をブラシで梳かした。ノリー・ニューサムの噂はいろいろ聞いていたけれど、ベンチリー家に伝えていないものもあった。いまではシャーロットも、結婚する相手がどんな人物か、よくわかっているはず。でも、哀しそうにする彼女を見て、自分が誠実でなかったことが後ろめたく思えてきた。

そこで、わたしは言った。「シャーロットさま。もし不安を感じるのでしたら、お待ちになるのが最善だと思います。ノリーさまのことは、それほど長くご存じないのですから」

シャーロットの目が見開かれた。険しく、何か勘ぐっているようだった。

「いいえ、待つべきじゃない」彼女は言った。「婚約は、クリスマス・イヴにニューサム家のパーティで発表する。気に入らないひとがいようが、何か言いたいひとがいようが、わたしは知らない。わたしはノリー・ニューサムと結婚する。誰も止められない」

哀しいけれど、この三つの予言はすべて外れることになる。

5

一九一〇年のクリスマス・イヴの出来事について、詳しく話そう。あの事件に関わったひとたちのなかでそうするのは、わたしが最初ではない。捜査の責任者だったトーマス・J・ブラックバーン警視は回想録を書いた。有罪判決を受けた人物の家族のひとりは、自分なりの考えを語った。ダニエル・オライリーとかいう名前のニューサム家のフットマンは、観光客の団体を連れてあの家を回ることで生計を立てている。〝陰鬱で血に染まった〟夜の出来事を話して聞かせては、彼らを愉しませているのだ。さぞ、おおげさに語っていることだろう。そう思う理由のひとつは、死体を最初に発見したのは自分だと彼が言い張っているからだ。じっさいに発見したのはわたしだから、彼が作り話をしていることはわかっている。

あの夜の予定は、つぎのようになっていた。ニューサム邸で、ニューサム家とベンチリー家だけの内輪の夕食をはやめに摂る。それから全員が上階《うえ》に行き、ダンスパーティに備えて着替える。パーティは九時半からはじまる予定だ。午前零時にシャンパンで乾杯しながら、婚約を発表する。

発表に先立ち、ノリーはニューサム家の書斎で、祖母の婚約指輪をシャーロットに渡すことになっていた。そうすれば、若いふたりは盛大にお祝いを受けるまえに、ふたりきりで喜びをかみしめることができる。

われながらよくやったと思うのは、ベンチリー夫人を説得して、マッチレス・モードに当日の準備をはやめに終えておくよう勧めたことだ。年配の彼女には、そうとう重圧だろうと思ったからだった。バーナデットと新しく雇われたメイドのメアリーの助けを借り、わたしがベンチリー家の三人の女性のドレスすべてを管理した。ドレスを着せることに関しては、バーナデットは家事を切り盛りする腕まえほどではない。でも彼女は、何かするべきときにはすばやく動けるし、あわてることなどなかった。メアリーはかわいらしい子で、こんなすばらしいパーティに立ち会えることでわくわくしていたし、そこで自分の実力を示そうと、心に決めたようだった。

当日、一家と使用人たちは、べつべつの車に乗ってニューサム家に向かった。わたしがニューヨークのニューサム家の住まいに行くのは、これがはじめてだ。そのお屋敷は、いちブロック分の区画をまるまる占めていた。建物は灰色の石造りの四階建てで、こけら板でふかれた屋根には尖塔と小塔がそびえていた。建物を見上げながら数えると、二重窓は二十もあった。前庭は、一台の馬車と数頭の馬を停めておけるほど広い。要塞を思わせる巨大な鉄門に守られたお屋敷は、塀の外のどんな災難も寄せつけないように思われた。やじ馬は警察に押しもどされても通りにあふれ、輝かしい車の到着を見守った。

使用人用の入り口に向かいながら、この建物をはじめて目にしたときにローズ・ブリッグスはどう思ったろうと、わたしは物思いにふけった。おとぎ話の世界に足を踏み入れたと空想した？　もしそうなら、彼女は自分をシンデレラと思った？　それとも、青ひげの花嫁？　どこまでも完璧な家には禁じられた何かがある。わたしにはそう思えた。でもそれもたぶん、十二月の灰色の夕方だったからにすぎない。

家を出てからベンチリー家の人たちと顔を合わせたのは、夕食と招待客が到着するあいだの休憩時間のときだった。わたしとバーナデットとメアリーは、三階のゲストルームで三人の女性を待っていた。メアリーはお屋敷の豪華さが信じられず、ぼうっとしていた。金糸でくくられた花飾りが、いたるところに飾ってあった。金色に輝くダンスルームには、シャンデリアが四つあった。四つも！　その部屋はとてつもなく広く、一方の壁から向こう側の壁が見えないほどだった。パンチの入った銀のボウルは、そのなかにひとが飛びこめそうな大きさだった。大理石の階段は、曲線を描いて二階に延びていた。メアリーが興奮していたおかげでわたしは気苦労からくる重圧をそれほど感じずにすみ、仕事は楽になった。

ベンチリー家の三人が夕食からもどってくると、部屋はまったくべつの雰囲気に包まれた。ベンチリー夫人はぺちゃくちゃとしゃべり、シャーロットはほとんど口を開かず、ルイーズは黙りこんでいる。張り詰めたようすから、夕食は愉しい時間ではなかったと察せられた。

バーナデットにぐいぐいと引っ張られてドレスを脱ぎながら、ベンチリー夫人はシャーロットにひっきりなしに話しかけた。「あの方、ほんとうにかわいらしいわね。想像してたよりも、はるかに。ニューサム氏とは、ほんとうにお似合いだわ」

わたしがドレスを脱がせるあいだ、じっとしていたシャーロットが言った。「何を言っているのかわからないわ、お母さま」

「妹さんはぱっとしないわね。ノリーとは大違い。ノリーは溌剌《はつらつ》としてるのに。夕食のときも饒舌《じょうぜつ》だったし」夫人の口調から、彼の陽気さはお酒を飲んだせいだと思われた。「いいことじゃない、シャーロット。男性みんなが、おしゃべりが好きというわけではないんだから。わたしが話しかけても、ニューサム氏は三語もしゃべってくれないでしょうね。もちろん、ノリーがからかったせいで妙な雰囲気になったのはほんとうだけれど……。ニューサム氏が機嫌を悪くしたのは責められないわ……」

「お母さま」ルイーズが夫人を遮った。「このイヤリングでいいと思う?」

「あら、いいんじゃないかしら。すてきよ」そして、夫人はおしゃべりにもどった。「だって、あんな手紙、ほんとうに怖ろしいもの」

シャーロットはぴしゃりと言った。「お母さま……」

「ごめんなさい、シャーロット。でも、わたしはニューサム氏が正しいと思うわ。ノリーはあの手紙のことで冗談を言うべきではない。このところ、何があったか考えてごらんなさい。あの爆破事件よ」

メアリーはびくりとした。「爆破事件ですか、奥さま?」

誰かの興味を引いたことがうれしくて、ベンチリー夫人は話をつづけた。「そうなの、ニューサム家に怖ろしい手紙が届いていたの。あらゆることを脅す手紙よ。ニューサム氏は、無政府主義者の仕業だと言うけれど」

シャーロットが言った。「ノリーはいたずらだと言ってるわ」

娘の声色ににじむ恐怖には気づかず、ベンチリー夫人は先をつづけた。「最後に届いた手紙には、まさにきょうのパーティのことが書いてあったんですって。ニューサム氏は詳しい内容は言おうとしなかったけれど、警備を強化したと夫に話しているのが聞こえたわ。わたしも、そうするべきだと思う」

ということは、まえにシャーロットが話していた手紙というのは、ビアトリスからの恋文でもなければ、ノリーの支払いが遅れたことに腹を立てたどこかのお店からの請求書でもなかったのだ。骨組みだけになった黒焦げの《LAタイムズ》紙本社ビルの写真が頭に浮かび、アナの言葉が思いだされた。あたしたちは何人、殺さなければならないんだろうね、感銘を与えるのに。

シャーロットの髪を巻きながら、わたしは言った。「いたずらに決まっていますよ。誰がニューサムさまに危害を加えたいというんです?」

夫人が言った。「それがルシンダが言うには、今回のことは何もかも、どこかの炭鉱であった事故と関係があるんじゃないかと……」

「お母さま!」今度ばかりはまちがえようのないシャーロットの声色に気づいて夫人は口を閉じ、叱られた子どものようにボタンを引っぱった。わたしはブレスレットを直すふりをして、夫人の手をさすって宥めた。

それで話はお終《しま》いになった。最後のひと仕上げをして三人の着替えが終わると、わたしはすっかり満足した。ベンチリー夫人には、濃い緑色のヴェルヴェットのドレスがよく似合っていた。ルイーズは髪を高く誇らしげに結っていた。ラヴェンダー色のドレスは彼女を優雅に見せ——すくなくとも、忘れずに背すじをぴんと伸ばしているときは——銀色のダンスシューズは踊りたがっているようだった。

象牙色とバラ色が交互に配色されたメゾン・ウォルト（オートクチュールの基礎を築いたと言われるデザイナー、シャルル・フレデリック・ウォルトのメゾン）のドレスをまとったシャーロットは、息をのむばかりの美しさだった。スカート部分には淡い緑色のシルクの糸で控えめに刺繍《ししゅう》がほどこされ、グローヴがつぼみのなかに咲く一輪のバラに見える効果をいっそう高めていた。輝く金髪は古代ギリシア風に結われ、ほっそりした長い首が際立った。袖口とグローヴのあいだからは、肌が顕《あら》わになっていた。髪を縛っているのは緑色の糸で刺繍されたクリーム色のサテン布で、おかげで彼女の瞳はサファイア色に変化して見えた。悲痛なほどに美しい、と思った。そしてすぐに、どうして悲痛なんて言葉が浮かんだのかと訝った。

ベンチリー夫人が言った。「シャーロット、あなた、顔色が悪いわよ。わたしのペップ・ピルを一錠、服《の》みなさい」

ベンチリー夫人は何かひとつのことに夢中になりがちだ、という話はした。このときのお気に入りは、フォーサイス博士のペップ・ピルだった。服用すれば目は輝きを増し、呼吸が楽になり、若く活力があったころにもどれる、と謳われた代物だ。タルマッジ夫人が気に入ったことではやりはじめると、ベンチリー夫人もそのピルに頼りきりになった。

シャーロットはぴしゃりと言った。「もう、お願いよ、お母さま。お母さまのへんてこな薬なんて、わたしには必要ないの！」

いつも仲裁役を務めるルイーズが言った。「さあ、お母さま。わたしが預かっておくわ。わたしが服むように言うから」ベンチリー夫人は笑みを浮かべ、ピルの入った小さな瓶をルイーズに渡した。彼女はそれをクラッチ・バッグにしまった。それから、ふたりでシャーロットのあとを追った。

わたしは立ち上がった。数秒まえまでわたしの心をすっかり満たしていたごく細かいことはぜんぶ、きれいになくなっていた。たぶん、どんなパーティのときにも現れる不安のせいにすぎなかったのだ。それでも、ベンチリー夫人が話していた手紙のことは追い払えなかった。ガラテヤの信徒への手紙の言葉が頭のなかを漂う。〝蒔いたものは刈らねばならない〟（六章七節）

疲れていると、恐怖心は大きくなって迫ってくる。十中八九、ノリーが正しいのだ。手紙は誰かのいたずらなのだろう。ニューサム家が今夜パーティを開くことは、ニューヨークじゅうのひとが知っている。逆恨みでもしている使用人にとっては、たやすくできるいたずらだ。

「あの……」顔を上げると、メアリーがつま先立ちをしていた。「ちょっと思ってたんですけど……」

メアリーがドアをちらちら見ている隣で、バーナデットが言った。「招待客がやってくるところを見たいんですって」

メアリーは言った。「バルコニーから見るなら、誰にも気づかれないと思います。みなさんがどんな装いかを見たいだけなんです」

気持ちが逸れたことをありがたく思い、わたしは言った。「いい考えだと思うわ。行きましょう」

うれしそうにため息を洩らし、メアリーはドアまで走った。「バーナデット、いっしょに見ませんか?」

「わたし?」バーナデットはベッドにもたれかかっていた。「あのひとたち、ちゃんと着飾ってるわ。ぼさっと立って拍手をする必要なんてない」

玄関ホールの上に位置する階段の踊り場はじゅうぶんな高さがあって、気づかれることなく、やってくる招待客を見わたすことができる。わたしたちの頭上にぶら下がる巨大なシャンデリアは、いまや容赦なく光り輝いていた。視線が引きつけられるけれど、見ていると目が痛くなり、わたしは下を見ることに集中した。

メアリーは身を乗り出さんばかりになっていた。「すごい、彼女が着てるドレス、何? あんなの、見たことがないわ」

わたしは玄関ホールに集まったひとたちのなかを探した。ローズ・ニューサムを見つけるのはかんたんだった——そう、メアリーの言った〝彼女〟とは、とうぜんローズのことだ。

ローズ・ニューサムは、これまで目にしたひとたちのなかでいちばん美しい女性ではないかもしれない。でも、彼女より美しいひとがいるかというと、誰のことも思いつけない。彼女の黒髪はおとぎ話の登場人物みたいにどこまでも濃く、白い肌とすばらしく対照的だ。ドレスはヨーロッパから持ち帰ったものにちがいない。これまで見たことのないデザインだった。簡素であり大胆。円柱のようなスカート部分は飾りのない白いダマスク織りで、ボディス部分は青白いシルク地だ。それに対し、胸部は純然とした黒いヴェルヴェット地で斜めに覆われ、肩から羽根が伸びているようだった。まるで大鴉《おおがらす》だ。とてもモダンな印象だった。ほとんど危険と言ってもいい。髪はゆるく結いあげられ、黒い巻き毛がうなじで揺れていた。髪でも手首でもルビーが輝いているのを見て、あのルビーはニューサム氏から贈られたとみんなが噂しているものかしら、と思った。あふれるほどの女性らしさの一方で、何かを待ちわびているようなふっくらした口許や、まつ毛が長く大きな瞳には、子どもらしさが感じられる。どうやって夫の目を――そして、ここにいる男のひと誰のことも――惑わし、アームズロウ夫人の友人たちさえ魅了したのか、かんたんにわかるというものだ。

ニューサム氏に関しては、禿げた頭部と広い肩、それにでっぷりとしたお腹がまず目に入った。若いほうのニューサム氏は、敢えてそうしているとわかるように、父親から離れて立っている。正装したノリーはまばゆいばかりだった。ロングドレスを着た妹のルシンダは不安そうにしていた。生真面目で地味な顔立ちは、サテン地のドレスのパフスリーブや巻き飾りと釣り合っていない。兄にくっつくようにして立ち、しきりにその腕に触れていた。おかしなものね、とわたしは思った。兄と妹で、これほどちがった気質が見られるなんて。

「あれは誰でしょう？」あらたにやってきた訪問者を見て、メアリーはひょいとつま先立ちになった。

「あれは」わたしは不安になった。「タイラー夫人と、ご令嬢のビアトリスとエミリーよ」

ニューサム家がタイラー家を迎えるところを、わたしは息を詰めて見守った。誰もが心から愉しそうにしているようだ――すくなくとも、これだけ離れたところから見れば。ビアトリスは、濃い紫がかった青色のドレスを選んでいた。彼女の白い肌と黒髪がたいそう引き立っている。見えるかぎりでは、彼女はノリーへのあいさつはそこそこに、すぐにルシンダとニューサム夫妻のほうへ移動していた。

タイラー家の女性たちのうしろに、笑みを浮かべながら立つ背の高い若い男性が見えた。ウィリアム・タイラーだ――内輪では〝ウィリー・ビリー・ベア〟として知られている。生まれてすぐ、タイラー夫人のいとこがこのニックネームをつけ、定着した。とんでもなく不器用で意気地のないところはあるものの、スパニエルの子犬のような赤みがかった茶色の髪と希望にあふれた目を持つ、ハンサムな青年だ。

まもなくタイラー一家は、次々に到着する招待客のなかにまぎれた。わたしは指で示しながら、メアリーに教えた。ヴァンダービルト家、ヴァン・ド・ワール家、アスター家、アームズロウ家。あれがエドワード・ローダー、こちらがヘンリー・パージター、いとこどうしのエディスとエレノア・アダムズ……

メアリーは言った。「誰のことも知ってるんですね」

それから彼女は、手先が冷えたのかポケットに片手を突っこんだ。と思ったら、顔が真っ青になった。突っこんだばかりの手をポケットから出すと、小さく丸まった布を握っている。彼女は取り乱し、小声で言った。「ルイーズさまのグローヴです。忘れていかれたんだわ。これ、ルイーズさまのものですよね？」

たしかにルイーズのものだった。爆破事件やペップ・ピルのことを話しているあいだに、みんな、すっかり忘れていたのだ。大きくて節くれだった手がいちばんの美点というわけがなく、彼女はとりわけ、その手を恥ずかしく思っている。パニックになり、二階にもどるもっともな口実を思いつけないでいるかもしれない。誰かが——わたしが——一階におりて彼女に届けなければ。

「申し訳ありません」メアリーはめそめそと言った。「申し訳ありません」

「心配しなくていいわ、メアリー。すぐにルイーズさまを見つけてお渡しすればいいんだから。あなたはゲストルームにもどって、バーナデットといっしょにいなさい」

「わかりました。ありがとうございます」

わたしは笑顔を見せた。「すぐに解決する。ほら、泣かないで。誰かが死んだわけではないんだから」

6

でも、そうかんたんには解決しなかった。ひとつには、何百人というひとが集まるなかでひとりのレディを探すとき、メイド服姿で人目につかないようにするのは容易ではないからだ。招待客は全員到着し、舞踏室に集まっている。誰もいなくなった玄関ホールに近づくと、音楽と愉しそうにおしゃべりする声が聞こえてきた。フットマンがふたり、それぞれドアの前に立っていた。彼らに言えばなかに入れてくれるだろうけど、ニューサム家が警備に気を配っていることを考え、わたしはべつの入口を探すことにした。

このお屋敷の外観はイギリスのカントリー・ハウスを連想させるけれど、内装はフランスのルイ十四世の住まいだったヴェルサイユ宮殿をむだに模倣したような、熱に浮かされたときに見る夢も同然のありさまだった。アームズロウ夫人の住まいはどこも、とんでもなくすばらしかったものの、彼女自身は慎ましい考え方をする世代に属する年配の女性だった。でもここでは、富がそこらじゅうに見てとれた。あらゆる表面が金箔で、大理石で、金襴《きんらん》で覆われるか、房飾りがついていた。暖炉は男性の背の高さほどで、天井までは六メートルもある。巨漢のために建てられた家かと思えるくらいだ。分厚い絨毯はどんな足音も吸収し、自分の存在さえ消えてしまいそう。部屋数は無限で、すべてを見ようとすると目まいがした。

厨房からなら入れるかもしれない、と思った。大勢の給仕係が、料理や栓をあけたばかりのワインのボトルやグラスを手に、厨房を出入りしていた。わたしは彼らに交じって厨房に入った。この夜のために臨時に雇われたひともいたから、わたしがどこから入ってこようが、誰もへんに思うことはなさそうだ。

厨房のようすは騒々しいけれど、統制のとれた混乱状態といったところだった。料理人たちが巨大なオーヴンの前に立ち、メイドや給仕係は走りまわっている。トレイは腰のあたりにあったかと思うと頭上に掲げられながら、あちこち飛び交っていた。新鮮な食材がなおも届けられ、配達人たちはドア越しに大声で呼ばわった。「氷だよ！」「ロブスターの到着だ！」「ウィスキー！」わたしは厨房の一角に立ち、つぎに誰がここを出ていくかを見極めようと機会を窺《うかが》った。食材の搬入口のところに、大きな氷用のとび口を手に立っている男性がいた。この大騒ぎの厨房のようすに圧倒されたのか、呼びかける声は弱々しくなっていった。「氷だよ、氷を持ってきた……」レストランで会ったアナの友だちだった。

わたしは彼に近づいた。「ミスター・ポーリセック。こんなところでお会いするなんて」

驚いたように、彼は不器用な笑顔を見せた。「アナのお友だちですね。お元気ですか」

「おかげさまで」ロースト・ターキーにぶつからないようからだをかわしながら、わたしは答えた。「氷を配達にきたのね？」

「そうです。どこに運べば……」

何人かに尋ね、貯蔵室に運べばいいとわかった。彼がトラックにもどろうとしたとき、わたしは思わず声をかけた。「また会えてよかった」

彼はわたしを見た。「ロバート・ニューサムのところで働いていますか？」

「いいえ、ベンチリー家でよ」

そう答えると、ポーリセックはうれしそうに見えた。それから彼は氷を取りに、トラックのほうへ歩いていった。

わたしは厨房をふり返った。お酒のはいった木箱を持った給仕係が舞踏室に向かっている。慎重に距離を取りながら、使用人たちの群れを抜けてなんとかその給仕係のあとを追った。そしてドアを抜け、舞踏室につづく給仕用の廊下に出た。なかに入ろうとしたところでそのドアがあき、ロバート・ニューサム氏が現れた。わたしは咄嗟《とっさ》に、奥まったドアの陰に隠れた。

ニューサム氏はお酒の箱を運ぶ給仕係の腕をつかまえ、うなるように訊いた。「息子がどういう人物か、わかっておるだろうな？」

かすかに緊張したように、給仕係はうなずいた。

ニューサム氏はお酒の入った木箱を軽く叩いた。「息子があと一杯でも酒の入ったグラスを手にしたら、誰かは一セントも手にすることなく家に帰ることになるぞ。そしてその誰かは、べつの仕事を探すことを考えたほうがいい」

「かしこまりました、サー」給仕係は答えた。

ニューサム氏がパーティ会場にもどるまで、わたしはそのまま隠れていた。給仕係は木箱を床に置いてその上に坐り、誰にともなくつぶやいた。「よく聞く話だな。若いニューサムが飲んだくれるのは、誰の責任か？　雇われた人間だ」

シャーロットのことが心配になって、わたしは彼に訊いた。「ノリー・ニューサムさまは……」

「酔っぱらってる。飲みすぎて、何もわからなくなってる」彼はわたしの頭から足先まで、じろじろ見た。「えっと、どなたかな？」

「ジェイン・プレスコットです。ベンチリー家でメイドをしています」

「きょう結婚するほうの？　それとも、ペキニーズみたいなほうの？」

彼の前を行ったりきたりしながら、わたしは言った。「結婚するのは、シャーロット・ベンチリーさまです」

「ということは、きみはペキニーズ担当か。気の毒に。あれほど着飾らせるのは、さぞたいへんだったんじゃないか」

どんな男性からでもこんなことを言われたら、とてもいやな気持ちになっただろう。でも、この給仕係の口から聞かされて、その気持ちはいっそう強くなった。彼はずるいほどにハンサムで、そのことは自分でもわかっているようだった。わたしを見上げ、にやりと笑いかけてくる。「この黒髪、魅力的だろう？　茶色の瞳はどうだ？　くっきりした黒い眉は？　この割れた顎はどうだ、きれいに並んだ、じょうぶな白い歯は？」とでもいうように。話し方からすると、アイルランド出身のようだ。ベンチリー夫人に仕えていなくてよかったわね、とわたしは思った。

　ところで、このひとはルイーズの存在に気づいている。それなら、彼女がいまどこにいるのか知っているかもしれない。「すぐにミス・ルイーズ・ベンチリーと話したいの。どこかで見ませんでした？」

「最後に見かけたときは、悪気のない娘たちに囲まれてたな。きょうみたいなつらい日に、なんとか慰めてやろうとしている娘たちに」

「正確にはどこ？　思いだせる？」

「……なんとかいう植物の近く？」

　彼には見切りをつけ、わたしは舞踏室に向かった。すると驚いたことに、彼は木箱を持ってきた。「どんな感じだい、ベンチリー家で働くっていうのは？　盛大な結婚式になるんだろうね。でも、ルイーズのほうが年上なんだろう？　彼女、よろこべないよな……」

「失礼します。わたしはルイーズさまを探さないといけないので」

「ちょっと待って、探すのを手伝おう」

「けっこうよ」わたしは言った。

「なら、ぼくについてなか入ればいい」彼はそう言って木箱を持ったまま、まっすぐにドアを抜けて舞踏室に入っていった。そこで木箱をおろしてから、大きな窓を覆っているカーテンのほうにうなずきかけた。「この部屋には、隠れ場所はそこらじゅうにある」

今度は彼はにっこりと笑い、秘密のかくれんぼをするためにカーテンのなかへ消えるような素振りをしてみせた。わたしは感謝の印にすこしほほえみ、彼から離れてルイーズを探しに向かった。

たっぷりとしたカーテンのおかげで、ルイーズを視界に入れながら部屋の隅をこっそり歩くのはかんたんだった。ベンチリー夫人の姿はどこにも見えない。でもベンチリー氏はそこにいて、ヴァンダービルト家の遠い親戚のおしゃべりにじっと耐えていた。

「腹立たしいことですわよね？」遠い親戚は力説している。「オペラ劇場でも新聞社のビルでも爆弾が爆発して、今度は脅迫状ですって！」

しばらくして、ヘイズ＝スミス夫人とエミリー・タイラーにはさまれ、黙って立ちつくすルシンダ・ニューサムが目に留まった。わたしはふと思った。ルイーズはこのグループから逃れる避難場所を見つけたんだ、と。小柄なヘイズ＝スミス夫人は何事にもひたむきで、自分のことを恥ずかしがり屋だと思っている。とはいえ、どんな場面でも会話の中心にいた。エミリーは気まぐれなかわいらしいお嬢さんで、いつどんなときも、いまにもくすくす笑いだしそうにしている。深刻な表情をしているから、ルシンダはどうにかふたりの会話に巻きこまれずにいるけれど、それでもヘイズ＝スミス夫人はしゃべりつづけた。「それにしても、この婦人参政権論者たちが要求する権利とはなんでしょうね？　わたくし、そんな権利などなくたって、するべきことがたくさんありますのに。ええ、大勢の女性がおなじように考えていると思いますわ」

「わたしもそう思います」くすくす笑いながらエミリーが答えた。「ほんとうに」

この話題に引き入れようと、彼女はルシンダにちらりと目をやった。ヘイズ＝スミス夫人もまじまじと見つめた。かすかに震える声で、ルシンダは言った。「わたしはそう思いません。人口の半分を占める女性たちが政治に関わろうとするのを止めるなんて、文明があると認めるにふさわしい国なら、そんなことしていいはずありませんもの」

「あら、家庭の外でも裕福で満足な生活ができると女性が考えるのを後押ししたら、家族はどうなると思います？」ヘイズ＝スミス夫人が言った。「家族というのは、社会の基盤ですのに」

でもルシンダはもう、ヘイズ＝スミス夫人に注意を向けていなかった。何かが彼女の目をとらえていた。その表情からすると、不愉快なもの。そして彼女の視線の先にいたのは、ローズ・ニューサムだった。熱心に話しかけるふたりの紳士の相手をしている。ひとりの紳士が、〈セント・レジス・ホテル〉で考案されたカクテル、ローズ・ブラッシュを彼女の手に押しつけようとした。彼女は片手を上げ、丁重に断った。

「もし」ルシンダ・ニューサムは大きな声で言った。「わたしたちの社会の基盤が家族なら、その国はまちがいなく、とんでもない災難に見舞われるでしょうね」

ルシンダはそれだけ言うと、ぽかんと口をあけたヘイズ＝スミス夫人と、口許を覆っているものの笑っているのを隠しきれないエミリーから離れた。エミリーは気分を変えようとしたのだろう、わたしを目ざとく見つけた。

「ジェイン」彼女は笑いながら言った。「そんな鉢植えの陰に隠れて、何をしているの？」

エミリーは、公の場で困っているときに頼れるタイプではない。彼女に知られたら、わたしがルイーズを見つけるよりはやく〝忘れられたグローヴ〟というおもしろおかしい話がこの部屋じゅうに広まるだろう。「ベンチリー夫人にお伝えしたいことがあります。どちらかで見かけませんでしたか？」

「いいえ」エミリーは答えた。それから、思いがけず深刻なようすになった。「ねえ、ほんとうなの？　ノリーとシャーロットのことで、みんなが噂していることは？」

エミリーが一歩、近づいてきた。彼女の着ている緑と金のドレスには見覚えがあった。今年の流行のデザインではない。もっと言えば、去年のでさえも。ボディス部分のレースは洗濯をくり返した結果ごわごわになり、袖口はほつれている。視線を下げれば、エミリーの背丈に合わせて丈を詰めたスカート部分の裾が見えることはわかっている。

わたしが何も答えないでいると、彼女は話をつづけた。「まあ、わたしとしては、ほんとうでないことを祈るわ――みんなのためにも」それだけ言うと、招待客たちの輪にもどっていった。

パーティには落ち着かない雰囲気が漂っていた。ニューサム家に届いた手紙が脅迫状だったというニュースと、ノリーはふさわしくない相手と結婚するという噂とがいっしょになって、招待客たちを緊張させていたからだ。

不慣れな給仕係のトレイが招待客のひとりにぶつかり、その女性は恐怖におののいたように叫び声を上げた。たぶん、無政府主義者に銃をつきつけられたとでも思いこんだのだろう。入念に配置されたクリスマス・ローズの近くでは、ヘレン・ローダーがタイラー夫人にお説教をしていた。「何もかもあなた自身の責任ですからね、フローレンス。新興の成金に社交界に入ることを許したんですから。あのひとたちにすべて持っていかれてしまうのよ。銀のお皿を泥棒に渡すようなものじゃない」

いくつもの小振りなテーブルのあいだを縫うように移動するノリーを、こっそりと目で追った。ダンスフロアに繰り出したひとたちは、お酒の入ったグラスをテーブルに置いたままにしていた。ノリーはそのグラスをつぎからつぎへと手に取り、残りのお酒を飲んでいる。酔っているせいで、外見は見苦しい。髪はだらしなく乱れ、顔は真っ赤だ。正装のままレスリングでもしたみたいに、着ているものはくしゃくしゃだった。

シャーロットは彼のそばにいるだろうと見回したけれど、彼女はいなかった。これはおかしい。でも、もう十一時になるところだ。ひょっとしたらすでに二階に行って、最高の自分に見えるよう、身だしなみを整えているのかもしれない。

ローズ・ニューサムがノリーに近づいた。彼の手からグラスを取り上げると給仕係に渡し、残りのグラスも片付けるよう指示した。それから気持ちを引き締めたかのようにして、義理の息子を見た。彼は、ローズよりも年上だ。

ローズがノリーに訊いた。「シャーロットはどこ?」

「奇妙な母親か、ガーゴイルみたいな姉といっしょにいるんじゃないか」

「探しに行かなくていいの？」

「もっと、ましなことをしないといけないんでね」ローズは指をきつく握って拳をつくり、そのあと緩めてから言った。「厨房に行って、コーヒーを飲んできて」

ノリーは声を上げて笑った。

「そうして、ノリー。あなた……あなたもうすぐ、シャーロットに指輪を渡すんでしょう。そして午前零時になったら、お父さまが婚約を発表するのよ」

「お父さまが婚約を発表するのよ」ノリーはローズの口調を真似た。「自分の結婚の話でもすればいいいんじゃないかな。みんなに、こんなにしあわせですって見せつけたら」

わたしはニューサム夫人が気の毒になった。彼女が、この甘ったれのお坊ちゃんの頬を思い切りひっぱたきたい――そうされても、ノリーには当然の報いだ――という思いと、事を荒立てたくないという思いとのあいだで迷っているのはまちがいない。

「シャーロットのことを考えて」ローズはしずかに言った。「傷つけるのは、ひとりだけでじゅうぶんでしょう？」

ノリーはばかにしたように、大きなうなり声を上げた。ローズは不意に力を得たように言った。「いいわ、シャーロットのことが考えられないというなら、お父さまのことを考えて。あなたのせいでわたしたちはたいへんな思いをしているんだから、せめて品格をなくさないように乗り切って。お父さまは脅迫状のことを心配するだけで精一杯なんだから」

「脅迫状ね。言ったろう、やらせておけって。ぼくたちを順番に殺していけばいい」ノリーは指で銃の形をつくり、招待客を何人か、撃つまねをした。

そして今度は、自分の継母に狙いをつけた。ローズの眉間に指先を向け、ノリーはもごもごと言った。「最初に死ぬのは誰だ？　そうだな、この家族の一員じゃない誰か……」

わたしはカーテンの陰から歩み出て言った。「ミスター・ニューサム、おじゃましてたいへん申し訳ありません。ですが、ミス・ベンチリーがお呼びです」

急に現れたわたしに、ローズは最初、とまどっていた。でも、助け舟を出されたとわかると、共謀者めいた笑みを見せた。「ほら、聞いたでしょう？　シャーロットもかわいそうに、あなたとダンスをしたいはずよ。彼女、とってもダンスが上手ですもの」

彼女はやさしくノリーの手を取り、わたしに引き渡した。「直接、シャーロットのところへ連れていって」それから声を落として言った。「もしできたら、着替えさせて」

「はい、かしこまりました」わたしはローズに約束した。

舞踏室を出ようとしたところに、ルシンダが現れた。彼女はノリーに手を伸ばして言った。

「ノリー、話があるの」

ノリーはため息をついた。「いつものあの話でないなら聞く。悪いね、ルシンダ」

わたしがここにいることに、ルシンダは苛立っていた――苛立っているどころではない――けれど、わたしとノリーを行かせるしかなかった。

最初はノリーも、使用人に腕を取られて歩くことをおもしろがっていたようだった。でも、わたしが言われたことをきちんとやるつもりだとわかると、態度を変えた。何度かわたしの手から腕を引き抜こうとしたけれど、彼は酔っていたし、わたしは断固として腕を放さなかった。ついに彼は、歯をくいしばるように言った。「またぼくに手を触れたら、顎をかち割ってやる」

彼が本気で言っているかどうか、わたしは心配するべきだった。でも、彼の凶暴さにはどこか弱々しさもあり、バワリー通り（マンハッタンの南にある、酒場の多い通り）で見かけた酔っ払いたちを思いださせた。彼らは、自分たちは不幸だと言っては、世の中に対して腹を立てていた——でも、自分たちのせいで他人がどれほど不幸な目に遭っているかには、けっして思いが及ばない。そんなことを考えていたから、自分がジェイン・プレスコットにすぎないことを一瞬、忘れたのだろう。わたしは言った。「そうなったら、かなり困ったことになります」

ノリーが本気でわたしを脅しているのかどうかを見極めようとしていると、ビアトリス・タイラーが現れた。ついさっきまでダンスをしていたとでもいうように、顔がほてっていた。口許はわなわな震えている。彼女は冷静さを失わないようにしながら言った。「こんばんは、ジェイン。すこし、ミスター・ニューサムとお話ししてもいいかしら？」

「もちろん、かまわないよ」ノリーが答え、彼女に片手を差し出した。ビアトリスはその手を取らなかった。「どうした？」彼は手のひらを上に向けた。「握らなくていいのか？」

「握り返したほうがいいのかしら？」ビアトリスが訊いた。

「ああ、いまのところはね。すくなくとも」

ビアトリスはノリーをじっと見つめてから手を握った。ふたりでダンスフロアに向かうとき、ビアトリスはノリーの耳元に唇を近づけた。彼はたちまち笑い声を上げる。わたしは、シャーロットは無分別に相手を選んでしまったと思わずにはいられなかった。ビアトリスは母親とまったくおなじだけのウィットがあり——母親の二倍の残酷さを持ち合わせている。

どうしよう？　ノリーはシャーロットといっしょにいない。彼はビアトリスといっしょだ。しかも、時刻は十一時を過ぎている。この三つが合わされば、午前零時までに何かとんでもなくひどいことが起こってもおかしくない。シャーロットを探しに行くべきか、ノリーにビアトリスとのダンスをやめさせるべきか、どちらか決めかねていると、背後から声が聞こえた。「踊らないか？」そして、強引にくるりと回された。

さっきのアイルランド人の給仕係だ。何も考えず、わたしは彼とふたつか三つ、ステップを踏んだ。それから押しのけた。

「失礼だな！」彼は叫ぶように言った。「きみの頼みを聞こうと思ったのに」

「わたしの頼みですって？」わたしはぴしゃりと言った。

「きみが見失ったかわいい子牛は、オードヴルの皿のところにいた。ちょっとばかり肌を出しすぎじゃないか？」

ルイーズ！　わたしはすぐに駆けだした。よく聞こえないけれど、給仕係が何か叫んでいた。「これで貸しができた、忘れないで！」とかなんとか。

ルイーズはオードヴルの皿のそばで、ゴシップを探ろうとする三人に囲まれていた。両手を背中にまわし目を大きく見開き、わたしもよく知る〝囚われてしまった〟という表情をしている。わたしはその話の輪のところに行った。「おじゃましてたいへん申し訳ありません、ルイーズさま。シャーロットさまが、すぐにいらしてほしいとおっしゃっています」

目をきらきら輝かせたひとりが、甲高い声で言った。「シャーロット？　どこにいるの？」

「しかるべきところにいらっしゃいます」わたしは答えた。ちょうどこのとき、楽団がはやりの曲を演奏しはじめた。三人の興味は、ダンスの相手を見つけることに向いた。

ルイーズを引っぱって招待客たちのあいだを進むあいだ、彼女が訊いた。「それで、シャーロットはまだここにいるの？」

わたしは足を止めた。「どういうことです？」

「誰も見つけられないでいるの。お母さまは頭に血がのぼっているわ。お母さまに、ジェインが居所を知っていると伝えなくちゃ」

「わたしも知りません。先ほど言ったことは口実で。これをお渡ししようと思って」わたしはグローヴをひっぱり出した――とはいえ、いまとなってはもう、どうでもいいものに思えた。

頭のなかにはするべきことがさまざまに浮かんでいたけれど、ひとつに絞った。シャーロットを見つけよう。

「ルイーズさま、わたしの代わりにしていただきたいことがあります。そうすれば、あなたの妹を助けられますから」ルイーズは〝していただきたい〟という言葉に、不安げに息をのんだ。でも、うなずいた。「ノリーさまを見つけてください。ビアトリスさまとダンスフロアにいます。見つけて、いっしょに踊ってください」

「わたし、ダンスはからきしだめなの」

「そんなこと、ありません――とにかく、そんなことはいまは関係ないんです。重要なのは、ノリーさまをビアトリスさまから離しておくことですから。あなたの妹を見つけられるまで」

ルイーズ・ベンチリーには荷が重すぎる。でも彼女は顎を上げ、ダンスフロアのほうへと向かった。もちろん、グローヴをして。

わたしの最初の任務は、シャーロットがまだこのお屋敷にいると確認することだ。歩いて帰ったということは、まず、ないだろう――どれほど気を落としていても。中庭を通ってニューサム家のガレージ――大聖堂のように広い場所に何台もの車が並んでいる――まで行くと、ベンチリー家のお抱え運転手のオハラが運転席で寝入っていた。足元にはシャンパンの瓶が転がっている。

シャーロットは家に帰っていない。それなら、どこにも姿が見えないのはどうして？　自分の勝利のときなのに。心臓が早鐘を打ち、わたしはもういちど、いろいろな可能性を考えた。ノリーのことで何か侮辱されて腹を立て、どこかに隠れているのかもしれない。あるいは、ビアトリスのせいかも。いま思えば、彼女はノリーを〝拝借〟したとき、ずいぶんと勝ち誇ったようにしていた。

早めに書斎に行っているだけという可能性もある。みんな、なんでもないことを心配しているだけなのかも。

こぢんまりとした中庭を引き返して母屋にもどるとき、暗闇に誰かいるのに気づいた。わたしは足を止め、シャーロットかどうか確かめた。ちがった。背丈はおなじくらいだけれど、あきらかに男性だ。声をかけようとしたところで、誰であれその人影は角を曲がっていなくなった。

わたしは急いで厨房にもどった。そこでは使用人たちが、汚れた皿やカトラリーの山を洗ってしまおうと奮闘をはじめていた。厨房から書斎につづく廊下にきたところで、時計が午前零時を知らせる鐘を打ちはじめた。グラスが触れ合う音と、注目を呼びかける声に耳をすます。このあと、婚約が発表されるのだろう。

書斎のドアの前に立ち、気持ちが悪くなってきた。これは、わたしがよけいな手出しをするようなことではない。シャーロットがなかでじりじりと落ち着かない気持ちでノリーを待っていたら、わたしはとんだおじゃま虫だ。いままさに、ノリーが祖母の指輪を渡しているところなら、おじゃま虫どころではすまない。

なかから声が聞こえないかと、耳をすます。何も聞こえない。わたしはドアノブを回し、分厚い絨毯の敷かれた書斎に入った。暖炉に火がくべられている。ぱちぱちと音を立てる炎が、部屋を照らす唯一の明かりだった。ニューサム家の礎《いしずえ》を築いたジェイムズがマントルピースの上で、仕立てのよい簡素な黒い衣服に身を包んで厳めしい顔をしている。純白の襟元だけが、その厳めしさを和らげていた。広いこの部屋にはドアがふたつあり、ひとつは厨房へ、反対側にあるもうひとつは舞踏室に行けるようになっている。前面がガラス張りの本棚には、いくつもの棚板に本がもったいぶって収められている。窓にはたっぷりとしたカーテンが引かれ、そこらじゅうが陰になっていた。急に不安になって、思い切ってドアから離れて呼びかけた。沈黙が返ってきた。でも、と思った。返事がないからといって、誰もいないわけではない。

もういちどシャーロットの名前を呼ぼうとしたとき、それが目に留まった。床に投げだされた手を、どうしてそんなに怖ろしいと思ったのかは説明できない。こわばった指、必死に伸ばされた腕……これは、寝ているわけではない。心臓が恐怖で膨らんでずしりと重くなり、痛いほどにどくどくと音を立てる。わたしはよく見ようと近づいた。ノリー・ニューサムが、ニューサム家の富の相続者が、鋭く容赦ない目をした先祖に見下ろされながら横たわっていた。

死んでいる。

その言葉は、ノリー・ニューサムの潰れた顔から目をそむけたあとも、頭のなかで響きつづけた。暖炉の火の明るさで、何本かの歯がまだ残っているのがわかった。血まみれの歯が並んでいて、そこが口だとわかる。ぽっかり空《あ》いたふたつの穴は赤く生々しく、それが目だとわかるのは、そこが目の位置だからというにすぎない。鼻はすっかりなくなっていた。

火格子の上の火がはぜてぱっと明るくなり、ノリーの額《ひたい》を照らした。いまだに青白く、広く秀で、完璧だった。べっとりとした赤黒い斑点が残された、髪の生え際以外は。わたしはふと、これが最初の一撃であってほしいと願った。そうすれば、あとは何をされても気を失っていただろうから。あまりにも動揺し、ばかばかしいことにわたしは彼の目をじっと見つめた。というか、かつては目だったところを。そこは、特にひどく傷つけられている。潰されただけでなく……えぐられていた。

わたしはどうにかしてそこから目をそむけようと、ノリーの靴に視線を移した。絹の靴下、ズボン、それにベルトまで、何もかもおかしなところはない。視線を手のほうにもどし、わたしはまたぎくりとした。染みだ。ジャケットの下襟に、粘り気のある薄い染みがついている。夕食のソースだろうと思った。とたんに手の甲を口に当て、何か酸っぱいものを飲みこまなくてはならなかった。

誰かに伝えなければ。それが――わたしのするべきことだ。ベンチリー氏に伝えよう。彼なら何をすればいいか、ニューサム家にどう伝えればいいかがわかるだろうし、警察に連絡してくれるだろう。それも、いますぐでないと。そうすれば、ノリーを殺した人物をつかまえることは、まだ可能かもしれない……。

暖炉のなかで薪がはぜ、わたしは悲鳴を上げた。呼吸が速くなり、肺が追いつかなくなった。不意に、ここにいるのは自分だけではないと、はっきりと感じた。

気づくとドアに向かって駆けだしていて、そのまま階段で舞踏室へおりた。歯ががちがちと鳴り、それを止めるのに口をぎゅっと閉じた。鼓動はあまりにも激しく、じっさいに心臓が痛んだ。気を確かに持とうと、ゆっくりと歩いた。

「おや、どうしたんだい」

給仕係――腹立たしい、アイルランド人の給仕係だ。わたしは歩きつづけたけれど、腕をつかまれた。

「何かあったのか？」彼は訊いた。

わたしは彼の手から逃れようとすることで応えた。でも、腕はつかまれたままだ。「震えてるじゃないか。何があった？」

「手を放して」

「何かあったんだろう、聞くよ」

「何もない」わたしは抵抗した。「もう、行かせて」

力になろう、彼はそう言ったような気がする。でも、はっきり聞こえなかった。とつぜん、自分の口から「手を放して」以外の言葉が出てこなくなったからだ。何度も何度もそう言ううちに声は上ずり、ついには大声で叫ぶまでになった。彼が手を放し、わたしの目の前でその手をひらひらさせるだけになってようやく、わたしは言った。「もうだいじょうぶです――」

「ジェイン」ベンチリー氏の声が聞こえ、ふり返ると、階段のうえに本人が立っていた。背が高く、見惚れるような夜会服を着ている。「その男に困らされているのか？」

心を平静に保とうと苦労しながら、わたしは言った。「いいえ、ミスター・ベンチリー」

「仕事にもどりなさい」ベンチリー氏は給仕係に言った。

「はい」彼はわたしをちらりと見ながら答え、反対側の階段に向かってゆっくりと歩きはじめた。

「さあ」ベンチリー氏が重ねて言うと、給仕係は両開きのドアの向こうに消えた。

わたしは小さな声で訊いた。「ミスター・ベンチリー。いっしょにきていただけますか？」

まるで何も聞こえなかったとでもいうように、ベンチリー氏は言った。「シャーロットを見なかったか？　誰も見つけられないでいる。書斎にいるんじゃないかと思うんだが」

「ミスター・ベンチリー、いっしょにきていただかないと」わたしはもういちど言い、廊下をすこし歩いて書斎のドアを示した。

でも、ベンチリー氏はかんたんに言いなりになるタイプではない。「ジェイン、どういうことだね？」

「それは――」その言葉を声に出して言いたくはなかった。でも、シャーロットがこないうちにベンチリー氏を書斎に行かせるためなら、言わなくてはならない。

「ノリーさまが……」

その名前を出すとベンチリー氏の表情は険しくなり、彼は廊下を進みはじめた。ドアまであと数歩というところで女性の悲鳴が聞こえ、もう手遅れだとわかった。でも、ベンチリー氏だドアを押しあけると、そこにいたのはシャーロットではなく、死体のそばでなすすべもなく膝をつくローズ・ニューサムだった。反対側のドアはあけっぱなしで、不気味な黄色い光が書斎のなかに射しこんでいた。

「こないで」彼女は反対側のドアの向こうに叫んだ。「こないで、あなた、お願い！　入ってきてはだめ」

ぎらぎらした目でわたしたちを見ながら、彼女は押し殺したような声で言った。「あの人に、息子のこんな姿を見せられない。お願い、あの人をこさせないで――」

でも、父親であるニューサム氏があいたドアのところに現れ、黄色い光は遮られた。彼はそこに立ちつくし、がっしりとしたからだがドア口をふさいだ。一瞬よろめいたものの、オーク材のドア枠をつかんで体勢を立て直した。ところが顎は緩み、膝が崩れはじめた。髪が乱れ、ローズの背後で倒れそうになると、彼女はすばやく駆け寄った。

ニューサム氏といっしょになって倒れこみながら、ローズはドレスの黒いヴェルヴェットで彼の顔を覆い、悲惨な光景を見せまいとした。彼女のからだは、ニューサム氏のうめくような泣き声に合わせて震えた。

ベンチリー氏に言われて、わたしはふたつのドアを閉めた。

警察官が敷地内で警備にあたっていると、ニューサム夫人は言った。彼らを見つけ、この書斎に連れてこなければならない。夫人はベンチリー氏に、警察官の名前とどこにいるのかを伝えた。ニューサム氏は悲しみに沈み、口をきけないでいる。

わたしたち四人は、舞踏室におりられるほうの廊下にいた。わたしは恐る恐る口を開いた。

「シャーロットさまを探してきましょうか?」

ローズはわたしをじっと見つめた。「シャーロットを探すって、どういうこと?」

ベンチリー氏が歯をくいしばって答えた。「どうやら、わたしの娘は……」

そのとき反対側のドアがあいて、誰かの声が聞こえてきた。「ごめんなさい、ほんとうにごめんなさい! ノリー、わたしのこと怒ってる?」

こちらに向かって歩いてくるのはシャーロットではなく、まったくべつの女性のようだった。いえ、ちがう。シャーロットの見た目が変わっているのだ。わたしはたぶん、この二時間にあったことを夢で再現したのだろう。ベンチリー家とニューサム家のひとたちは夕食を終えたばかりで、これからパーティに向けて着替えようと二階にあがってきたところだ、と。そしてそのとき、ようやく気づいた。シャーロットは夕食のときとおなじドレスを着ている。

グローヴをぐいと引っぱりながら、シャーロットはひとり言のように言っている。「ビアトリス・タイラーったら、とんでもないわね。信じられない——」

そこで彼女は視線を上げ、鋭い目つきでニューサム夫妻と自分の父親の顔を見た。そして、ノリーがいないことに気づいた。

「ねえ」彼女は言った。「何が……」

7

ニューヨークには大手の新聞が十一紙あり、そのどれもが一面でニューサム家の殺人事件を伝えた。クリスマス・シーズン向けの愉しい情報や、お金を使わせようとするさまざまなお店の多彩な商品の広告が載るなか、この市《まち》でいちばん著名な一族のひとりの死を伝えるニュースは、暗く不吉な予兆を感じさせた。

わかっていることだけを慎重に、事実に即して伝える記事もあった。けれども、もっと大げさな調子で報道した新聞もあった。たとえば、《ヘラルド》紙は次のように書いた。

ロバート・ノリス・ニューサム・ジュニアは昨夜、五番街にあるニューサム邸で殺されているのが発見された。襲撃者の身元は不明だが、当局はこのクリスマス・イヴの怖ろしい殺人事件を、無政府主義者の犯行と見ている。

本紙は、この数週間のあいだにニューサム家が何通かの脅迫状を受け取っていたことをつきとめた。その内容は、子ども八人を含む百二十一人が亡くなった〝シックシニー炭鉱の大惨事〟と呼ばれる炭鉱事故に触れていた。事故に関してニューサム氏は罪に問われていないが、政府転覆を狙う集団にとっては、この事故はスローガンになった。大多数のひとは心のなかで、殺人と無政府主義者は切っても切れないものと思っている。さまざまな非道な目的のために、自らの命やナイフや銃を差し出し、他人の命や財産を破壊する無慈悲な謎の破壊者、というわけである。

ベンチリー家は沈黙に包まれた。夫人とシャーロットは、医師の言いつけで安静にしていた。ベンチリー氏は書斎にこもったままだ。家の外ではみすぼらしい身なりの新聞記者の集団が、寒さのなか、情報を聞きだせそうなベンチリー家の関係者が姿を現すのを待っている。料理人はミサに参加しようと外に出たところ、あっという間に記者たちに囲まれた。配達係の少年は自転車を倒された。今回だけは、使用人が少なくてよかったと思った。

ルイーズは安静にしていなかった。というよりノリーのことを聞いて、とうぜんのように自分で自分を落ち着かせたようだった。朝は朝食の席に現れず、自室で人形を順番に膝にのせて過ごした。人形たちの髪を直し、ドレスの袖を手首までおろし、着ているスモックの前面を整えた。彼女の部屋のそばを通りかかったとき、ぶつぶつ言う声が聞こえた。「おまえは悪い子だったね。おまえがしたことは悪いことだったの――」

もっと聞こうと待ったけれど、ルイーズは黙ってしまった。

シャーロット用のパーティの衣装箱の荷解きをしていると、ドレスを一着しか持ち帰っていないとわかり、わたしは思わずうめいた。彼女が夕食のときに着ていたドレスしかない。

たぶん、何も問題ない。きのう着ていたドレスなど、シャーロットは二度と見たくないだろうから。でも、わたしは疲れていたし苛立っていた。いらいらして誰かに八つ当たりしたかった。そこで、メアリーを探しに行くことにした。ニューサム家のダンスパーティに行けると、興奮していた新しいメイドだ。

彼女は居間で、ぼんやりと真鍮《しんちゅう》製のランプを磨いていた。使用人のなかでは若手のひとりで、これまで一日の休暇も認められていない。そのうえ、使用人の賑やかなクリスマス・パーティは、ベンチリー家のひとたちのことを考えて取りやめになっていた。気の毒に思いながらも、彼女ののんびりとした緩やかな態度が行方不明のドレスと合わさって、怒りが爆発した。わたしはぴしゃりと言った。「シャーロットさまのドレスはどこ？」

メアリーは目をぱちぱちさせた。「シャーロットさまの――」

「シャーロットさまはドレスを二着、持ってらした」わたしは彼女に思いださせた。「一着は夕食用、もう一着はパーティ用に。パーティ用のドレスはどこかしら？」

「見つからなかったんです」

「そんなの、言い訳にならない」

「でも、だめになっていました」

「だめになった？」

「はい。だからシャーロットさまは、もう一着のほうを着てらしたんです。誰かにワインをこぼされたんですよ。シャーロットさまはお怒りになりました。もう午前零時でしたから。

着替えながらあたしに向かって、急いで急いでと叫びどおしでした」

なるほど、シャーロットが書斎に遅れてやってきたのはそういう事情だったのか。腹立たしい気持ちを渋々抑え、わたしは言った。「それでも、そのドレスを衣装箱に入れておくべきだったわね。ひょっとしたら、洗い落とせるかもしれないのに」

「そうは思えません。赤ワインが前身頃全体に広がっていたんですよ。しかも、すっかり滲《し》みこんでいました」

わたしは驚いて訊いた。「どうしてそうなったか、シャーロットさまは何かおっしゃった？」

「いいえ。でも、そんなことになってすごく怒ってらっしゃいました」

目に浮かぶようだ。誰かがシャーロットのドレスにワインをこぼしておきながら、きのうの夜に二件目の殺人が起きなかったのは奇跡だ。でも、誰がそんなことをしたのだろう？　ノリーと手に手を取るビアトリス・タイラーのようすが、頭にちらちらと浮かんだ。

わたしはうなずいた。「わかった。どうもありがとう、メアリー。大声を出してごめんなさいね」

ランプを磨く仕事にもどりたくないのか、メアリーはつづけた。「考えると怖くありませんか？　あたしたち、殺人があったお屋敷にいたなんて」

「そうね」一瞬、何か変わったことを見なかったか、メアリーに訊こうと思った——たとえば、「富裕層には死を！」と叫ぶ、目をぎらぎらさせた血まみれの男とか。でも、メアリーは二階にいた。犯人は、厨房か貯蔵庫を通ってひそかに邸宅を離れたことだろう。ピンカートン探偵社の探偵ならそう考える。ともかくゆうべの捜索では、犯人はもとより凶器さえも見つかっていないのだから。

わたしは窓越しに、外に集まっている記者たちを見た。「わかっていると思うけど、あのひとたちには何も話さないこと。いいわね？　どんな甘いことを言われても、自分の仕事を失うほどの価値なんてないんだから」

メアリーは頭をぶんぶん振った。「まさか。あたし、何も話しません」それから悔しそうにつけ加えた。「話せることなんて、何もありませんから」

「そんなことは問題じゃないの。彼らはね、話をでっち上げるから」

ふらふらと厨房に入っていくと、バーナデットが料理人といっしょにテーブルについて坐り、新聞の記事を読み上げていた。

「その潑剌とした若者――家族や多くの親しい知人のあいだでは、ノリーと呼ばれる若者――は、ニューヨーク市きっての、結婚相手に望まれる男性のひとりだ。若きニューサムは、社交界にデビューしたたいへんかわいらしいお嬢さんたち何人かと浮名を流している。一方でそのハートがついに、スカーズデール出身の妖婦、シャーロット・ベンチリー嬢に奪われたことは、最近、本紙でもお伝えしたとおり。今回の陰惨で血にまみれた話は、まだ公になっていない。しかし、《タウン・トピックス》は他紙に先駆けて、その全容をお伝えする！」

顎に手を当てながら料理人が言った。「スカーズデールについてこんなふうに言われて、シャーロットさまはうれしくないでしょうね」

「ご自分のことはこれだけしか書かれていないから、まだいいほうよ」バーナデットが答える。

わたしは彼女に厳しい顔を向けて言った。「そんなもの、捨ててちょうだい。ご家族が見たらどうするの？」

でも、ベンチリー家に入りこんでいる新聞はそれだけではなかった。その日の夜、夕食のあとでベンチリー氏は、何紙もの汚れた新聞紙をわたしに渡しながら言った。「これをみんな、捨ててくれ。頼んだぞ、ジェイン」彼はわたしを見ないで言った。

「もちろんです、だんなさま」

ふり返って二階に行こうとすると、ベンチリー氏はさらに言った。「ジェイン？　あす、警視がきてシャーロットから話を聞くことになっている。そこに付き添ってやってくれ」

「わたしも、質問に答えないといけないでしょうか？」

彼は頭を横に振った。「何か訊かれたときだけでいい。わが家の者たちは、できるかぎり捜査から遠ざけておきたい。しかし、きのうの夜のシャーロットの行動については、わたしよりもおまえのほうが何かと承知しているだろう。娘はいまでも取り乱していて、何もかも正確に思いだせないかもしれんからな」

「シャーロットさまに事が起こったとき、書斎の近くにはいらっしゃいませんでした――何を思いだせるというのでしょう?」

ベンチリー氏は言った。「まさに、そのとおりなんだが」彼の口からは、それだけしか説明されなかった。

とうぜん、新聞は捨てるつもりだった。でも家族みんなが寝静まったあと、わたしはその束を持って自分の部屋に行った。顔を洗い、寝間着に着替え、何枚もの毛布の下にもぐりこむ。そこで、不気味な新聞を上掛の上に置いた。

ニューサム家への殺人予告があきらかに!
子ども八人を含む百二十一人もの命を奪った
シックシニー炭鉱の大惨事へ、邪悪な復讐《ふくしゅう》の誓い

一八九九年一月十九日、ペンシルヴェニア州スクールキル・タウンシップにあるシックシニー炭鉱で、ちょうど正午を迎えようというときに崩落事故が起こり、百二十一人の炭鉱夫が亡くなった。崩れ落ちた天井が地下通路をふさぎ、救出活動は困難を極めた。どうにか難を逃れたひとりによると、通気孔付近に閉じこめられた少年たちの声が聞こえたという。少年たちの年齢は七歳から十歳までで、救出を求める声が直ちに上がった。

しかし、ニューサム家のファミリー企業の子会社であるエルキンズ採掘会社は、炭鉱の該当部分で救出を試みるのは危険だと判断。少年たちは一週間後に、遺体で発見された。全員、窒息死だった。坑道の壁面に爪の引っかき傷が残されていたこと、指が血まみれで折れていたことなどから、少年たちは懸命に生き延びようとしたことがわかった。目撃者によると、〝少年たちはひと塊になって横たわっていた。すこしでも安らぎを得ようとしたのか、お互いのからだに腕をまわして、まるで眠っているようだった。あれほど悲惨な光景はない〟

少年たちの救出は可能だった?

通気孔付近にいた少年たちは救出できたのではないか、ひとの命よりも利益を優先したと、エルキンズ採掘会社を非難する声は多い。事故原因の調査が行なわれ、炭鉱の責任者、ハワード・クーガンは管理義務を怠ったとして解雇された。

殺人の予告

事故発生から十年以上たったいま、本紙はニューヨーク市のニューサム家に、とある手紙が届けられたという情報をつかんだ。その手紙には炭鉱が崩落した日の日付と、血の手形が記されていた。血の手形は、無政府主義者のあいだでよく見られるシンボルである。

〝毎月十九日に届くようになりました〟ニューサム家に近い人物はそう話す。つぎの手紙には〝血には血を〟と書かれていた。べつのものには〝シックシニー炭鉱の八人に正義を〟。つぎの手紙には、亡くなった少年たちの名前の一覧が記されていた。最後の一通はニューサム家のクリスマス・イヴのダンスパーティの前日に届けられ、〝わたしたちの子どもを殺したのはおまえだ。今度は、わたしたちがおまえの子どもを殺す〟と書かれていた。

怖ろしい復讐が果たされたと感じたひともいただろう。

紙面には事故の写真が何枚か掲載されていた。炭鉱の周囲に、なすすべもなく立ちつくす男性たち。現場に走り寄ろうとして、地元警察に止められる女性たち。がれきのなかから掘り出されたあと、防水シートで覆われて並べられた遺体の列。ページの下部には、それよりも小さな遺体が並べられた写真が掲載されていた。シートはかけられていないけれど、目元は布で覆われている。それは、見るべきでないものを見せないようにと、母親がわが子の目に手を当てて視界を遮る光景を思い起こさせた。わたしは新聞をたたみ、そのままベッドの下に落とした。それから電灯を消し、上掛を顎まで引っぱりあげた。

暗闇のなか、わたしは死についてだけ考えていた。暖炉の火に照らされた、ノリーの潰れた顔。ねじれた指が絨毯の上でこわばっていた。炭鉱事故で死んだ少年たち。目元を覆われ、腕は胸の上で組まれていた。とりとめのない思いがふと止まった。ノリーの目がえぐられていたのは、炭鉱の少年たちの目元が覆われていたことを真似たの？　わたしの心は、シャーロットを探していたときに中庭で見かけた人影へもどった。ヨーゼフ・ポーリセックが、「ロバート・ニューサムのところで働いていますか？」と訊いていた。

大多数のひとは心のなかで、殺人と無政府主義者は切っても切れないものと思っている。

わたしはからだを起こした。寒さと、神経がぴりぴりしているせいで手が震え、ろうそくに火をつけるまでに何回か失敗した。ようやく火がともると、揺らめく弱々しい灯りを手に持ってドアをあけた。家のなかは真っ暗で静まりかえっていた。ろうそくが、そこかしこに影をつくる。ベンチリー一家のそれぞれの寝室のある階を過ぎるときに床が軋《きし》み、できるだけ軽い足取りで先を進んだ。

わたしは一階までおりた。厨房を出てすぐのところにある天井の低い通路は、食品貯蔵庫として使われている。そこには使用人用の電話があり、料理人は在庫を確認しながら、精肉店や牛乳配達人に注文の電話をすることができた。この電話は、一家に関わる用事のためだけに使われることになっている。でもときには使用人が、個人的な通話をしてもいいとされていた。

受話器に手を伸ばしたとき、わたしは神経質になっていた。あすになってやってきた警視だわたしを見下ろしながら、「きのうの晩、この番号に電話したね？」と訊いている場面が頭に浮かんだ。

「この番号は、サルヴァトーレ・ダミーコという人物の電話番号だと知っているね？」

「はい、サー」

「そして、彼がアナ・アルディートのおじだということは？」

「知っています、サー」

「アナ・アルディートが無政府主義者だと気づいていたかね？」

その質問には、わたしは「はい」と答えるだろう。

「アナ・アルディートにどんな用があったんだね？」

「何も。わたしたち、友だちなんです」

わたしは受話器を取り、F4－3N6につないでほしいと送話口に向かって言った。遅い時間だけれど、アナのおじさんのレストランは夜半まであいている。しばらくしてから、男性の声が聞こえてきた。アナのおじさんではないけれど、わたしのことを知っているみたいだ。ためらいながら訊いた。「アナはいますか？」

短い間のあとで答えがあった。「いません」

「伝言をお願いしてもいいですか？」

また間があった。「オーケイ」

わたしは慎重に自分の名前のスペルと、連絡が取れる電話番号を伝えた。電話回線の向こうから、声の主の男性が客のところにもどりたくていらいらしているのが伝わってくる。それでも電話を切る前に、これだけは言っておかないと。「アナに伝えてください……」

「何を？」

「声が聞きたいと伝えてください」会話は終わり、相手は受話器を置いた。


ニューサム家の事件の関係者に警察が話を聞くまでにまる一日が過ぎていたことに驚くひともいるだろう。でもそういうひとたちは、当時のニューヨーク市警の状況についてよく知らないということだ。

この二十年まえ、ニューヨーク市警はセオドア・ルーズヴェルトの掛け声のもと、大改革を行なっていた。彼は警察官たちに、区域を巡回すること、賄賂を断ること、健康でいること、健全な精神を保つことを求めた。でもルーズヴェルトがさらに上の公職に就任すると、ニューヨーク市の警察官たちはまた、悪習慣に手を染めた（一九一〇年当時のジェイムズ・チャーチ・クロプシー署長は、すこしの能力もない署員たちを雇用するという重荷に耐えられないと言って、署長のポストを辞任することになっていた）。

よく知られていたのは、著名人のための十字軍という役割を担った警察官だ。市《まち》にはびこる悪者に正義をもたらすと断言する彼らは、タブロイド紙を賑わすヒーローといえる。そんな戦士のひとりが、トマス・J・ブラックバーン警視だった。彼は全能の神に、無政府主義者の世界を取りのぞくと固く誓っていた。なぜなら、無政府主義者は〝あらゆる正しい考え万や、法の遵守や、善良な市民の敵〟だから。

ブラックバーン警視にとってノリー・ニューサムの事件は、十字軍に召集されたも同然だった。事件については、ブラックバーン自身が《ヘラルド》紙に「極悪非道で卑劣であり、無政府主義者によく見られる行為だ」と語っている。そういえば無政府主義者のバークマンは、ヘンリー・クレイ・フリック（カーネギー鉄鋼の共同経営者兼工場長。ホームステッド争議を指揮した）を書斎で殺そうとしたのではなかった？　ニューサム家の事件は、無政府主義者がより強く、より大胆になっている証しだ。

ブラックバーン警視の言動を快く思っていないひとたちでさえ、ニューサム家の事件は、彼の態度がまんざらまちがっていたわけではないことを示していると考えた。ノリーを死なせた残虐な行為は彼自身の住まいで行なわれ、とても衝撃的だった。ひょっとしたら警視の上司たちが、不屈の捜査官といえるブラックバーンを任務に当たらせても害はないと判断したのかもしれない。こうしてブラックバーン警視は事件のつぎの日の朝、ベンチリー家にやってきた。

事情聴取はベンチリー氏の書斎で行なわれた。部屋には黒い木製の羽目板が、床から天井まで張られている。たっぷりとしたヴェルヴェットのカーテンが目隠しになり、外から覗かれることはない。トルコ絨毯が、気を散らせる音を消してくれる。革製の肘掛椅子が二脚、暖炉をはさむように置かれている。シャーロットは片方の肘掛椅子に坐った。濃い灰色のデイ・ドレスを着て、寒くないようにと肩にショールをかけた彼女の顔色は真っ青で、目が疲れている。表情はこわばり、ぎゅっと握り合わせた両手は小刻みに震えていた。見るからに神経が高ぶっている。

ブラックバーン警視は、小さいほうの椅子にすばやくすとんと収まった。彼の頭は禿げていて、瞳は鮮やかな青色、それに鼻は尖っていた。ハンカチを差し出しながら、婚約者を亡くしたシャーロットに心からのお悔やみの言葉を口にした。

「婚約なさっていたんですよね」

シャーロットは目に涙を浮かべてうなずいた。警視のハンカチにはアイロンがかけられていたけれど、残念なくらいにコロンが滲みこんでいたので、彼女は受け取らなかった。

「ニューサム氏は問題になっている夜の前日、脅迫状について何か言っていませんでしたか？」

シャーロットは首を横に振った。「ノリーは本気にしていませんでした」

「なるほど。では、婚約者とは何時に会う予定でした？」

「夜の十一時半ごろです。書斎で。彼のおばあさまの指輪をもらうことになっていました」

「だが、あなたはそこにいなかった」

「ええ。わたし……」シャーロットはちらりと父親のほうを見た。「ひとと会っていて、遅れてしまいました」

「誰です？」警視は鋭く訊いた。「知り合いですか？」

「はい。ビアトリス・タイラーです」

「無政府主義者の仲間ではありませんよ」ベンチリー氏が警視に教えた。

「ミス・タイラーに会っていたのは、どんな用件で?」

「用件?」シャーロットは口唇を舐めた。「たいしたことではありません」

「でも、これから婚約者に会うことは話したはずですよね」

「彼女はなんとも思っていませんでした。いえ。わたしたち、言い合いになりました。ミス・タイラーは嫉妬していたんです。彼女は……」

ベンチリー氏が口をはさんだ。「事件に無関係な個人的な問題には、警察は関心がないと思っていたが」

「おっしゃるとおりです」警視はそう言ってシャーロットを安心させた。「ミス・タイラーと言い合いになったのは、何時ごろのことです?」

動揺したように、シャーロットは頭をぶんぶんと振った。「十一時を過ぎていました。でも、正確な時間は思いだせません」

「悲劇が起きる以前に、書斎の近くにいましたか?」

「いいえ。ミス・タイラーは、わたしのドレスは汚れてもかまわないと思っていました。それで、じっさいに汚されましたから、わたしは着替えなくてはならなかったんです」

警視はベンチリー氏のほうを向いた。「あなたは書斎の近くにいましたか?」

「いたとも。娘がちゃんときているか、確かめようと思ってね。それから、婚約が発表される舞踏室まで娘をエスコートするつもりだった」

これは、だいたい本当のことだ。どうやらベンチリー氏は、シャーロットがいなくなったと思っていたことは警視に話すつもりはないらしい。

「ですが、誰かが書斎から出てきたところは見ていない、と」

「見ていない。書斎にはドアが二カ所ある。犯人は、もうひとつのドアから出たんだろう。そちらは厨房に通じている。いち早く屋敷を出るには、うってつけじゃないか」

「ところで、遺体を発見されたのはどなたですか？」

メイドのジェインが遺体を見つけた。その事実にベンチリー氏が触れるなら、いまだ。そう思ってわたしは息を詰めた。

「ニューサム夫人です」ベンチリー氏はそう言った。「わたしが書斎に行くと、夫人はニューサム氏とすでにそこにいました」

その答えに満足したのか、警視はシャーロットに注意をもどした。「婚約者に敵意を持っていた人物に心当たりはありますか？」

シャーロットは首を横に振った。

「彼は最近、いつもとちがうことをしましたか？」

父親のほうを見ながら、シャーロットは言った。「それなら、彼はフィラデルフィアに行きました」

それについてはベンチリー氏が説明した。「ご存じでしょうが、あの一家はペンシルヴェニアに炭鉱をいくつか持っているからね」

使用人のなかで怪しそうな人物に気づきました？　見かけない顔はありましたか？

「すごく大勢の使用人がいましたから」シャーロットはささやくように答えた。

　これで警視の訊きたいことは尽きたようだ。でも彼は、シャーロットのほうを向いて言った。「個人的なことをお尋ねしますが、お許しください。ペップ・ピルの名前で知られている錠剤のことは、よくご存じですよね？」

　わたしは時計をじっと見つめることで、平静な表情を保った。あの、ピル。ベンチリー夫人が持っていったピル。あれはどうなったんだったか？　夫人はシャーロットに服《の》むように言った。シャーロットは断っていたけれど。ルイーズが手を伸ばして言う。さあ、お母さま。わたしが預かっておくわ。

　シャーロットの声が聞こえた。「いえ、知りません」

　彼女の答えを最後に、事情聴取は終わった。ブラックバーン警視はベンチリー氏と握手をし、名刺を渡した。わたしはドアのほうに移動し、彼が部屋から出るのに備えた。

　でも警視が歩きはじめようとしたところで、シャーロットは彼の両手を取って言った。

「つかまえてくださいますよね？　ノリーに、あんなひどいことをしたひとを？」

　警視は腰をかがめ、シャーロットの手をぎゅっと握った。「ミス・ベンチリー、あなたの婚約者を襲った卑劣漢がつかまり、審理され、死刑が執行されるまで、わたしは休むことはありません」

　わたしは〝死刑が執行〟という言い方にぎくりとした——ごく最近、身近で死を体験した若い女性に対して死刑という言葉を出すなんて、残酷な気がした。

でもシャーロットは、ノリーが死んで以来はじめて笑顔を見せた。


警視が帰ると、わたしはシャーロットを二階へ連れていった。陽差しの明るさにもかかわらず、カーテンが閉められたままの彼女の部屋は真っ暗だ。カーテンをあけようと窓際まで行ったけれど、シャーロットは頭を横に振った。

「何かご用はございますか、シャーロットさま？」わたしは訊いた。

「ええ」シャーロットは腰をおろし、肩のショールをぐっと引きよせた。「着替えたい」

わたしはクローゼットのほうをちらりと見た　そこにはドレスがぎっしり詰まっている。

「わたしは黒い服を持っていないの。黒い服を着るまでは、誰にも会いたくない。葬儀のときに着る喪服だって必要だわ」

ノリー・ニューサムのために喪服を着るのはおかしいと彼女に伝えるのは、わたしの役目ではない。シャーロットとノリーは結婚していなかったというだけでなく、婚約さえ正式には発表されていなかったのだから。彼女が葬儀に参列するように言われるとは思えない。

わたしは、慎重に言葉を選んで言った。「葬儀がどういった形で執り行なわれるのかがわかるまで、お待ちになるほうがいいかもしれません」

シャーロットは険しい表情でわたしを見た。「わたしは着たいの。ノリーはわたしの夫になるはずだった。みんなに、そのことを憶えておいてもらいたいから」

彼女の言い方には引っかかるところがあったけれど、どうしてと考える間もなく、外の通りが騒がしくなった。

「ニューサム家の殺人！　ぞっとするような詳細が載ってるよ！　ニューサム家の殺人！　いちばん乗りで手に入れよう！」

シャーロットは顔を青くして、ショールを喉元に押しあてた。わたしは階段を駆けおり、使用人用のドアから外に出た。大通りのほうに目をやると、ベンチリーの家のすぐ前に新聞売りの少年がいた。六歳くらいで、穿いているズボンの丈が短く、脛のあたりに垢がついているのが丸見えだった。コートは肘のところが破れ、帽子の大部分はネズミにかじられたと思われる痕があった。記者たちはブラックバーン警視といっしょにいなくなっていたから、少年は通りで好きにできた。

少年は、今度はこう叫んだ。「号外、号外！　ロバート・ノリス・ニューサム・ジュニアが殺されたよ！　殺人の全貌がこれに載ってるよ！」

わたしは彼に近づきながら言った。「ひとつ向こうのブロックでやってちょうだい。でないと、警察を呼ぶわ」

壊れた靴を履いた足で地面に置いた新聞の束をしっかりと押さえ、彼はくるりと背中を向けた。「ニューサム家の殺人！　目撃証言だよ！　レディや心臓の弱いひとは読んじゃいけないよ！」

その口上を聞きつけ、どこかのお店の売り子ふたりがやってきて新聞を買った。きた道を急いで引き返しながら、ひとりが新聞を開いた。「やだ、顔が潰されたって……」

もう数ブロック先にある通りにはいろいろなお店があって、人出ももっとあるから新聞も売れる。少年にそう言おうとしたところで、男性がひとり、こちらにやってきた。「もういい、ルイ。ダウンタウンに行け」彼がそう言って一ドル紙幣を渡すと、少年は大急ぎで通りを駆けていった。

男性の声には聞き覚えがあるとすぐにわかったけれど、名前が思いだせない。そのとき、顔が見えた。愉しげな茶色い目、くたびれた山高帽のつばから無造作に飛び出した黒い髪。自信満々の満面の笑み。

「ジェイン、だったね?」彼が言った。「ジェイン・プレスコットだろう?」彼は帽子のつばにさっと触れてあいさつした。「マイケル・ビーハンだ」

「どうして給仕をしていないの? 給仕係じゃないからね。わかってたけど」

「盛大なパーティのときは臨時でひとを雇わないといけないだろう。哀しいことに、雇われた誰もが適切な訓練をされているわけじゃない」

「あなた、どこの新聞社に勤めてるの?」

「《タウン・トピックス》だ」

最低最悪のスキャンダル専門紙だ。わたしは踵《きびす》を返して帰ろうとした。

「ぼくと話したいはずだ、ミス・プレスコット」

わたしは歩きつづけた。

「ひとつには、ぼくはルイを追い払うことができるから。さもなければ、あの子にもどってきてもらってもいい。それで、もっと大きな声で商売をしてもらおう」

わたしは足を止めた。

「愛しいひとの殺人の詳細が、道端で大声でふれ回られているのをベンチリーのお嬢さんが聞かなくてはならないなら、なんとも残念だ」

「目的は何？」

「きみと話したい、ミス・プレスコット。なんだかんだいって、死体を見つけたのはきみだ、そうだろう？」

自分が誰かの関心の的になっていると知るのは、なんとも不思議な機会だ。不思議で――妙に抗《あらが》いがたい。アームズロウ夫人がメイドにと誘ってくれた日、これで人生がまるっきり変わるかもしれないと思い、混乱したしうきうきしたことをふと思いだした。

そして、とても危険でもある。メアリーに忠告したことを頭に思い浮かべながら、わたしは言った。「たしかに、そうよ。警察に話さないといけないわね。そのついでに、この家に警官を寄こしてとお願いするわ。ルイがいそうな時間に。警察と新聞売りの少年というのは、そんなにいい組み合わせじゃないでしょう？」新聞売りの少年たちを追い払うのは、警官たちにとっては愉しい娯楽だった。それほど真剣になる必要もないし、危険に巻きこまれることもないけれど、社会の迷惑者を退治していると思わせられる。

家にもどろうと歩きはじめると、ビーハンが駆けてきて目の前に立った。「きみが世話をしているレディがあちこちの新聞に載ってる、ミス・プレスコット。いろいろと耳にしたことによれば……ねえ」

「ノリーさまを殺したのは無政府主義者でしょう、ミスター・ビーハン」

「そう言っているひとは多いけど、そうでないひともいる」

そう聞いて、わたしは動きを止めた。「どういうこと？」

「若いほうのニューサムは、やっかいな人物だった。彼に反撃したがっているひとを何人か、思い浮かべることができる」彼は声を落とした。「話してくれ、ミス・プレスコット。力になれるかもしれない」

彼の口調は誠実さにあふれていた。とはいえ、嘘の思いやりを見せることにかけては、アイルランド人はお手のものだ。とにかくわたしは「そうだといいけど」と言いながら、彼に話すことにした。

ビーハンはさっと左に寄った。「誰かが悪く言われると、みんなそれを信じるんだよ、ミス・プレスコット。そもそも、レディの名前が新聞に載ることなどあってはいけない。でも、そのレディが純粋な心の持ち主で、穢《けが》れた手が彼女の幸福と無垢な心を奪ったということなら、話はちがってくる――」

「見出しにそう書くつもり？」

「かもしれない」彼は言った。「さあ、ミス・プレスコット。若いレディは友人を利用してもいいと思わないかい？」

「いいと思う。でもその友人は、あなたじゃない」わたしは言い、そのまま歩いて角を曲がった。

ビーハンはコートのポケットから何かを取り出した。「これが最新版だ。読むといい」

まだインクが乾いていなかったのでわたしは慎重に受け取り、一面を広げた。さっきの新聞売りの少年は、怖ろしい詳細の最新情報が載っていると宣伝していた。そして紙面はじっさい、その約束を果たしていた。ノリー・ニューサムの遺体の状態について、むごたらしくでっち上げた記事をトップに載せていたのだ。〝残虐な仕打ち！　くり貫かれた眼球！　かつて笑みを浮かべていた口許は、破壊されて血みどろに！〟ぜんぶほんとうのことだ。この目撃者はわたしが見たことを見ている。でも、その目撃者は誰なの？

つぎに、左側下方の記事が目に入った。トップ記事の見出しよりは小さいものの、その見出しは意味ありげだった。

奇妙な新証拠、凄惨な犯罪現場で見つかる！

フォーサイス博士のペップ・ピルは、ロバート・ノリー・ニューサム・ジュニアの殺人とどんなつながりがあるのだろう？　情報筋によると、不幸な若きニューサム氏のひどく痛めつけられた遺体のそばで、ペップ・ピルの瓶が見つかったという。富裕層のあいだで人気のペップ・ピルは、活力の回復を必要とするレディに生き生きとした外見と、輝く瞳と、並はずれた幸福感をもたらす錠剤として知られている。ふつう、紳士たちは服用しない。

ではなぜ、ペップ・ピルはロバート・ノリー・ニューサム・ジュニアの死体のそばで見つかったのだろう？

なるほど、警視がペップ・ピルのことを訊いていたのはこういうわけだったのだ。ベンチリー夫人がフォーサイス博士の錠剤の信奉者だと知っていても、《タウン・トピックス》紙はいまのところ、その点には触れていない。わたしももちろん、おなじようにしないと。

新聞の最新版を押しつけるようにしてビーハンに返し、わたしは言った。「ありがとう。やっぱり、話すのはやめておく」

彼は新聞を受け取らず、紙面の自分の名前を指さしながら言った。「マイケル・ビーハン。《タウン・トピックス》。もし何か言いたいことがあれば、ぼくを頼って」

ふつうならわたしとおなじ地位にいる者は、ハウスキーパーよりも高い地位にいるひとには口をきくべきではない。わたしの意見を女主人に伝えるのは、ハウスキーパーの役目だから（ハウスキーパーは女主人に次ぐ地位にあり、女主人の代行者）。でも、ベンチリー家にハウスキーパーはいない。それにベンチリー夫人はわたしが何を言っても、有効な手立てを取るとは思えない。それでも、とある新聞社がシャーロットに狙いをつけていることは、一家に知らせなければならない。だからわたしはその夜、ベンチリー氏に話すことにした。

一般的に使用人は、ノックをしないでそのまま部屋に入るものとされている。どこまでも目立たないようにして、存在を気づかせてはいけない。入室の許可を求めることは、雇い主の意識に入りこむことだから。でも、わたしはこれまでベンチリー氏のそばに近づいたことはなかったから、ドアをノックした。しばらく返事はなかった。やがて、ためらいがちな声が聞こえた。「入りなさい」

「ご無礼をお許しください、だんなさま」わたしはベンチリー氏の机に向かい、ペップ・ピルの記事が載っているページを開いた《タウン・トピックス》紙をそこに置いた。「ただ、ある記者にこれを渡され、だんなさまもご覧になったほうがいいと思いまして」

ページの端すれすれのところを指先でつまんで、彼は新聞を引き寄せた。それから、紙面にざっと目を通した。「わかった。ありがとう」

「奥さまはその錠剤を服用されています」わたしは慎重に言った。彼はうなずいた。「記者はこの件をさらに追及するでしょう」

ベンチリー氏は新聞を自分の前から押しやった。「これ以上、追及することなど何もない。無政府主義者とは不注意なものだ」

アナが不注意だとは思えないけれど、そう言ったところで意味はない。不注意だから、何度もメッセージを届けた。不注意だから、何をしているのかを友人に話し、最近の出来事について自分の意見を伝えた。殺人ではつかまらないと言って、安心させた——じっさいは殺していても。

いままで、アナはこういうことは何ひとつ、していない。

つぎの日、ノリーの祖母で、敬意を払うべき先代ニューサム夫人がニューヨークに到着し、葬儀はラインベックにあるニューサム家の別宅で執り行なわれると発表された。ノリーが埋葬されたあと、一家はしばらくそこに滞在することも知らされた。報道陣の注目度はとんでもなく高まっている。ニューヨークでも屈指の名家がいくつか参列する予定で、ほっとしたことに、ベンチリー一家も参列者のなかに含まれていた。シャーロットとルイーズは葬儀のあと、別宅に滞在する招待まで受けた。

ノリー・ニューサムの若さと名声を考えると、葬儀はたいそう手をかけたものになると、誰もが思ったことだろう。会場は聖バーソロミュー教会で、どの儀式も省略されることなく行なわれる。社交界から選び抜かれた面々が棺を担ぎ、アメリカじゅうから参列する、きら星のごとく輝く有名人たちをひと目見ようと群衆が押し寄せ、それを警察が食い止める。上流階級の破壊をもくろむ者たちから身を守るために、自らの力を示して盛大なショーを繰り広げる。そんな期待があったかもしれない。

でも、帰国した先代ニューサム夫人はすぐ、ニューサム家はすでにじゅうぶんすぎるほど注目を集めたと判断し、ロバート・ノリー・ニューサム・ジュニアは家族や友人たちのあいだで内々に記憶されることになった。彼らがノリーをどう思っていたか、ノリーのことで何を憶えているな、それらはすべて秘密のままになるというわけだ。

8

ニューサム家の別宅とその敷地内にある庭園は《ニューヨーク・タイムズ》紙に、〝この堕落した世界で、もっとも牧歌的な場所〟と、やけにおおげさな文章で表現されたことがある。初代ニューサム夫人付きの占い師の助言を得て建てられたボザール様式で、部屋が五十四室ある。わたしはアームズロウ夫人のメイドだったときに見たことがあるけれど、富の証しにとつくらせた、石灰岩の堂々とした聖堂といったところだ。どこまでもつづくように見える緑の芝——その向こうには、ハドソン川が流れている——に建つ建物は、自然界を支配しているようだ。まるでいまにも、古代ローマの巨大な円柱のうしろから神が姿を現し、嵐雲を払いのけたり風を呼びこんだりしそうな趣がある。

わたしたちが到着した日、神々はどこにも見えなかった。空には灰色の雲が低く垂れこめ、冷たく流れる川には氷が張り、白い帽子をかぶっているようだった。地面は泥と霜で覆われていた。世に知られたバラの庭には、何も咲いていない。ノリーの亡き母親が眠る一家の埋葬室——ノリー自身が埋葬されるところでもある——は、母屋からすこし離れたところにある。ぽつんと建つ青白い建物で、その門扉の上の石板には〈ニューサム〉と彫られていた。

ノリーが納められた棺と彼の近親者たちを送り届けるのに、プルマン式寝台車が手配されていた。先代ニューサム夫人は、近親者と葬儀に参列するひとたちは別々にラインベックに向かうことを望んだ。プルマン式寝台車には血縁関係者のみが乗るということだ。シャーロットは寝台車に乗るひとりかどうか、それを知らされるのを待つあいだ、ベンチリー家は気を揉んで一日を過ごした。そして、彼女は含まれていなかった。ノリーの祖母はそうすることで、威厳を示したのだ。

　こうして、ベンチリー一家はニューサム家とはべつの列車に乗ることになった。わたしたち使用人はさまざまな荷物といっしょに、ひとあし先に現地に向かった。駅からの乗合自動車で、わたしはマッチレス・モードとベンチリー氏の従者のジャックにはさまれて坐った。お屋敷の南の端にある裏口で迎えてくれたのはファレル夫人で、彼女がニューサム家のハウスキーパーだった。四十代らしいけれど、年齢よりは老けて見える。目つきの鋭いやせた女性で、色あせた茶色の髪には白髪がバランスよく混ざっていた。彼女の態度にはひとを見下したようなところがあり、なんだか責められているように感じた。わたしが精肉店で、新鮮な肉でなく傷んだ肉を買ってきたから、とでもいうように。でなければ、わたしがスカラリー・メイド（主に皿洗いや厨房の掃除を担当するメイド）で、宝石の入った抽斗《ひきだし》に手を突っこんでいたから、とでもいうように。彼女の手を借りなくても仕事はできるけれど、訪れた先のハウスキーパーの信頼を得ることは、いつも役に立つ。たとえば洗濯でもなんでも、事がスムーズに進むかややこしくなるかは、彼女の心づもりひとつで決まるのだから。ただ、どうしてダンスパーティの夜に見かけなかったのかと、不思議に思った。でもそれはシャーロットが警視に話したように、あの夜は大勢の人がいたからだろう。それに、わたしの頭のなかは、ほかのことでいっぱいだったから。

ベンチリー夫妻に割り当てられた部屋にモードとジャックを残し、ファレル夫人はわたしをルイーズとシャーロットの部屋に案内してくれた。シャーロットの部屋はとてもすばらしく、窓からハドソン川が見渡せた。「シャーロットさまにこれほどすてきな部屋を用意してくださって、ニューサムご夫妻はたいへん思いやりがおありですね」

ファレル夫人はきびきびとカーテンをあけた。「ミス・ベンチリーにどのお部屋にお泊まりいただくかで、話し合いはすこしばかり白熱したんですよ、じつのところ」

「そうなんですか？」

夫人はふたつ目のカーテンをあけようとしていた。分別のあるところを見せたいけれど、わたしに分《ぶん》をわきまえさせたい。そのふたつの気持ちのあいだで、引き裂かれんばかりになっているのが見てわかる。傲慢さが勝ったらしく、彼女は言った。「ニューサム夫人は最初から最後まで、ミス・ベンチリーにこの部屋にお泊まりいただくことには反対していらっしゃいました」

「ローズ・ニューサムさまが？」わたしは驚いて言った。

「ローズさまではなく、先代ニューサム夫人のほうです」彼女は訂正し、ノリーの祖母のほうだということを強調した。「ノリーは婚約したわけでもないし、自分が家にいたらこんなここにはならなかっただろうに、とおっしゃって」

「でも、夫人はいらっしゃらなかったし、事件は起こった」

「最悪の結果になったでしょう？」ファレル夫人はドアをあけ、いちばん重要なバスルームを見せてくれた。

わたしは訊いた。「では今回のご招待に対して、ベンチリー夫妻はどなたにお礼を申し上げればいいでしょう？」

「あの方に」ローズ・ニューサムという名前を口にすることだけでも、ファレル夫人を苛立たせるようだ。「ノリーはミス・ベンチリーを妻にと選んだのだから、彼女を参列させなければ、それはノリーの思いをないがしろにすることになる、とおっしゃいました。ノリーもそう望んでいるはず、とも。まあ、類は友を呼ぶと言いますからね。彼女がおたくのお嬢さまの味方を買って出たのも、そういうことでしょう」

「ありがとうございます、ミセス・ファレル」わたしは言った。「あとは、わたしひとりでだいじょうぶです」

わたしはベンチリー家の家族ではないから、つぎの日に行なわれた葬儀には立ち会わなかった。葬儀はふつう、参列者を迎えてから執り行なわれる。でも、ニューサム氏はすっかり参っていたから、大挙してやってくる参列者に対応しきれない。だからニューサム家の家族も参列者もみな、礼拝が終わったらそのままお屋敷にもどった。ルイーズの部屋の窓から、小径を歩くニューサム氏の姿がちらりと見えた。ほんの一週間で、ずいぶんと歳を取った。

顔もからだも、がっくりと力なく垂れ下がっている。自身が土に還るのも、今回のことで早まったと悟っているかのようだ。歳若い妻はそんな夫の腕を取り、ふたりで哀しげに、そして慎重な足取りで母屋に入ってきた。

ノリーの妹のルシンダは、祖母といっしょに歩いていた。先代ニューサム夫人はすっかり杖に頼っていたけれど、活力はじゅうぶんに感じられる。どちらかといえば、ルシンダが祖母に寄りかかっていた。彼女の瞳は、哀しみでガラス玉のようだ。

すこし距離を置いてベンチリー一家がつづいた。

この夜は誰もが奇妙な雰囲気のなかで過ごした。表向きはするべきことは何もなく、日常の生活にもどる準備ができているとは誰も思っていなかった。くたびれ果て、みじめな気持ちだった。その日はもう、みんなが自分の部屋にもどっていたら、どれほどよかったか。でも、何かしら会話をしなくてはならず、夕食は食べられなければならず、本は読まれ、パズルは解かれ、哀しい思い出は共有されなければならなかった。

ルイーズの部屋で待機していると、階段をのぼる音が聞こえてきた。夜の九時を回ったところだった。音から判断すると、若い女性がゆっくりと階段をのぼっているようだ。わたしはドアのところまで行った。でも、その女性が廊下までやってくるころには、それがシャーロットでもルイーズでもないことがわかった。ルシンダ・ニューサムだ。来客用の棟で何をしているのか興味を惹かれ、わたしはドアを細くあけたままにした。

彼女は階段の最上段に立ち、廊下を見回した。知らない家にいるみたいに。わたしは彼女をじっと見ながら、どう着飾ればあの細い顎や垂れ下がった胸や出っ歯という欠点を埋め合わせられるだろうか、などと考えてしまった。とはいえ彼女の目はきれいで大きく、黒い髪はややごわついているけれど豊かだ。

ルシンダは何かを探しているようで、ドアをじっと見つめてから、つぎのドアへと移動していた。やがてシャーロットの部屋の前で立ち止まり、ドアをあけた。わたしがいる場所からでも、部屋のなかが見えた。シャーロットの寝間着はすでにベッドの上に広げてあり、サテンのスリッパは床に置かれていた。

ルシンダは左右のドア枠をつかんだ。オーク材の枠をつかむ指には、ぎゅっと力が入っている。部屋のなかをにらみつけるように見るうち、呼吸が荒く速くなっていった。そして、頭をのけぞらせてからつばを吐いた。単純だけれどひどく侮辱的な行為だ。

それからドアを閉め、階段をおりていった。

翌日、ベンチリー夫妻はニューヨークにもどった。両親への反抗心からか、ノリーが埋葬されるまでの最後の時間をともに過ごしたいという気持ちからか、いずれにしてもシャーロットは、そのまま残ると決めていた。閉じられたままの本の上に両手を置き、応接室の窓のそばに坐っていることで満足しているようだった。

その朝はルイーズもおなじように、ぼんやりと過ごした。でも、昼食のあとで二階にやってきた。

「すこしお昼寝をしてくる、と言ってきたわ。わたし、鳥について憶えているかぎりのことを何から何までお話ししてたの――お母さまから、郊外では鳥の話をするものよと言われていたし。それなのに、誰も興味なかったみたい」

「みなさん、それぞれにいろいろなことを考えていらっしゃるんですよ」わたしは言った。「それに鳥については、みなさんがルイーズさまよりもよくご存じということはないような気がします」

「そうそう。今夜、夕食に誰がくるか聞いても信じられないでしょうね。誰かというと、それはほかでもなく……」

わたしは頭のなかで、思い当たる名前を次々に思い浮かべた。不安とともにひとつの答えに行き着いたとき、ルイーズが言った。「タイラー一家よ」

彼女は先をつづけた。「ウィリアム・タイラーが棺を担ぐんですって。彼とノリーが友人だったなんて、知らなかった」

「あら、そうなんですよ」わたしは上の空で答えた。「アームズロウ夫人のニューポートのお宅はニューサム家のお宅とご近所なんですけど、タイラー家のみなさんはよく、泊まりにいらしていました。ウィリアムさま、ビアトリスさま、ルシンダさま、エミリーさま……それにノリーさまで、夏は毎年、いっしょにお過ごしでした」

アームズロウ夫人に仕えはじめてからの、ある年の夏を思いだした。そのころには、夫人はベッドから起き上がれなくなっていた。タイラー家のひとたちはその月をずっと、おばに当たる夫人のところで過ごした。タイラー家の若い三人――ビアトリス、エミリー、そしてウィリアム――と、ニューサム家の若いひとり、ノリーが、頻繁に夫人を訪ねてきて、お屋敷のなかは若々しい活気で満たされた。

誰よりもその姿を見かけたのは、ウィリアムだった。彼はひとりでも毎日、アームズロウ夫人のところに遊びにきていた。彼の父親を気に入っていた夫人は、その息子にも特別な興味を示した。ウィリアムのほうも、学校生活のことで夫人にとりとめのない質問をされてもきちんと答えた。いいえ、そのクラブには入れませんでした。父はメンバーでしたが。でもぼくは、べつのクラブに入っています。そこで、いい友人もできました。はい、サッカー・チームでプレイしています。父がやっていたように。というか、正確には父は、チームの一員ではありませんでしたが。マネージャーだったんです。対戦試合のとき、選手たちに必要なものがちゃんとそろっているかを確認する役でした。その翌年、父もじっさいの試合でプレイできるかもしれない、と監督は思ったみたいです。

ただ、ノリーとおなじ学校に通っていたため、彼とはよく会っているかと訊かれたときだけ、ウィリアムの愉しげな口調にためらいが表れた。「ええ、彼はものすごく人気者ですよ。でも、ぼくが彼と会うのは、ほんのときたまです」

そう言ったとき偶然、彼の目がわたしの目と合った。その瞬間、彼は嘘をついているとわかった。そして嘘がばれたから――それも、使用人に――不安になっている。アームズロウ夫人からは見えないよう、わたしは彼にほほえんだ。ウィリアムはほっとしたようだった。

ある日の朝、夫人の寝室の窓から、若者の一団がわれ先にと車に向かって走っているところが見えた。ノリーとタイラー家の姉妹が先頭を行き、ルシンダはすこし遅れをとっていた。そして、ウィリアムの姿が見えた。両手をポケットに突っこみ、うつむきながらぶらぶらと小径を歩いていた。ルシンダが大きな声で呼んだ。「はやく、ウィリアム！」つづいてノリーも声を上げた。「そうだよ、急げよ。この、のろまでどんくさい、ウィリー・ビリー・ベアめ！」そこで一気に爆笑が起きた。それをきっかけにウィリアムは大きく一歩を踏み出したけれど、またゆっくりとした足取りにもどした。言われたとおりにしようと思ったけれど、気持ちがそれを拒んだようだった。

べつの日、車庫のそばで泣き声が聞こえ、わたしはあたりに目をやった。すると、ウィリアムがうずくまっていた。顔は赤く、涙と鼻水でぐっしょり濡れていた。

「ウィリアムさま？」

びくりとして、ウィリアムは拳を頬に押しあてた。そうすれば涙の痕が隠せるとでもいうように。わたしはそのとき、アームズロウ夫人が入浴するときに渡すつもりで、清潔なタオルを持っていた。そのタオルを彼に差し出した。

彼はありがたそうにそれを受け取ると、立ち上がって顔をごしごしと拭いた。長ズボンを穿き、白いシャツの上にサッカー地の薄手の上着をはおっていた。麦わら帽子は地面に落ちていた。

ウィリアムは言った。「ごめん」

そう言われて、わたしは照れくさかった。「そんなことおっしゃらないでください」そのあと、わたしは思わずつけ加えた。「それと、あの方たちに好きにやらせておかないでください。みなさん退屈で、もっと賢明なことを思いつかないだけだとは思いますが」そこでわたしは口をつぐんだ。わたしが侮辱したのは……あの方たちのなかのひとりだ。怒鳴られるかもしれない。ひょっとしたら、クビになるかも。どちらがましか、わからなかった。

でも、ウィリアムはにっこりと笑った。「あいつ、そんなに賢くないよね。そう思わない？」

そのときの会話はこれだけだ。そして、もういちど言葉を交わすことはなかった。でも月末になって、ウィリアムはわざわざわたしのところまできて五ドルをくれた。「きみの親切に対して」彼は堅苦しく言った。

それから、言葉をつっかえさせながらつづけた。「お金を渡すぐらいしかできなくて、ごめん。無作法な気もするけど……ぼく、なんでも言葉で表すのが苦手で……」彼は自分に苛立ったように、ふうっと息をはいた。「お金以上の意味があると思ってほしい」

そう言って急に、誇らしげに大きな声で言った。「クリスマスに会おう！」

わたしの物思いはルイーズに破られた。「ウィリアム・タイラーのことは憶えてる、ジェイン？」彼女は頬を赤らめていた。

「なんとなく憶えています。たしか、たいへんすてきな方ですよね、ルイーズさま」わたしは心から言った。

ビアトリスと顔を合わせることになると知っても、シャーロットは驚くほど冷静だった。着替えのために彼女の部屋に行くと、ジュエリー・ボックスの前で何やら文句を言っていた。

「オニキスの耳飾りは入れてくれた？」

「はい、シャーロットさま」わたしは耳飾りを指さした。

彼女はそれを耳元に当てながら言った。「あのおばあちゃんがあと一回でもスカーズデールのことを訊いてきたら、何があってもわたしは責任を取れないわ。もちろん、タイラー家を招いたのも彼女よ。ノリーが誰と結婚するはずだったか、みんなに思いださせるためだけに」

シャーロットの口調は軽かった。でも歯をくいしばるようにして、目は一点をじっと見つめている。それはまさに、自分を落ち着かせようと必死になる若いお嬢さんの姿だった。ジュエリー・ボックスを見つめながら、わたしは訊いた。「どの色をおつけでしたか、ノリーさまからプロポーズされたときは？」

「青よ、ノリーは青が好きなの」

わたしはきらきらと輝くサファイアの耳飾りを手に取った。「では、ノリーさまのためにもこれをおつけになるのがよろしいでしょう」

この耳飾りをつければ、ノリーの祖母から何か言われるかもしれない。でも、シャーロットはにっこりとした。耳飾りを耳につけながら、シャーロットは言った。「ありがとう、ジェイン」

ルイーズとシャーロットが夕食を摂りに一階に行ってしまうと、わたしはふたりの室内履きと寝間着を準備した。それからルイーズの部屋で椅子に坐り、すこし眠った。数時間後、シャーロットの声が聞こえて目を覚ました。ドアをあけると、青い顔をして震えるルイーズと、怒りで顔をぎらぎらさせるシャーロットがいた。

シャーロットは声を絞り出すようにして言った。「ニューサム家のひとが彼を追い出してくれたらいいのに」

ルイーズが喘ぐように答える。「ほんとうのことを言っただけでしょう」

「よくもそんな……」

シャーロットが姉のほうに一歩を踏み出したところで、わたしは声をかけた。「シャーロットさま、ルイーズさま。どうされました？」

「そうね。ルイーズに訊いてちょうだい」シャーロットが答えた。「あの、嘆かわしい愚か者が下階《した》でなんと言ったか、ルイーズにくり返してもらって」

「シャーロットさま、声が大きいですよ」

彼女はわたしのほうをふり返った。「どうでもいいの。誰に聞かれたってかまわないわ。これ以上、不愉快なことってないもの……」涙声になり、シャーロットは自分の部屋にもどってドアをばたんと閉めた。

すべてがあきらかになったのは、寝間着に着替えたルイーズの髪を梳かしているときだった。ブラシで髪が引っぱられるたびに、彼女の頭は揺れた。「わたしのせいなの」ルイーズはそう切り出した。「わたし、何を言うべきかわかったためしはないし、けっきょくは、いつもまちがったことを言って終わりになるのよね」

「そういう場面では口に出すべき〝正しい〟ことがたくさんあるのか、わたしにはよくわかりません」

「でも、わたしはまさに、まちがったことを言ってしまったの」ルイーズは顔を上げてわたしを見た。くすんだ金色の髪がひと房、顔の横で跳ねた。「だって、彼によく思われたかったんですもの」

「どなたにですか、ルイーズさま?」

「ウィリアム・タイラーよ」そう言ってルイーズは頬を赤らめた。「彼は、労働者が直面している問題やストライキについて話していたの。どれほど不当に扱われているか、ということを。わたしは、彼はなかなかいいことを言うと思ってた。だからなんて言うか、理解しているところを見せたかったの――ほんとうは、よくわかっていなかったんだけど。そうしたら、ばかみたいにうっかり口走ってしまったの。〝あら、あの脅迫状のことね〟って」

わたしは小さくため息をついた。葬儀のあとの夕食の席で何かまちがったことを言うにしても、ルイーズはよりにもよって最悪のひと言を選んだのだ。

「そうしたらニューサム夫人が――ノリーのおばあさまのほうね、若いほうでなく――その話題を持ち出すことに許しません、と言って。あの脅迫状は、悪意や妬《ねた》みにすぎないと言うの。怠けていたせいでニューサム家が手にしたものを手にできずに、わたしたちを妬んでいるひとたちの仕業だって……」

「それで、どうなりました？」

「えっと、そのあとしばらくは、みんな黙りこんでた。それからシャーロットが、船旅は快適だったかと訊いたの。でもニューサム夫人は答えないから、若いほうのニューサム夫人が答えてた。ええ、快適だったわ、海はとても穏やかで、と。そうしたらウィリアムが……」

ルイーズはそこで息をのんだ。

「なんとおっしゃったんですか、ルイーズさま？」

「そうしたらウィリアムが、あの炭鉱では何人の子どもが亡くなったんでしたっけ、と」

それを聞いてわたしの息も止まった。

「お気の毒に、そこでニューサム氏は立ち上がったの。それで、ウィリアムに向かって怒鳴りはじめたわ。この家に招待された立場のくせに、と。ウィリアムはおっしゃるとおりですと言って謝ったんだけれど、みんなで燭台を囲みながら、ノリーはひとに妬まれて死んだなんてふりをするのもばかばかしい、とも言ったの。それでシャーロットが、ノリーはこの世でいちばんすばらしい男性で、彼を殺したろくでなしは電気椅子に坐ることになる、と言い返したわ。そうしたらニューサム氏は、ウィリアムはまだまだ鞭でお仕置きされてもいい年ごろだな、なんて言ったの。一瞬、ほんとうにそうしかねない雰囲気だったのよ。よろよろと、自分の席から離れようとしたんだから……」

「まあ、なんてことでしょう」

「でもそのとき、若いニューサム夫人は給仕係を下がらせたの。誰も何も言えなくなったわ。そこでまた、ウィリアムが謝った。でもニューサム氏は、きみの謝罪は受け入れないと言ったの。だからみんな、坐ってるしかなかった」

わたしはまた、ルイーズの髪を梳かしはじめた。「ルイーズさまのせいではありませんわ」

「でも、わたしが脅迫状の話をはじめたのよ」

「ルイーズさまがその話をはじめなくても、ウィリアムさまはご自分できっかけをつくったはずですよ」

ルイーズはぼんやりとうなずいた。それからしばらくは、この夜のことを頭のなかから追い払おうとしているように見えた。そのあいだわたしは、彼女のからまった髪をほぐした。でも、ルイーズはベッドに入ると言った。「シャーロットのところに行く？　ごめんなさいって伝えてくれる？」

その言い方があまりに真剣で、一瞬、なんの話をしているのかわからなかった。でも、ひどくまちがったことをしたと、シャーロットがルイーズに思いこませたのははっきりしている。「はい、お伝えします。ですから、もう心配なさらないで」

廊下をはさんだ向かいのシャーロットの部屋に行くと、彼女は鏡台の椅子に腰をおろしていた。すでに寝間着に着替えている。それまで着ていたドレスは、床に脱ぎ捨ててあった。

いやな記憶を捨てるみたいに。わたしはドレスを拾い、ドアのそばの長椅子に広げて置いた。

「ルイーズさまは、たいへん申し訳なく思っていらっしゃいます」

シャーロットは頬づえをつきながら、ため息をついた。それから小さな声で言った。「ルイーズ」絨毯に粗相をした犬の名前を呼ぶような言い方だ。どのみちきちんと躾《しつ》けられないのだから、撃ち殺されても仕方ないと思っているような。

シャーロットがベッドに入ると、わたしは灯りを消した。暗闇から声が聞こえた。「わたしは心から彼を愛してた。誰がなんと言おうと」

「よくわかっていますよ、シャーロットさま」

そのすぐあと、ウィリアムが階段をあがってきた。

彼はわたしを見て、ほっとしたように笑みを浮かべた。「ジェイン」それからシャーロットの部屋のほうに視線をやった。「謝りたくて」

「そうされても、何かを投げつけられることになりますよ」わたしは声を落として言った。

「何を考えてらしたんですか?」

ウィリアムは申し訳なさそうに、姉妹それぞれの部屋のドアを見つめてから言った。「タバコ、吸わないかい?」

9

ここで、わたしの大好きなものを告白しなければならない。公の場でそれをしたら、当時のニューヨークではずいぶんと白い眼で見られたものだ。わたしは——ごく、たまにではあるけれど——タバコを吸っていた。言い訳をさせてもらうと、吸うのは、あるひとといっしょのときだけだった。ウィリアム・タイラーと。喫煙の習慣はこの数年まえのクリスマスに、タイラー家がアームズロウ夫人を訪ねてきたときにはじまった。裏庭でこっそりとタバコを吸っているウィリアムを見つけたのだ。「アームズロウ夫人にばれないようにしてくださいね」わたしは言った。「ああ。きみも黙っておいてね」そうして彼は、タバコ入れから新しい一本をわたしに差し出したのだった。

わたしとウィリアムは、ニューサム家の敷地をぶらぶら歩いた。息を吐くと、白い雲のようになった。月明かりに照らされ、すっかり青白く見える霊廟が視界に入ったところで、方向を変えた。

すぐに人目につかない場所に出た。アーチ状につくられた生垣の下に、錬鉄製のベンチがある。外は寒かったけれど、星でいっぱいの夜空は美しかった。わたしたちはコートをからだにしっかりと巻きつけ、片方の手はあけておき、親類の子どもみたいにすこし距離を取ってベンチに坐った。出会ったときから、わたしたちはそんな感じだった。

ウィリアムは最初の一本を無言で吸い、吸殻を暗闇に向かって投げた。二本目に火をつけながら、ようやく口を開いた。「ばかなことをしたと、自分でもわかってる」

「ばかなことです。そして、意地悪でした」

ウィリアムは思い切りタバコを吸いこんだ。

「そんなつもりがなかったのは、わかっています」

「いや、そのつもりだった。意地悪というのではない、あの場にいた誰もがすごく……偽善的だったからね。まるで、ノリー・ニューサムを清廉な若いヒーローのように思っているみたいで。彼が殺されたと聞いたときにぼくが何を考えたか、わかる？　よかったと思ったんだ」

わたしはタバコを吸い、煙を吐いてから言った。「ノリーさまは、あなたにはひどいことをしていました」

ウィリアムは苦々しい笑みを浮かべた。「自分がどれほど運がいいか、シャーロットはわかっていない」そう言ってため息をついた。「それに、ビアトリスだって。とにかく、そんなことはどうでもいい。彼は死んだんだから」

ウィリアムは最後にもういちど吸いこんでから、吸い殻を芝に落とした。家のなかにもどるまえに、ちゃんと拾っておこう。わたしは心のなかでつぶやいた。こんなふうに分別のないことをするなんて、ウィリアムらしくない。いつもの彼は、ひとによけいな手間をかけさせないよう、気を遣うのに。

　また新しいタバコに火をつけながら、ウィリアムは自分の手のなかにある、その白くて細い筒状のものに笑いかけた。「おかしいね――ノリーは葉巻のほうが好きだった」

「そうなんですか？」

「ああ、そうだよ。ぼくのおばの家で過ごした夏のことを憶えてる？　ノリーは親父さんから葉巻を何本かくすねて、いいところを見せようとしたのか、ぼくにもおすそ分けしてくれたんだ。ほら、とっとけよ。吸うんだよ。何、おまえは女か？　なんて言って。ノリーは最初の二週間はまるまる、ぼくを無視していた。それなのに、ある日の昼間、言ったんだ。暗くなったらこっそり抜け出そう。女は抜きで冒険だ、って」ウィリアムは口を歪めた。「ぼくは興奮した」

「たいていのひとが、そうなるでしょうね」

「はじめて吸ったときは、気持ち悪くなった。二回ふかしただけで、そこらじゅうの砂の上に吐きまくった。ノリーは頭をのけぞらせて笑ってた。それからブランディを差し出して、これを飲んでからまた吸ってみろ、と言ったんだ」

「もっと気持ち悪くなったんですね」わたしは予想して言った。

「だんだん、コツみたいなものがわかった。だから、いい気になったんだ。すごいだろう、ぼくはノリー・ニニーサムと友だちなんだ、なんて思って」ウィリアムは暗闇をじっと見つめた。

それから彼は片腕を上げて袖をまくり、手首の内側を見せてくれた。暗がりでも、皮膚に小さな円状の痕がうっすらとついているのがわかった。アイロンをかけていると、おなじような痕ができる。わたしの腕にもいくつかあった。やけどの傷は見分けられる。

ウィリアムはシャツの袖を元にもどした。「あれが最初だった」

「最初」

「肝試しさ。少年がやりそうなことだ。どれくらいがまんできる？　腕に押しつけられたら痛いか？　脚ならどうだ？」

ウィリアムは急に黙った。暗くても、手が震えているのがわかる。

「ときどき、ノリーは自分のからだでやっていた。自分の手や、くるぶしに押しつけるんだ。いちどなんか下着をおろして、手にした葉巻を……まあ、やめておこう」そう言って、吸いかけのタバコを暗闇に向かって投げた。

気をとり直し、ウィリアムは話をつづけた。「だからぼくは、ノリーが妹と結婚しなくてすごくうれしかったし、シャーロットと結婚しないですんで、とんでもなくうれしかった。もう誰とも結婚しないんだから、こんなにうれしいことはない」

ウィリアムはずっとうつむいていたけれど、ベンチの上を移動して、じりじりとわたしのほうに近づいてきた。彼の広い背中が、わたしの手のすぐそばで丸まっている。こんなにも打ちひしがれている姿は見たくないという不思議な衝動にかられ、気づくとわたしは、彼の背中に触れていた。

でもすぐに、手を引っこめた。すこしだけ横を向き、自分のタバコのことを考えた。

「ありがとう」ウィリアムがそう言うのが聞こえた。

「どういたしまして」

「誰にも話さないで」

ぼうっとして一瞬、わたしに触れられたことを言っているのだと思った。でも、すぐに理解した。「ええ、もちろん誰にも話しません。ぜったいに」マイケル・ビーハンならどんな展開にするのだろう。裕福な若者たちの、愚かな冒険譚を。

泣いていることをわたしに気づかせないよう、ウィリアムは立ち上がって言った。「屋敷までいっしょに歩こうか？」

「おひとりで先に行かれるのがよろしいかと思います」

「裏手の厨房のドアをすこしあけておくよ」そう言ってタバコをもう一本、わたしに差し出し、くるりと向きを変えて歩きはじめた。

でも、すぐに引き返してきた。「ニューヨークにもどったら、ルイーズ・ベンチリーに電話をしようと思う」

「およろこびになりますよ、きっと」よろこびすぎて、ルイーズはばらばらになってしまうかもしれない。

ウィリアムは母屋に向かい、わたしに残ってタバコを吸った。煙を吐きながらぶらぶらと歩き、ウィリアムが言ったことをじっくりと考えた。タバコのことと、そうでないことを。ウィリアムの手首にうっすらと残る傷跡を思いだして、からだが震えた。シャーロット・ベンチリーは、とんでもない地獄から逃れたということだ。

ひとつの疑問が頭のなかにぱっと現れた。でもあっという間に、夜気に漂うタバコの煙みたいにさっと広がって消えてしまった。

「あら」不意に声が聞こえてわたしは驚き、子ども時代の世界にもどったように感じながらふり返った。頭にスカーフをかぶり、男ものコートを着たローズ・ニューサムが立っていた。誰だかわからないようにしているつもりだろうけど、大きくてきらきらした瞳と、美しい口許と、スカーフに収まりきらない髪の房で、彼女であることはすぐにわかる。ギリシア神話は、姿を現した神に人間が驚く話でいっぱいだけれど、「あなたも同罪ね！　神よ、感謝します」と言いながら近づいてくる彼女を見て、いまの自分はそういう人間たちとおなじ気持ちだと思った。

ローズは小さな箱を取り出した。「これ、吸ってみる？　フランス製のゴロワーズよ。とんでもなく強いの。夫はこのにおいを受けつけなくて、だからこっそり吸うしかないの」

わたしは断りの印に、半分、吸いかけのタバコを掲げてみせた。「ありがとうございます。でも、けっこうです」

ローズ・ニューサムは、心静かに自分の庭園を愉しみたいと思っている。わたしはそう考え、おやすみなさいという意味を込めて丁重にうなずき、そこから立ち去ろうとした。

「ここにいてくれてかまわないわ」その声には、親切で言っている以上の何かが感じられた。

「行かないで。お願い」

「ほんとうによろしいのですか？」

「ええ、いいの。この週末、わたしにつらく当たらないのはたぶん、あなたひとりだもの」

自分のタバコに火をつけ、ローズはもごもご言った。「わたしはいつも、使用人たちといろいろお話しするの。夫からは、そんなことはやめなさいと言われるんだけれど。でもわたしの一部はずっと、自分はあなたたちのなかのひとりだと思っているわ。スクールキルでもこんな家に住んでいた？　厨房で働いていたのではなく？」

ローズはそういう言葉を言われていたのだろう。たぶん、新しく家族になったうちのひとりから。

「奥さまが厨房にいらっしゃったら、ひどく場ちがいです」

「教えて、かわいそうなシャーロットはどんなようすかしら？」

わたしはすこし考えて、ほんとうのことを答えた。「喪に服しています」

「彼女の部屋に行こうと思ったの。でも、ビアトリス・タイラーに呼び止められてしまって。彼女も、それはひどいありさまだったわ。まあ、それはわたしがシャーロットに、ここに残るようにと言ったせいね。わたし、ビアトリスに向かって、義母と話したほうがいいんじゃないかしら、なんて言いそうになったの。彼女なら何から何まで、あなたを理解してくれるでしょう、って。タイラー家とベンチリー家は、とても親しい友人どうしだと思っていたのに」

「以前は」

「なるほど」ローズは煙を吐き出した。「そういうことは誰もきちんと説明してくれないけれど、何か恋愛感情の誤解があったんじゃない？」

ローズは探りを入れている。タイラー家とニューサム家の複雑なおつきあいの歴史について、ニューサム氏は新しく迎えた妻に聞かせるほどのことではないと考えたのはまちがいない。

わたしは言った。「ニューサム家とタイラー家は、何年も親しい間柄でした。誰もがノリーさまとビアトリスさまのおふたりは……」

「そういう期待はやっかいよね。周りとしては、そんなつもりはないかもしれないけれど。シャーロットとビアトリスのふたり、あのダンスパーティで言い争いになったみたい」黙っていると、ローズはわたしが何も知らないと思ったようで、こうつけ加えた。「いろいろ聞いたけれど、ドレスがだめになったんですって。髪も引っぱり合ったとか。わたしには、絨毯に大きな染みが残されていたことくらいしかわからないけれど」

ビアトリスがシャーロットに投げつけたワインのことだ、と思った。

「それにもちろん」と、ローズは話をつづけた。「ルシンダはわたしに腹を立てているわ。ずっと……そう、わたしの結婚式のときから、ずっと。そしてノリーは最初から、とにかくわたしを嫌った。こんなことを考えるなんてばかみたいだけれど、シャーロットのことでわたしがノリーの味方をしたら、彼もわたしを見直してくれたかしら。そんなことをしても、ほかのひとたちをひどく怒らせることになっただけだったかもしれないけれど。もちろん、ルシンダはノリーが誰と結婚するにしても、そのお相手に対して冷静でいられなかったでしょうね」

そこでローズはにっこりと笑った。「あら、いやだ。わたしったら、おしゃべりがすぎたみたい。でも、あなたって話しやすいんですもの。みんな、あなたには何でも打ち明けるんでしょうね」

わたしも笑顔になった。そして、ノリーの結婚相手のことでルシンダは冷静でいられないとは、ローズはどういう意味で言ったのだろうと考えた。

「ところで、警察の捜査は進んでいますか?」

「筆跡鑑定の専門家が、あの脅迫状の文字を調べているところよ。指紋も採取して、べつの専門家が分析している。でも、犯人は逃げてしまったから……ひとつの市《まち》全体のなかから、ひとりの無政府主義者を見つけ出すのはむずかしいわ。警察は、犯人には協力者がいたとほぼ確信している。人脈、と言っているみたいだけれど。だから犯人はいまごろ、シカゴにいる可能性だってある。でなければカナダとか。ブラックバーン警視は、誰かが事件のことを自慢げに語ったら、自分の情報提供者が聞きつけるはずだと言っているわ」ローズはいらいらしたように煙を吐き出した。「それより、またおなじことが起きる可能性があるの」

「ほかにも脅迫状があるんですか？」

彼女はためらってからうなずいた。「ええ。一通、きのう届いたの。〝さて、おまえの息子は死んだ〟と書いてあったわ。警察ははっきり言わないけれど、犯人はノリーでやめるつもりはないということよね――？」ローズは急に寒さを感じたとでもいうように、コートをきつくからだに巻きつけた。「お願い、このことはベンチリー家のみなさんには話さないで。夫にも伝えていないの。主治医が、夫は安静にしていることがぜったいに必要だと言っているから」

「ニューサムさまのお加減はいかがですか？」わたしは訊いた。

「あまりよくないわ。夫とノリーは口論もしたけれど、何よりも強い絆で結ばれていたもの。わたしは若いときに父を亡くしたけれど、まるでこの世の終わりみたいな気がしたものよ」

タバコを吸い終え、ローズは言った。「もう行かないと。あなたもよ――裏口から入りましょう」

あとを追うようにして母屋の裏口に向かっていると――夫のコートを着て外を歩くローズの姿なんて、めったに見られるものではない――ローズはいたずらっぽく言った。「わたしが外に出ようとしたとき、ウィリアムが入ってきたの。彼があなたの喫煙仲間ということかしら？　彼ったら、労働者階級のひとたちに並々ならぬ情熱を感じているのね」

わたしたちは裏口の厨房のドアのところまできた。約束どおり、ウィリアムはドアをあけておいてくれた。ローズ・ニューサムは顔をしかめた。「不用心ね」

彼女は正しい。ドアをあけておくなんて不用心だ。誰かがニューサム家の子どもたちを殺すと脅している——まだ、ひとりは残っているから。ふたりかもしれない。ローズ・ニューサムは、あの若さなら妻ではなく娘だというジョークを、真に受けるなら。

そんなことを考えてうしろめたく思っていると、それを不安だと勘違いしたらしく、ローズは言った。「敷地内には警備員がいるわ。心配しなくてもだいじょうぶよ。わたしたち、しっかりと守られているの」そう言って彼女はドアを押しあけた。「怖ろしいことがあったにしても、わたしはいまのほうがずっと安心していられる」

わたしはふと、ニューサム家のダンスパーティの夜も警備体制がしっかりと敷かれていたことを思いだした。でも、それでもじゅうぶんではなかったのだろう。なかに入ると、ローズは慎重に鍵をかけていた。

そこで最後にもういちど、分別のないところを見せたくてたまらないとでもいうように、声を落として言った。「義母はあちこちに当たり散らすことで、なんとか自分を保っているみたいなの。そのことを、シャーロットに謝りたくて。義母はとりわけ、彼女に辛辣《しんらつ》なんですもの。夕食のあと、お年寄りのニューサム夫人に言ったの。シャーロットが殺したわけではないことは、ちゃんとわかっていますよね、と。そしたら彼女、なんと答えたと思う？ 殺していないの？ ですって。なんというか——年配の女性と言い争うものではないわね」

洗濯室を通りすぎるとき、誰がノリーを殺したにしても、その人物は返り血を浴びたのでは、という考えが頭をよぎった。

わたしは声をかけた。「ミセス・ニューサム?」

ローズがふり返った。

「シャーロットさまのドレスを見ませんでしたか? ダンスパーティのときに着ていたドレスです。お恥ずかしいのですが、持ち帰るのを忘れてしまいまして」

ローズ・ニューサムの目が大きく見開かれた。「いいえ。誰も見ていないと思う。ファレル夫人に訊いてごらんなさい」

10

つぎの日はまえの日とたいして変わらない一日だった。空は冬らしく灰色で、どの部屋もしずかだった。動いているのは暖炉の火と、絶え間なく時を刻む時計だけ。ルイーズはなんとか愉しく過ごそうとしていたけれど、何かを忘れたと言っては、しょっちゅう自分の部屋に取りにもどった――たいてい、かなり長い時間。そして親切心からだろう、ルシンダがルイーズを散歩に誘った。ルイーズはからだを動かすことが大嫌いだけれど、ありがたくその申し出を受けた。

シャーロットは本を読み、年配のほうのニューサム夫人に、何も不満はないと言った。ローズ・ニューサムには、天気のことで不満を口にした（ローズはあきらかに、ゴロワーズを吸いたくてたまらないと思っているようだった）。でも、先代ニューサム夫人がシャーロットを毛嫌いしていることはよくわかる。ほんとうに、彼女が殺したと思っているの？それとも、シャーロットと結婚しようとしたことで、ノリーが秩序の崩壊を招いたと思っているだけ？　わたしはビーハンやペップ・ピルのことを考えた。ビーハンはノリーの死についていて、彼なりの説があるとほのめかしていた。ノリーが何人かの令嬢とお付き合いしていたという事実は、どんなことでもシャーロットにとって不利になるかもしれない。新聞が書き立てることや、世間があれこれ噂するなかでは、シャーロットはニューヨークではもう、やっていけないかもしれない。ましてや、人を殺そうとしたなら。

それに、なくなったドレスのことも気になる。ニューサム家のような品格のある一家が、高価なドレスを捨てることはしないだろう。それならシャーロットのドレスはいま、どこにあるの？　手強いファレル夫人には訊ける気がしない——でも、べつのひとにならそもそも、ドレスをだめにした張本人だ。

ルイーズが散歩に出ているこの機会に、とくにいま用事がなければタイラー家に行きたいと、シャーロットに申し出た。ベンチリー夫人がタイラー夫人に貸しているものがあって、それをすぐに返してほしがっている、という口実で。

ラインベックの中心地にほど近いところに建つタイラー家の住まいは、ニューサム家のお屋敷ほどぜいたくな造りではない。比べると、ほとんどコテージみたいに思える。玄関ホールもこぢんまりとしている。それでも、高価な装飾品がふんだんに飾ってあった。一方の廊下は居心地のよさそうなダイニング・ルームと厨房につづき、もう一方の廊下を行けば、その先にタイラー夫人の小さな書斎と居間がある。二階の寝室はせまいけれど、風通しがよくて気持ちいい。

わたしが訪ねても歓迎されないのではと、すこし心配だった。でもタイラー夫人はこれまでとおなじように、かすかに捕食者を思わせる元気いっぱいの明るさで迎えてくれた。

「まあ、ジェイン。きてくれてうれしいわ。でも、うちで働きたいということだったら残念。いまはあなたにぴったりの仕事はないの」

「いえ、そうではありません。わたしは、ベンチリー家で愉しく勤めていますから」

「あら」夫人は言った。「そんなことが言えるのはあなただけね」彼女はその言葉を一瞬、宙に浮かせたままにした。それから話をつづけた。「ウィリアムの頭部をお皿にのせてニューサム家にもどる、なんて言わないでね。渡したいところだけど、彼は今朝、発《た》ったわ」

「じつは、ビアトリスさまにお願いがあります」

タイラー夫人の顔に浮かんだ表情は、ウィリアムの頭部をくださいと言うほうがまだ幸運に恵まれたのに、と言っていた。「訊いてごらんなさい。あの子がいまの状況を忘れられるなら、なんでもしてみて」夫人は優雅な手つきで、ノリーが殺されたことと娘の失恋のことをほのめかした。「ビアトリスは二階にいる。階段をあがって三つ目の部屋よ。わたしがあなたなら、シャーロットの名前は出さないでおくわね」

二階は一階よりもいっそう質素だった　白木の廊下に敷かれた絨毯は、ところどころ糸がほつれていた。屋根には傾斜がついているので、頭をぶつけないよう気をつけなければならない。白く塗られた三つ目のドアに向かい、わたしはノックした。「誰？」という声が聞こえ、「ジェインです、ビアトリスさま」と答えた。ドアがあくまで、わたしは祈った。彼女がわたしのことを、おばのアームズロウ夫人のメイドだったとして憶えていて、ベンチリー家とは結びつけて考えませんように、と。

ドアをあけたときの態度からすると、ビアトリスは憶えていたようだ……どちらのことも。以前、タイラー夫人は娘のビアトリスを〝気難し屋のビー〟と言ったことがあった。わたしはこう答えた。「あの黒い瞳ですね、ミセス・タイラー。相手のことをなんでも見通しているようです」その瞳が、いまはわたしを見ている。ビアトリスはわたしをなかに入れ、ドアを閉めた。くすんだ青色のドレスを着ている彼女は、よく眠れていないように見えた。髪はぼさぼさで、肌につやがない。

「ノリーさまのこと、お悔やみ申し上げます、ビアトリスさま」

「どうしてそれを、わたしに言うの？」

「あなたはノリーさまをお好きでしたから」

「わたしは彼を好きでなんかなかった——そんな言い方、やめて。わたしは愛していたのよ」

率直なその言葉に、わたしははっとした。答えるまでにすこし間があいた。「はい。承知しています」

「そうなの？　たいていのひとは気づいていなかったみたいだけど」そう言って彼女は小さな机のそばに置かれた木製の椅子から立ち上がり、またすぐに腰をおろした。

「シャーロットに黒い服を着る図々しさがあったなんて、信じられない」ビアトリスはわたしをにらみつけた。「そんなばかなことってないでしょう、ジェイン。あなたが止めるべきだったわね」ノリーを愛するがゆえに気遣いも何もなく、彼女は訊いた。「お金のためかしら？　もうじゅうぶんに持っていると思うけれど」

「わたしにはわかりません」

ビアトリスはわたしをじっと見た。「ほんとうに？　彼女はお金のために、ここにいるんでしょう？　夫に先立たれた妻という役を演じているんでしょう？　ニューサム家のひとたちがどうしてそんなことに耐えられるのか、わからないけど！」

わたしは大きくため息をついてから言った。「シャーロットさまのドレスのことでお訊きしたいことがあります。ダンスパーティのときに着ていたドレスです。だめになってしまった」

ビアトリスは片方の肩を上げた。「わたしがそのドレスのことを知っていると言うの？」

「あなたがだめにしましたから」

「わたしが……だめにした？　ちょっと、どうしちゃったのよ。たいしたことじゃないわ。あなたがちゃんとあと始末できる程度よ」

「すっかり染みになったと聞いています」

「ばかばかしい」

「赤ワインの染みです」

「染み……」ビアトリスは椅子の位置を直してわたしと向き合った。「あなた、わたしがニューサム家のダンスパーティで赤ワインをがぶがぶ飲むと思う？　それでそのワインを、なんですって、シャーロット・ベンチリーにぶちまける？　彼女がそう言ってるの？」

しっかり考えなければ。ドレスが汚れたと言っているのはシャーロットだけではない。メアリーも見ている。そして、メアリーに嘘をつく理由はない。「メイドのひとりが、ドレスが汚れたと言っています」

ビアトリスはそっぽを向いた。「とにかく、わたしは汚していない」

「でも、シャーロットさまと口論にはなりましたよね」

「ノリー・ニューサムがシャーロットと結婚するというばかげた夢物語にわたしが反対して、彼女ががみがみ言う女に変身したということなら、ええ、そうよ、わたしたちは口論したわ」

つぎに何を言うか、慎重に言葉を選ばないといけない。「そうですね。そんな夢物語を信じていたのは、シャーロットさまおひとりではありませんでした」

「あら。ほかにも何人かを説き伏せて、そう信じさせたのかしら。それなら、ノリーだって信じてみようと思ったかもしれないわ――わかるでしょう？　みんなを混乱させて、彼は愉しんでたのよ。でも、彼には結婚するつもりはなかった。わたしは知っているの」

「彼をけっして傷つけなかったレディに対して、そんな言い草はあまりにも慈悲がないように思えます」

「彼をけっして傷つけなかった、ですって？」ビアトリスは机の上のペンナイフを手に取り、そのほっそりとした刃で天板をこつこつ叩いた。「不愉快な話を、何から何まで新聞記者たちに漏らしたのは誰だと思っているの？　シャーロット・ベンチリー、その人よ。四六時中、彼に張りついていたのは誰？　いつ、お父さまに話すのか、いつ、指輪をくれるのか、いつ、みんなに話していいかと、そんなことを訊いてばかり。正直に言うと、ノリーはよく、彼女のことをぶたずにいたものだと思うわ。ほんとうのところはわからないけど」

ビアトリスの口を通して、ノリーの声が聞こえるようだった。どう考えてもノリーは、ビアトリスの気持ちを宥めるのに彼女の恋敵への不満を並べたてたのだ。

「ノリーさまはじっさいには、シャーロットさまにプロポーズをしていなかったとおっしゃるんですか？」わたしは訊いた。

ペンナイフが止まった。「したでしょうね。彼女にそう仕向けられたのかも。あなた、わたしと結婚しないといけないわ、なんて言って」シャーロットが男性といるときに出す声色の真似は、残酷なほどにそっくりだった。「そうすれば、二度とお父さまの言いなりにならなくてすむのよ、とも言ったのかも。ノリーはおそらく、その考えが気に入ったのよ――ただし、残りの人生はシャーロットの言いなりになるということに気づいていなかったのね」

ビアトリスの瞳は、相手のことをなんでも見通している。わたしはそう言った。どうやら、わたし自身の目はそうではないようだ。だって、わからないから。いま、彼女が話していることは事実なの？　事実であってほしいと願っていることなの？　それとも、ノリー・ダニューサムを傷つけたいと願う彼女自身の動機を隠そうとする、まったくのでたらめ？　ノリー・ダンスパーティの夜、シャーロットの声の響きが不愉快だと言いながら、彼女とは結婚するつもりだ、結婚するといってもその財産とだ、とノリーがビアトリスに話していたら？

　できるだけ無邪気そうに聞こえるようにわたしは言った。「おっしゃるとおり、ノリーさまと婚約するとシャーロットさまから聞かされたとき、わたしは驚きました。アームズロウ夫人がいつもおっしゃっていましたから、彼はあなたに……」

　わたしはそこで口をつぐんだ。自分の無礼さにショックを受けたように装って。でも、ビアトリスをその気にさせるにはじゅうぶんだった。「たぶん、わたしにプロポーズしたでしょうね。そしてわたしは、はいと答えたと思う」彼女はこう答えた。

　両腕を椅子の背もたれにまわし、ビアトリスはつけ加えた。「たぶん、クリスマス・イヴにノリーはシャーロットにそう話したのよ。たぶんそれが、彼女がノリーを殺した理由なんじゃないかしら。だって、殺したのは彼女だもの。あなたもわかってるはず」

「わたしにはまったくわかりません、ビアトリスさま」

「そうなの？　あの夜、ノリーはシャーロットとの婚約を発表するつもりはなかった。わたしはそれを、事実として知っているわ。本人からそう聞いたもの。だから彼は死んだのよ。だから、ニューサム家がシャーロットをあの家のなかにいさせているのが、ぞっとするほど忌まわしいの」

　ニューサム家のお屋敷に歩いて帰るのは、寒くて長い道のりだった。刺すように吹く風に肩を丸め、スカーフを顎まで引き上げ、両手はポケットの奥深くに突っこんだ。そうして、ビアトリス・タイラーが言ったことを考えた。彼女自身、それを信じているのだろうか。

シャーロットへの疑いを警察に話したのだろうか。でなければ、タブロイド紙に。タイラー家がお金を必要としているのはまちがいないのだから。

でも殺人が行なわれたとき、ビアトリスは書斎の近くのどこにもいなかった。だから、ビーハンにペップ・ピルのことを話した人物ではあり得ない。それに、シャーロットのドレスを汚していないと、どうしてあんなにも強く言い張ったのだろう？　そこで驚くほどはっきりと、答えが頭に浮かんだ。あのドレスは物騒なまでに高価だ。もし、染みをつけられたとしてシャーロットが弁償を求めたら、タイラー家の姉妹ふたりはこの先何年も、ドレスを新調することができなくなるだろう。ひょっとしたら、ビアトリスがドレスを隠したのかもしれない。そうすれば、だめにされたという証拠はないことになるから。

使用人用の出入り口はお屋敷の北側にある。砂利敷きの小径を歩きながら、ルイーズとルシンダが散歩に出た足跡がないかを確かめようと、わたしは地面に視線を走らせた。あるいは、ローズ・ニューサムが夫を車椅子に乗せて連れだした痕跡を確かめようと。でも、誰もいなかった。霊廟に近づくまでは。

ルシンダはひとりで、兄の墓標の前に立っていた。黒いヴェルヴェットをまとったアンティゴネーといった風情がある。直感的に、わたしは砂利道から芝生に移動した。そうすれば足音を聞かれずにすむ。でも、ルシンダの視線は銅製の扉に釘づけになっていた。美しい天使が舞う下で、途方にくれて絶望した人間の姿が描かれている。彼らは地獄に堕ちるところなのに、楽園を求めて手を伸ばしていた。

わたしはそこから立ち去った。

ビアトリスは、シャーロットがニューサム家の屋根の下にいることが、ぞっとするほど忌まわしいと非難していた。でも、彼女が長く留まることはなかった。つぎの日、新聞の切り抜きがマンハッタンの住所から郵便で転送されてきた。そこには、こう書かれていた。

美しき女性たちの闘い！
ノリー・ニューサムは、その移り気のせいで命を落とした？

本紙はロバート・ノリー・ニューサム・ジュニアと、あらたに誕生した妖婦、シャーロット・ベンチリーとの秘密の婚約について、事実に基づいてお伝えした。しかしノリーの庭園に咲いていたバラは、ミス・シャーロットだけだったのか？

不幸な結末を迎えたクリスマス・イヴの祝宴に参加していた目撃者によると、殺人のあったその夜、ちょっとしたけんかが勃発したという。上品に育てられたふたりの若いレディが若いニューサム氏の愛情を巡り、顕わにした鉤爪《かぎづめ》を互いに突きたてたのだ。〝約束〟〝結婚〟、そして〝嘘つき〟という単語が、はっきりと聞き取れたという。

ノリー・ニューサムは何を約束したのだろう？　そして、約束の相手は誰？　その果たされなかった約束は、のちに発見された身の毛もよだつ彼の死体と、何か関係があるのだろうか？

ベンチリー家の姉妹はその日のうちに家にもどったほうがいい。誰もがそう思った。

11

ニューヨークにもどると、ベンチリー家はすっかり包囲されていた。記者たちは舗道にあふれ、窓から家のなかを覗きこみ、近隣の家のドアをノックし、ベンチリー家から出てくるひとには誰にでも大声で質問をぶつけた。ミス・タイラーがミス・ベンチリーを襲ったというのはほんとうですか？　ミス・ベンチリーは、ノリーがミス・タイラーに思いを寄せていたことを知っていたんでしょうか？　無益な好奇心で新聞記者たちの群れは膨れあがり、ニューヨーク市の中心で起こったこのうえなく悪名高い殺人事件に関わる女性をひとめ見ようと、こぞって首を伸ばした。

家のなかは家のなかで、大混乱していた。雇われたばかりのハウスキーパーがやめた。ヒステリーを起こしたベンチリー夫人は、マッチレス・モードに世話を焼かれていた。そのマッチレス・モードはブランディを飲んでいるらしく、自分が飲んだのとおなじだけの量のブランディを女主人にも飲ませていた。メアリーはノートを手にした出っ歯の若い新聞記者につかまって、裏口のところでのらくらと時間を過ごした。ベンチリー氏の従者のジャックは、一階にある電話に向かって小声で何やらずっと話していたし、バーナデットと料理人は厨房で広げた新聞を前に、目をきょろきょろさせていた。

わたしは電話の架台に指を置いてジャックの通話を止め、メアリーをドア口から引きはがし、料理人の前から新聞を取り上げ、ベンチリー夫人がシーシャンティ（水夫たちが船の甲板で作業をするときに歌った歌）を歌いはじめないうちに昼食を用意するようにと指示を出した。それだけのことをすると、荷解きをするために上階《うえ》に行った。

シャーロットはベッドの端に腰をおろしていた。まるでそこだけが、家のなかで安全な場所だとでもいうように――彼女の部屋には家の正面に向いた大きな窓があり、そこから新聞記者の群れを見下ろせることを考えれば、それは事実だったかもしれない。先代ニューサム夫人から、この不愉快な騒ぎが収まるまでは家にもどるのが――そして、そこにずっといるのが――賢明だと言われたとき、シャーロットは不思議なほど落ち着いていた。帰路の列車のなかでルイーズがシャーロットに理解を示そうとすると、彼女は言った。「みんなに好き勝手にしゃべらせておくつもりはないわ。とうぜん、嘘だから。それ以外、わたしが言うことは何もない」

いま、シャーロットの手はきつく握られていた。目には怒りの炎が揺らめいている。わたしが部屋に入っていくと、彼女は小さな声で言った。「あの女を許さない」

「シャーロットさま？」

「ビアトリス・タイラーよ。わたしは知ってるの、新聞社に情報を持ちこんだのは彼女だって。死ぬほどお金が必要なんだし、わたしにはずかしい思いをさせるためなら、なんだってするわよ」

わたしは大きくため息をついた。「シャーロットさま、こんなことをお尋ねして申し訳ありません。ですが、クリスマス・イヴに着てらしたドレスのことは憶えていますか？」どのドレスのことか、彼女にはちゃんとわかったようだ。「ワインがこぼれて染みになったドレスです」

彼女は肩をすくめた。「なんの話かしら。どのみち、それがいま重要なわけ？」

「染みが取れるのではと思って」

「どうしようもできないくらい汚れたわ」

「でしたら、タイラー家に弁償してもらいましょう」

シャーロットは立ち上がって箪笥のほうに歩いていった。いらいらしているときに、よくそうする——そして、訊かれたことに答えたくないときに。わたしは話をつづけた。「とても不思議です。アームズロウ夫人のところにいたときは、ビアトリスさまが我を忘れたところなんて見たことがありませんでしたから」

シャーロットがふり返った。「彼女の味方をするの？　わたしが何を言われたか、あなただって聞いたくせに」

「なんと言われたのですか、シャーロットさま？」

すこしのあいだ、彼女は葛藤していた。でも、ビアトリスを責めたい気持ちは強かったようだ。「ビアトリスはね、わたしの腕をつかんで言ったの。ノリーとあなたが婚約するわけないって。だからわたしは、婚約するかどうか、午前零時に自分の目で確かめなさいよって言い返した。それに、ビアトリスとわたしのお金ならどちらを選ぶかとノリーに訊いたら、彼はわたしのお金を選んだのよと教えてあげたら、彼女、すっかり呆然としてた」

「ビアトリスさまがワイングラスを投げつけたのは、そのときですね？」

シャーロットは渋々、認めた。「ちがうの――ワインをこぼしたのはわたし。ビアトリスはわたしにつかみかかろうとして、ドレスを破ったの。繕ってる時間なんてなかったし、そもそも、彼女のせいでわたしは時間に遅れていたわ。ノリーを怒らせたくなかった。だから思ったの。彼女のせいにしようって。ノリーにも、ビアトリスがとんでもないガミガミ女だってわからせようと」

シャーロットはほんとうのことを話しているのだろう。ドレスの生地は並はずれて繊細で、手荒く扱えば破れかねない。「そのドレスはどうなさいました？」

シャーロットは顔を赤くした。「ベッドの下に押しこんだ。ずっと奥に。そうすれば、誰にも見つからないと思って。埃が積もってたから、メイドはゲストルームの掃除をしていないとわかったの」

「まだ、そこにあると思います？」

「たぶんね」そこで彼女はわたしを見た。「いったいどうして、そんなことを訊くの？」

血痕を隠すためにワインをこぼしたというひとがいるかもしれないからよ。

たいした意味はないというように、わたしはにっこりと笑った。「理由はありません」

つぎの日、《タウン・トピックス》紙はシャーロットが婚約指輪を受け取っていなかったことをすっぱ抜いた。そして、指輪はほかの女性の手にはまっている、その女性はおそらくビアトリス・タイラーだ、と思わせぶりに書きたてた。その結果、シャーロットはいままで以上に、自分こそノリーの婚約者だと世間に示そうと固く決心し、喪服を買ってくるようにと、わたしを〈メイシーズ百貨店〉に送りこんだ。

どんなにいい季節でも、ヘラルド・スクウェアはわたしが大の苦手にしている場所だ。それなのに、じめじめとして骨まで凍えそうな午後というのは、いい季節とはほど遠い。冷たい小雨が降りはじめ、必死に傘をさそうという努力も実らず、雨は帽子の縁《ふち》を伝って首まで流れてコートを湿らせ、足元も冷たく濡らした。六番街に向かう地下鉄の振動が空高く響き、神経に障った。先を急ぐ買い物客たちに、ぐいぐいとあちこちに押された。〈メイシーズ百貨店〉の天幕の下にたどり着いたときは、神に感謝したい気持ちだった。

百貨店の一階のショーウィンドウには、クリスマスの装飾がまだ華やかにほどこされていた。そのひとつは、真っ赤な頬のサンタクロースがきらきら輝くプレゼントを積んだ橇《そり》に乗って、背景の夜空をのぼっていくところだ。べつのウィンドウでは、素人が描いたようなヘラルド・スクウェアの背景幕の前で、いくつもの模型電車が目が回りそうなくらいに何本も敷かれた鉄製の線路の上を、忙しなく上り下りしている。宣伝用の看板が、〝坊やが欲しがっているものをプレゼントしよう！〟と買い物客に訴えていた。

もうひとつのウィンドウには、きれいに飾りつけられたもみの木が立っていた。その周りを、箱に入ったままの何体もの人形が囲んでいる。人形はすべておなじ大きさで、おなじ白のエプロンドレスを身に着け、髪型だけがそれぞれちがっていた。金髪の子もいれば、黒髪の子もいる。髪がカールしている子、前髪を一直線に切りそろえている子、まっすぐなロングヘアーの子。どれも気をつけの姿勢で、目を開いて上のほうをじっと見ている。ルイーズならきっと気に入るだろう。でも箱に入った小さなからだは、なんだか不安を憶えさせた。

喪服を三着と、喪中にふさわしい帽子をふたつ買い、ベンチリー家の住所を告げて配達を依頼した。百貨店を出ると、天幕の下でまた傘と格闘することになった。雨はあいかわらず降りつづいている。ここからベンチリーの家までは一キロほどの距離だ。でも、帰りつくまでは長い道のりになりそうだった。

すると男性がひとり、目の前に現れた。大きな傘をさしている。わたしのとはちがい、ずいぶんと役に立ちそうだ。彼は誘うように笑いかけてきた。そのおふざけを避けようと横を向こうとしたまさにそのとき、それがマイケル・ビーハンだと気づいた。

片手を上げながら彼は言った。「お茶を一杯どうかな、ミス・プレスコット。きみは何も話さなくていい。ぼくが一方的にしゃべるから」

わたしは通りの両側に目をやった。どこからやってきたのだろう？「あなた……わたしを尾《つ》けてたの？」

「申し訳ないが、そうなんだ、ミス・プレスコット。あのメアリーとかいう親切な子が、どこに行けばきみを見つけられるか教えてくれた」

わたしは雨降りのなかに飛びだそうとして――傘が役に立とうと立つまいと――ペップ・ピルのことを思いだした。ベンチリー氏は気にしていないけれど、あの話は何日もささやかれつづけ、噂になって広まりかねない。ビーハンの言うことには一理ある。シャーロットは新聞記者の友人を利用してもいい。だって、彼女には敵が何人もいて――そのうちのすくなくともひとりは、《タウン・トピックス》紙に情報を流しているのだから。

それに、雨脚が強くなっていた。

気づくとわたしは、〈ポーターズ・カフェ〉に坐っていた。床におがくずが撒かれたさびれた店で、長いテーブルの両側にベンチ椅子が置いてあった。そこにいた女性はわたしひとりだったので、ビーハンはわたしを壁側に坐らせてくれた。

ビーハンはバーのなかにいた男性店員に呼びかけた。「ビールを頼む。それと、オイスターを一ダース」それからこちらを見たので、わたしは頭を横に振った。

「十分だけよ」わたしは彼に言った。

「わかった」そこへビールがやってきて、ビーハンはひと口飲んだ。そしてグラスを置き、話をはじめた。「それで。ペップ・ピルだ」

「フォーサイス博士の錠剤を服《の》んでいるひとは大勢いるわ」わたしは言った。

「とはいえ、男はそれほどいない」彼にはあいかわらず、アイルランド訛《なま》りがあった。

パーティに出席していた女性だったら、誰でも落とした可能性がある。そう指摘しようとした。でもそんなことをしたら、あの夜ペップ・ピルを持っていたのは誰かと詮索されるかもしれないと気づいた。そういう疑問を持たせることは、わたしの望むところではない。ベンチリー夫人のペップ・ピルがどこにあるのか思いだせないことは、いまでも心に引っかかっていた。

話題を変えようと、わたしは言った。「結婚指輪の記事を書いたのはあなたね？」彼はにやりと笑った。「あんなことを書いて、いったいどういうつもり？」誰からその情報を得たか、話してくれるのを待った。でも彼はビールを飲むだけで、こう訊いてきた。

「だって、彼女が指輪をしているところを見たことはある？」

「あなたの新聞にノリーさまの死体のことを話した〝目撃者〟というのは誰？」

「遺体安置所に相棒がいるんだ」

「すばらしい思いやりと分別の持ち主なのね」

ビーハンは片方の眉を上げた。「イースト川で三日過ごした死体を苦労して運ぶ男が、いくら給料をもらえると思っているんだい、ミス・プレスコット？　ちょっとした……私的な取引をきみが責めていいいわれはない」

「それなら、ペップ・ピルがノリーさまの死体の近くで〝発見された〟と証言したのは誰？」

「あー、それについては、情報提供者は明かせない」

彼はこちらに身を乗り出して小声で言った。「警察は死体を発見したのはきみだと思っているが、そうなのかい？」

わたしは頭を横に振った。

「そうか、やっぱりきみなんだね。言っておくけど、記者はきみの敵じゃないよ」

「どういう意味？」

「そうだね、どうして警察にスクープをただで提供しないといけない？　仲間がその情報によろこんで報酬を払おうというのに」

立ち上がろうとしたところで、ビーハンに手首をつかまれた。

「きみのおじさんは、ロウワー・イーストサイドで避難所を運営してるんだろう？」

「どうしてそれを知ってるの？」

「どうしてって、ぼくは優秀な記者だからね。坐って、ミス・プレスコット。きみは何かを話して報酬を受け取ることはしない。それは、わかっている。たいへんに倫理意識の高い行動規範を持つお嬢さんだからね。ほとんど称賛するよ。でもきみのおじさんは、この市《まち》で身を持ち崩した女性たちを救うという立派な務めのために、そのお金を役立てられるんじゃないかな」

「そうかもしれない。でも、おじは受け取らないと思う」

負けた、とでもいうように彼は椅子に深く坐り直し、頬を膨らませた。それから、厚かましい記者口調を和らげて言った。「きみという人物はわからないね、ミス・プレスコット。きみも何か知りたいことがあるだろう？」

「わたしが知りたいのは、あなたに事件のことを話しているのは誰か、ということ」

「ぼくはたくさんのひとに話を聞く」

「パーティでの口論――そのことでは誰と話したの？」

彼はかぶりを振った。「言えない」

「言えないの？　それとも、言うつもりはないの？」

「それが問題なのかい？」

わたしは作戦を変えた。「ほかの新聞はぜんぶ、無政府主義者のことを書いている。シックシニー鉱山の事故でニューサム家に腹を立てているひとたちよ」

「そうだ、悪意あるとんでもない手紙がニューサム家に届いたんだったね？《タイムズ》紙や《ヘラルド》紙の連中は、無政府主義者という観点でまとめている。それで事故の犠牲者の家族に話を聞こうと、ペンシルヴェニアまでひとを送りこんでいるんだ。それだけのお金があるからね。まあ、うちの新聞社にお金があったところで、ぼくが行くことはないと思うけど。ニューサム家におべっかを使う警察官にもコネはない。だから、記事は女性の視点から書くことにしたんだ。真の愛情が撥ねつけられた、と」

「真の愛情が撥ねつけられたと、どうしてそんなふうに思うの？」

「若いレディは政治のことで取り乱したりしない。だろう？」彼はまたこちらに身を乗り出し、声を落とした。「この何年ものあいだ、ぼくがどれだけノリー・ニューサムについて書こうと思えば書けたか、きみにはわからないだろう。際どすぎて、記事にできずに終わっただけだったけどね。控えめに言っても、彼は女性の扱いには長《た》けていた。そしてその扱い方は、つねに感じがよかったわけではない」

「つまり、無垢なひとりの女性について、根拠もなく噂を流すというのね。それでおもしろおかしく記事が書けるから」

「仕方ないんだよ、ミス・プレスコット。それがぼくの仕事だ。ぼくにだけ聞かせてほしい、いや、きみの後ろの壁紙にも聞かせてやってもいい。ノリーの死体の傷は、無政府主義者がやったように見えたかい？」

「どうしてわたしに、そんなことがわかるの？」

「ぼくは安っぽい煽情的な記事をたくさん読んでいるからね。それで、無政府主義者なら爆弾や銃を使うと思ったんだ」

「爆弾や銃だと大きな音がするでしょう。たぶん、犯人は注意を引きたくなかったのよ」

「不思議なことに、殺人に使われた凶器はまだ発見されていない。犯人は持って逃げたのか？　血を滴《したた》らせて？」

わたしは息をのんだ。「金槌《かなづち》だったのかもしれないわ。小さくて、かんたんに隠せるような金槌。職人が持っているみたいな」

「かもしれない。あるいは、家のなかにあった何かを使ったのか。すぐ手の届くところにあって、犯行後、そこに残しておいても気づかれるはずのない何か」

「じっさいに、そうだとしたら？　それで何がちがってくるの？」

「そうだな、復讐心に燃えた無政府主義者はノリーを殺すのに、準備万端で現れたことになる」

ニューサム家の邸宅の裏口で、ポーリセックに会ったことを思いだした。氷を運ぶのに使う、ずっしりとした鉄製のとび口を持っていた。「あの夜、ニューサムのお屋敷には大勢のひとがいた。誰でもその気になれば入りこめたわ。あなただってそうでしょう」

「たしかに。でも、この殺人事件は突発的に起こったように思えるんだよ、ミス・プレスコット。とつぜん怒りが爆発し、激情に駆られた、と」

思わず、彼の見解に納得しそうになった。ここは分別が必要だということを忘れ、わたしは言った。「それで、ノリーさまみたいに力強い男性を若い女性が押さえつけるなんて、どうすればできると思うの？」

彼は指を一本、立てた。「いいところを突くね、ミス・プレスコット。ここでもういちど、ペップ・ピルのことを考えよう。誰かがニューサム氏に、何かちょっとしたものを服《の》ませたんだ。おとなしくさせるために」

ほら、まただ。話をでっち上げている。裕福で冷淡な男性が、ふさわしくない相手と婚約する。婚約が発表される夜、彼はその相手の娘を捨てる。娘はお返しに彼に毒を盛り、頭を叩き割る、という話を。

「ちがう記事も書けるよ、ミス・プレスコット。あの夜のことで何か思いだしたこと――些細なことひとつでいいから、ぼくがまちがっていると証明してくれること――を教えてくれればね。そうすれば、ぼくだって中傷されるいわれのない誰かを中傷する男にならずにすむ。死ぬのは自業自得ということもあるから」

ノリーのえぐられた目を思いだして、わたしは言った。「自業自得で殺されるひとはいないわ、ミスター・ビーハン」

「きみは書斎で何をしていたんだい？」

「シャーロットさまを探していたの」

「ほんとうに？」声は穏やかだけれど、目は心配そうだ。

「ほんとうよ」

「ほかに、ぼくに話しておきたいことはある？」

わたしは言葉に詰まった。あの夜の光景が次々に頭のなかに浮かぶ。細切れに、あまりにもめまぐるしく現れるから、ちゃんと整理できない。雲のなかにぼんやりとした影を見ているような気がした。一瞬あとには、ほんのかすかな風がその影を吹き飛ばしてしまう。わたしはかぶりを振った。

ビーハンはため息をついた。それからポケットに手を入れ、名刺を差し出した。「食材を調理したり衣類を洗ったりするひとは、雇い主よりも多くのことを見聞きしている、というのがぼくの持論だ。きみは、自分で思っている以上のことを見聞きしているはずだよ。さて、駅まで送ろうか？」

彼は約束どおり、路面電車の駅までずっと傘をさしかけてくれた。「こんな雨の日に、どうしてわざわざ外出したの？」

髪が濡れないようにしてくれた男性の質問に答えないのは失礼な気がした。「シャーロットさまのために喪服を買いに」

「喪に服していると思われたいの？」

そのとおりだ。でも、彼を一瞥《いちべつ》するだけにしておいた。

電車が近づいてきた。帽子のつばを軽くつまんでビーハンは言った。「ああ、あとひとつ。もしかしてきみの若いご主人は、婚約者が亡くなる直前、フィラデルフィアに行ったりしなかった？」

「どうして？」

「いや、ノリー・ニューサムは行ったから――彼がホテルにチェックインしたとき、友人といっしょだったんだ」そこでビーハンはにやりと笑った。「女性の友人だよ。とにかく、事件の夜のことで何か思いだしたら電話してほしい、いいね？　記事になればぼくに給料も入って、家賃が払える。そうしたら大家もよろこぶからさ」


それから三十分ほどでベンチリー家にもどった。雨に濡れて凍え、わたしの気持ちは沈んでいた。使用人用のクロークで湿ったコートを脱ぎながら、ベンチリー家にとって何がほんとうに脅威になるか、何が真実で、ひとは何を信じ、何を信じさせられているのか、頭を整理しようとした。ノリーの顔は避けながら、わたしはあの夜に向かって記憶を巻きもどした。絨毯、ローテーブルの脚、椅子の上にぞんざいに放りだされていた毛布、ぱちぱちと不規則にはぜる暖炉の火は思いだせた。ペップ・ピルは見えないけれど、たぶん見逃しただけだろう。映像や感覚があまりにもくっきりしてくると、いつもわたしの心はそこで閉じてしまう。何か不愉快なものを見て、ドアを思い切り閉めてしまうように。

とぼとぼと裏階段をあがっていると、上のほうから足音が聞こえた。顔を上げるとルイーズがいた。うれしそうに両手を広げ、ラクダみたいな顔は輝いている。

「ジェイン！　帰ってきたと聞いたから」

「こんな裏階段で何をなさっているんですか？」

ルイーズは小さな箱を取り出した。青い紙で包まれ、銀色のリボンがかけられている。

「これを渡したかったの。クリスマスなんてなかったようなものでしょう？　だから……メリー・クリスマス、ジェイン」

すなおに箱をあけると、なかから櫛が出てきた。かわいらしい品だけれど、安価なものではない。銀製に見える。濃い紫色の宝石が――ガラス玉でありますように――端に一列に並んでいた。

「あなたの髪や目の色を考えたら、ぜったいにこの紫だって思ったの。もし気に入らなかったら――」

「いまこの世にあるもののなかで、これほどすばらしいものは持っていません」わたしは心から言った。「ありがとうございます、ルイーズさま」

わたしのなかのごく一部は、侮辱されたと感じてもよかっただろう。アナなら、ルイーズはわたしの歓心を買おうとしていると言いそうだ。ルイーズには、わたしに献身的に仕えるようにと要求する権利しかないのだから。でも、メイドにプレゼントをしてしあわせになろうと考えるさびしい若い娘に心を動かされないことなど、わたしにはできなかった。ルイーズは寛大でいたいのだ。この家で彼女の寛大さを受け入れられるのがわたしだけなら、その立場をはずかしいなんて思ってはいけない。そしてそういう立場なら、何か質問できるという特権を与えてくれる。

「ルイーズさま、あのパーティの夜、お母さまから預かったピルをどうしたか、憶えていらっしゃいますか？」

「憶えていると思う」

「棚にもどそうとしたんですが、どこにも見当たらなくて。どこにあるかご存じですか？」

ルイーズは頭を横に振った。「どなたかに渡したとか？」

「ちょっとわからないわ。あの夜はとても……」声はしだいに小さくなった。

嘘をつかれているとわかるのは、まったくいい気がしない。ただ、何か気がかりなことがあるから嘘をつくというなら、すこしはましだ。ルイーズにそういう理由があるとは思えない。それなのに、彼女は嘘をついている。

そして今度は、わたしが彼女に嘘をついた。「はい、そういうことでしたら、また注文しておきます。あらためて、すてきなプレゼントをありがとうございました、ルイーズさま。だいじにします」

上階《うえ》に行くまえに、わたしは厨房に寄った。夕食の時間が迫っていて、使用人たちは食材を切ったり炒めたり、突き刺したり削ったりと、大忙しで動き回っている。気が立っている料理人に質問をするのに最適なときではない。でも、出かけているあいだにわたし宛てに電話がなかったか、訊かずにはいられなかった。

「電話はなかったよ」料理人は肩越しに、吠えるように言った。

12

つぎの一週間、新聞はどれも、警察によるノリー・ニューサム殺害犯の捜索状況を熱心に追った。いくつかの記事では、無政府主義者の残忍さを読者に伝えた。殺人に使われた凶器について、あれこれ推測する記事もあった。その凶器はまだ発見されていない。ブラックバーン警視は連日、新聞の一面に現れ、無政府主義者の〝拠点〟を手入れすると言い、情報筋によって彼らの秘密が明らかにされたとほのめかし、事件解決に向けてかならず状況を進展させると約束していた。アナの名前はどこにも出ていなかったけれど、心配する気持ちは止まらなかった。

《タウン・トピックス》紙は、事件を〝女性の視点から見た〟記事で埋めつくした。被害者の怯える祖母と彼の若い継母との関係、最新の喪服スタイル、葬儀で飾られた花についての考察など、内容は幅広い。記事ではまた、ノリーの過去の〝ロマンス〟についてもそれとなく書かれていた。嘆き悲しむウェイトレスがニュー・ヘイヴンにいるとか、〈ウォルドーフ・アストリア・ホテル〉のクローク係の女性がノリーからひどい扱いを受けたとかいう、根拠のない話だ。いまのところ、シャーロットについては何も触れていない。でも、それも時間の問題にすぎない気がしていた。

その一方でわたしは、殺人に関わっている可能性があるのは自分の仕える若い女主人か、それともいちばん古い友人かと、あれこれ考えていた。シャーロット。アナ。ペップ・ピル。いろいろ考えた末にひとつのことでは安心できても、今度はべつのことに思いが飛んで、まったくよくよと考えるのだった。運動不足が心配に拍車をかけた。心配する時間がありすぎた。ベンチリー家の女性は三人とも外出しないし、訪ねてくる人もいない。ニューサム家はシャーロットの味方になってくれるかもしれないけれど、あとの世間はそれほど気前よくはないだろう。

シャーロットがノリーを殺したということはないだろうか？　縫いものをしながら、アイロンをかけながら、衣類をたたみながら、わたしはその可能性について考えた。そう考えるいちばんの根拠は、殺人が起こったときに誰も彼女の姿を見ていないという事実だ。いいえ――いちばんの根拠は、彼女の婚約者の態度だ。パーティまでの数週間、ノリーはシャーロットに失礼なことをしてばかりだった。パーティではビアトリスといちゃついていた。

でも、シャーロットが書斎に現れたのは、厨房につづくほうのドアからだ。ノリーを殺したとしても、誰にも気づかれずに舞踏室を通り抜けられたはずがない。ドレスには返り血がついていただろうから。とはいえ書斎にはドアが二カ所あって、そのひとつは厨房へとおりる階段のほうにある。シャーロットはそちらを通ったから、誰にも見られなかったのかもしれない。雇い主がいるとき、使用人たちは自分の存在を消すことに慣れている。それはつまり、雇い主のほうをまったく見ないということでもある。シャーロットは厨房におり、それから上階にもどってドレスを着替える……。

そう、シャーロットが犯人かもしれないいちばんの根拠は、彼女がドレスを着替えたことだ。どうして着替えたのだろう？　そしてそのドレスはいま、どこにあるの？

それに、ピルの問題もある。ピルの効能は活力の回復であって、だるくなるわけではない。でも、大量のお酒といっしょに服用したとき、どんな影響が出るだろう？　瓶はルイーズが持っていた。でも、その夜のうちにシャーロットに押しつけたところは、かんたんに想像できる。ノリーが死んで、妹を守るためにルイーズは細かいことを隠しているのかもしれない。

そして、アナ。彼女の犯行だとする理由は、いくらでも思いつくことができた。

永遠につづきそうだったある日の午後、わたしはベンチリー夫人のところに行き、ルイーズにヘアトニックが必要なので、これから買いに出かけますと言った。

それから、たったいま思いついたというふうを装ってつけ加えた。「薬局に行くついでに、ペップ・ピルも買ってきますね。残りが少なくなって……」

夫人の顔がぱあっと明るくなった。「それはいい考えだわ、ジェイン。ずっと瓶を探してるんだけど、ニューサムのお屋敷に忘れてきたみたいなの。いまとなっては、あの人たちに訊くわけにもいかないし。助かるわ、ジェイン。あなたって、ほんとうにいろんなことに気がつくのね」

わたしはベンテリーの家を出てロウワー・イーストサイドに向かった。高架鉄道の駅に行く途中、プラットフォームへあがる階段のそばにキオスクがあった。いくつかの台には、《ヘラルド》紙からアイルランドの《ゲーリック・アメリカン》紙、ドイツの《シュターツ・ツァイトング》紙まで、ニューヨーク市内で売られている何ダースものあらゆる新聞や、さまざまな雑誌が積まれていた。ほとんどの一面にはニューサム家の殺人事件についての記事が載っていたけれど、わたしはラックに並んだ女性雑誌を見ようと立ち止まり、ルイーズに似合いそうな髪型を探した。でも〝手をかけなくても〟できる理想の髪型というのは、あいかわらずたいへんな労力を必要としていた。

階段に向かって歩きはじめると、〝手をかけなくても〟かわいらしいフロラドーラ・ガールをキャラクターに据えた、フロラドーラ・シガーの広告に対面した。そのとき、ある犯罪が新聞紙面を独占したときのことを思いだした。たいへんに魅力的なイヴリン・ネズビットを巡り、嫉妬に駆られた彼女の夫のハリー・K・ソーが建築家のスタンフォード・ホワイトを殺害した事件だ。イヴリンはイラストレーターのチャールズ・ダナ・ギブソンの描く理想の女性像、ギブソン・ガールズを思わせる容姿で、《ヴァニティ・フェア》や《ハーパーズ・バザー》や《レディース・ホーム・ジャーナル》といった雑誌の表紙を飾っていた。ホワイト氏との関係はほんの十四歳のときからつづいていたという彼女の証言は、アメリカじゅうを驚かせた。列車を待つあいだ、かつてその名をとどろかせたイヴリンに、ほんとうは何があったのかを考えた。

ロウワー・イーストサイドを訪れるといつも、ここととアームズロウ家やベンチリー家が住む世界とのちがいに衝撃を受ける。これまで自分は外国にいたのか、という気持ちになるほどに。あちらの世界では、これといった努力なしに圧倒的な富が存在する。快適な人生はそもそも、地面から生えてきたとでもいうように。その世界では、通りはどこでもしずかだ。人びとのあいだを縫っての心休まる散歩。公園の木々が立てる音が聞こえる。行き交うひとにあいさつしているようだ。急いだり声を張り上げたりすれば、ここにふさわしくない緊急事態ということだ。取引や交渉は使用人のすることとされている。

ところがこちらの世界では、取引こそが人生だった。店先から移動式の露店、女性が男性を呼びこむ窓、誰かのポケットを狙って指を動かす少年ギャング、そういった何もかも誰も彼もが、より多くのことを追い求めていた——手元にはほとんど何もなかったからだ。どこに行っても暴力沙汰があった。叫んだり、肘や肩で突き合ったり。それに、ひどいにおいがした。通りを歩くことはできなかった。うつむき、小走りで駆け抜けないといけないから。

ベンチリー家側の世界の住人は、ニューヨーク市が手厚く世話を焼いてくれることを知っていた。警察がパトロールをして、いるべきでない人物がふらついていないかを確認してくれる。通りは清潔だ。街灯は明るい。でもここでは、側溝は汚物や腐った食べものであふれている。死んだ馬が脚を広げたまま放っておかれ、道端で硬直していることもある。頭上を洗濯物が飛ばされていく。古くなったマットレスが非常口に集められ、そこが新しい寝室になる。どの家の玄関も近所のひとたちでぎゅうぎゅうだ。車道と歩道の区別がなく、カートも馬も亘もひとも、空《あ》いているスペースがあればそこを急いで通りすぎる。そうするあいだにも突っつき合い、押し合い、相手を踏みつけることだってある。

　わたしはまず、二番街にあるブロック薬局に向かった。以前からずっと通っていたところで、ヘアトニックやおじに必要な薬を買っていた。二日酔いにはアスピリンや重炭酸ソーダ、虫歯には痛み止めキャンディ。もっとさし迫った治療が必要になったこともあったけれど、いまここでは語る必要はないだろう。店に着くとペップ・ピルをひと瓶買い、ここにくるまでに列車のなかで練習した質問をしようとした。でも、そこで思い直した。この薬局の主人はわたしのことを知っている。わたしがいまどの家に仕えているか、おじから聞いているかもしれない。何か質問したら、ベンチリー家へ注意を向けさせることになるかもしれない。

　計画がくじけてあてもなくぶらぶら歩いていると、いろいろな店がたくさん並ぶ通りに出た。看板の文字は英語やヘブライ語だ。でも一軒だけ、すり鉢とすりこぎを手にした、年嵩の薬剤師が描かれた看板があった。窓越しに店のなかを見ると、お客さんはひとりもいない。これはわたしの目的にはもってこいだ。それに、わたしがここにきたことを誰にも知られずにすむ。

　ほかの薬局は宮殿みたいなところが多いけれど、ここはちがった。カウンターは左右両脇にひとつずつと、奥のほうにひとつあるだけ。ひびが入って埃をかぶったスツールが左側のカウンターの前にあるけれど、誰も腰かけていない。仕事をしているのは男性ひとりだけのようだった。その彼はこちらに背を向け、離れた棚からあれこれ瓶を取り出している。

「すみません」英語が話せますようにと祈りながら、わたしは声をかけた。

彼はふり向いた。「はい？」とても背が高くてやせている。面長で、耳がやたら目立つ。黒い髪を短く刈り、大きくて明るい灰色の目に小さな眼鏡をかけていた。彼を見ていたら、丸めたドーナツの生地を思いだした。両手でこねているうちに、長くてぐにゃぐにゃした紐みたいになったひと。そんな印象だ。でも外見は奇妙だけれども、表情からは知性が感じられた。それに、白衣には染みひとつなかった。

わたしは彼に近づいた。「じつはご主人さまのお友だちが、フォーサイス博士のペップ・ピルがいいと勧めてくださったんです。でも、ご主人さまのように高齢のひとには合わないのではと心配なんです。ペップ・ピルが何か心臓に悪い影響を与えるか、ご存じですか？」

「フォーサイスのペップ・ピル？」言葉にはかすかに訛りがあったけれど、どの国のものかはわからなかった。

わたしは瓶をカウンターに置いた。彼は手を伸ばし、蓋のところで指を止めた。「あけてもいいかな？」

「はい、どうぞ」

彼は蓋を回してあけ、カプセルを一錠、白くて清潔な厚板の上に振り出した。それからメスを手に持ち、ほぼまっぷたつに切った。なかの粉が板の表面にこぼれ出る。彼はすこし湿らせた小指に粉をつけ、それを舐めた。

「ゼラチンだね」しばらくしてから言った。「あとは砂糖。ごくわずかだが、コカインも入っているようだ。でも、害を与えるほどの量ではない」彼は瓶を持ち上げた。「こんなものでフォーサイス博士は、いくら請求しているのかね？」

わたしは値段を伝えた。信じられないというように、彼は眉を上げた。そしてわたしに瓶を返しながら言った。「とにかく、害になることはないだろう。でも、これを服《の》んだからといって、すごく効き目があるということもない。きみの雇い主のことをすこし聞かせてくれたら、何か勧められるかもしれない」

「ご主人さまはすっかり、服用するつもりなんです」わたしは嘘をついた。「心配なのは、それで混乱したり大量に服んだりしないか、ということで。そうなったら、何か悪い影響がありそうですか？」

「なんでも大量に摂取すれば、悪影響は起こりうる」彼は言った。「だが率直に言うと、フォーサイス博士はなんであれ、実態のあるものをこのカプセルのなかに入れていない。きみの雇い主が危険にさらされるとしたら、最悪の場合で糖尿病だ」そう言って彼はわたしをじっと見た。「雇い主が過剰に摂取しないよう、気をつけてあげられるね？」

「ええ、はい。もちろんです。わたしはただ、工場でミスがあったら、食べものや薬のなかに何が入っているか、誰にもわからないのではと心配だったんです」

「それは法律に反するね」彼は重々しく言った。「食べものや医薬品に手を加えたり、虚偽の表示をしたりすることは」それから声の調子を和らげた。「でも、それは最近できた法律だ。『シェイクスピア』のセリフにもあるだろう、遵守するよりも違反するほうが名誉になる」

ノリーが殺された夜が名誉なことだったのか、わたしに知るすべはない。でも、ペップ・ピルが彼の死に関わっていたことはなさそうな気がした。

瓶を鞄のなかにもどし、わたしは言った。「ありがとうございました、ミスター……えっと、ドクターですか?」

「ウッチでは、もうすこしでドクターになるところだった」わたしは目をぱちくりさせていたにちがいない。「ポーランドの町だ。英語だと〝ルージ〟と発音するのかな。まあ、ここではミスターだ。ミスター・ローゼンフェルド」応接室で自己紹介しあっているとでもいうように、彼はかすかにお辞儀をしながら言った。「それで、きみは?」

「ミス・ジェイン・プレスコットです」

「ミス・ジェイン・プレスコット。ウッチ出身ではないね」

「ちがいます」わたしはにこりと笑った。「あらためて、ありがとうございました」

ドアに向かっていると、ローゼンフェルド氏の声が聞こえた。「ひょっとして、このあいだのニューサム家の殺人事件とこのピルとの関連を心配しているのかい?」

わたしは驚いてふり返った。「関連があるんですね?」そう言ってから言い直した。「そうなんですか?」

「まあ、そうだね。瓶が死体のそばで見つかっていると、新聞に書いてあった。〝中身がこぼれて床一面に広がり、暖炉の火に照らされて揺らめいていた。その火はおなじように殺された被害者をも照らし、その顔をぼんやりと見せていた〟」彼はおどけて、大げさに指を振ってみせた。

「でも――」彼の冗談めかした口調をまねようとしてわたしは言った。「――そのピルが彼の死と何か関係があるとは思っていないんですよね？」

「そうだね。もちろん、瓶は犯人が置いていったのだろう。警察がちゃんと指紋採取していればいいが。まあ、彼らは無政府主義者の仕業という自分たちの見解で収めようとしているみたいだね」

指紋。指紋のことは考えていなかった。ありがたいことに、あの夜は誰もがグローヴをしていた。もちろん、ルイーズはべつとして。

「新聞で読みましたけど、とても盛大なパーティだったんですってね」わたしは言った。

「誰でも落とした可能性はあります」

「それにしても、探さないものかな？　そんなに〝価値のある〟薬なのに？」

「あなたはゴシップ紙の記事を追いかけているんですか？」

「犯罪の記事だ」彼は言った。「犯罪は、つねに新聞がおもしろおかしく書きたてる題材だ。だからそう、わたしはゴシップ紙の記事を追いかけているということになるね」

「犯罪のどこに、それほど興味があるんですか？」わたしはカウンターに近づきながら訊いた。

「犯罪の科学的な側面に」

「科学？」犯罪は残忍で、思慮のない行動だ。科学のように、知性を働かせて考えることからはかけ離れているのに。

「ああ、そうだよ。きみはシャーロック・ホームズは読まないかい？」

「男の子向けの探偵小説ですよね」

「もはや、そうではないよ。指紋を採取したり、科学的検査をして血痕の存在を立証したり、血中の化学物質の存在を証明したり、弾道を分析してどの型の銃から発砲されたかをつきとめている。フランスでは、世界ではじめての犯罪研究所が設立されたばかりだ。イギリスでは、妻を殺したアメリカ人の医師に死刑が執行された。彼は妻に毒を盛り、頭部を切断し、胴体を地下室に埋めていた。警察はどうして夫をつかまえたと思う？」彼の気味悪い話にすっかり夢中になり、わたしはかすかに頭を横に振った。

「夫は胴体部分を石灰で覆っていたんだ。おそらく、においを隠そうとしたのだろう。でも、石灰は遺体の組織を保存する――それに、毒物の痕跡もね。警察は遺体を発見すると、肝臓の組織を採取してアルカロイドを抽出した。数滴を猫の目に垂らしたところ瞳孔が拡張したので、アルカロイドのなかでも、ヒヨスチンという毒物だと判明した。さらに――」彼は愉しそうに指を一本上げて、話の締めくくりにかかった。「腹部に手術痕があったので、警察は遺体が医師の妻のものだと確認できたんだ」

「あなたの家の地下室にも頭のない死体があるのかと思ってしまいましたよ。行方不明の妻というのは、自分に疑惑の目を向けさせるにはじゅうぶんですね」

「つかえるのにじゅうぶんだが、犯罪行為を証明するには足りない」そこで彼はにっこりと笑った。「ニューサム家の事件で何が気になっているんだい、ミス・プレスコット？」

「いえ、根も葉もない噂ですよ」

彼はうなずいた。でも、わたしを信じていないことはわかった。

それから彼は片手を差し出した。そうするのが正しい行ないだと聞かされている十二歳の少年のように。「まあ、どうなるかわからないが、また会えるといいね」

「はい」わたしも言った。「さようなら、ミスター・ローゼンフェルド。ありがとうございました」

よかった、ペップ・ピルはノリーの死に関係ない。シャーロットの犯行かもと思っていたけれど、これで安心だ。でも、まだアナの心配をしないといけない。

彼女のおじさんのレストラン〈モレッリ〉に向かって歩きながら、時間をむだにしているだけだと、自分に言い聞かせた。アナはそこにはいない。仕事で忙しいから。でも、仕事で忙しいということだけでも、自分の耳で聞きたかった。折り返しの電話をかけてこないのは、事情聴取のためにブラックバーン警視に身柄を拘束されているからではないと確認したかった。

レストランに着いてドアからなかを覗くと、アナがテーブルについて坐っていた。ふたりの女性と、三人の男性といっしょだった。男性のひとりはポーリセックだ。アナのおじさんが店の奥のほうに立っていた。わたしがなかに入ると彼は顔を上げたけれど、すぐにそっぽを向いた。わたしの伝言はちゃんとアナに伝わっている。

ポーリセックが笑顔を見せながら立ち上がり、片手を差し出した。「ミス・プレスコット、また会えましたね」でもアナは腰をおろしたまま、黙っている。

何も言わない彼女に、わたしはうっかり話しかけてしまった。「ごめんなさい。おじゃまするつもりはなかったの。わたしはただ、知りたかったの。あなたが……」

安全だと。牢屋に入っていないと。危険な状況にいると。あなた自身が危険な存在だと。

「ぜんぶ、わかったから、もういいわ」わたしはそう言って店を出た。

ブロックを半分ほど行ったところで声が聞こえた。「ジェイン・プレスコット！」

わたしは立ち止まった。

アナが追いついた。「折り返しの電話をしなくてごめん」彼女の声は機械みたいで、すこしも悪いなんて思っていないように聞こえた。

「心配してたの」わたしは言った。

「うん」

「警察とは話した？」

「何を？」

わたしは彼女を見つめた。

「ああ、あのことね」アナはだるそうに言った。「ニューサム家の殺人事件のことでしょう。

そんなふうに呼ぶなんて笑っちゃう。シックシニーでは百二十一人が死んでるのに、炭鉱事故って言われてる。裕福な男がひとり死ねば——それは殺人なんだ」

「わたしは死体を見たわ。あれは殺人よ」

「死体を見た？」

わたしはうなずいた。

「それは気の毒に。怖ろしかったでしょう」

「ええ」

アナはためらいがちに言った。「その話をあたしにしたいの？」

「聞きたい？」

「聞きたくない。正直に言うと、ごめんだね。折り返しの電話をしなかったのは、それが理由なんだ。だって、あんたがその話をしたがってるのはわかってたから——まるで、それが大問題みたいじゃない。でもね、それはちがう」それから、すこしはやさしくなろうとでもするようにつけ加えた。「あたしにとってはね」

新聞で毎日、無政府主義者が見出しになっていることを考えながら、わたしは言った。

「どうしてそんなふうに言えるの？」

アナはわたしの言葉を誤解して、降参したように両手を上げた。「ひとりの、青年。愚かで価値のない、裕福な青年。そんな青年が死んだ。悲痛な叫び。涙。どうして、神さま、どうして？　という声。どうしてなんて訊く必要、あたしにはない。どうだっていいから」

わたしは知りたかった。訊く必要がないのは、どうして殺されたのかを知っているから？

「彼の一家は脅迫状を受け取っていたの……」

「へえ、そうなんだ？」アナは嫌味っぽく言った。「あんたは読んだの？」

「読んでない、とうぜんでしょう」

「でも、じっさいにあるとは思ってるんだね」

「新聞に載ってたの」そう言って、自分がばかみたいに感じた。

「もういい。この殺人事件は、ベンチリー家にはすごくたいへんなことだということはわかる。だからとうぜん、あんたにとってもたいへんなことだ。あんたが話したいのはそのことでしょう。さもないと、ずっと、そのことばかり考えるようになるから。にこにこしながら、次々と愉快な質問をしてるときでさえね。あたしはジェインとは話すつもりはない。あたしが話すのは……」

　彼女は上げた手を顔の前に持っていった。

　それからその手でわたしの腕をつかんで言った。「ねえ、この事件が解決したら、あんたの心配事がなくなったら、ベンチリー家のみんなが元の……というか、ふつうの生活をするようになったら、そうしたらふたりで夕食を食べよう。そのときにちゃんと話せばいい。あんたには話す振りなんかしてほしくないからね。それに、あたしだってそんなことはしたくない。それでいい？」

　そう言うあいだ、彼女の目はずっとわたしの目を見据えていた。そしてわたしは、そこには何もないと感じていた――彼女の話していることは本心ではない、と。でも、自分の言葉はどこにも見当たらず、何も口にできなかった。

わたしはようやく言った。「わたし、集会のおじゃまをしたのよね？」

「そうだね」

「なんの集会？」

「教えてほしい？」

アナにそう訊かれて、何も答えられなかった。そんなことを訊くべきではなかった。それでも彼女はうなずき、レストランにもどっていった。ドアの前で彼女はふり向いて言った。「死体を見たなんて、ほんとうに気の毒だ。そんなことにはなってほしくなかった。でも、信じて。彼が死んで、あんたはよろこばないといけないよ」

そしてわたしたちは、それぞれの道に向かった。


ベンチリー家にもどると、バーナデットが言った。「出かけているあいだに、あなた宛てに電話があったわよ。男のひと」彼女は片方の眉を上げた。「親戚という感じではなかったわ」

彼女は電話番号を書きつけたメモを渡してくれた。番号に心当たりはなかったけれど、電話をしてみると、呼び出し音が二回鳴ったあとで相手が受話器を取った。「マイケル・ビーハン」

わたしは腹立ちまぎれに思い切りため息をついた。

「ジェイン・プレスコット？」彼は言った。「切らないで」

わたしの手は架台の上で止まった。

「何か思いだしたかい？」

「ええ。仕事があるっていいな、ということをね。さようなら、ミスター・ビーハン」

このときは、わたしはほとんど受話器を架台に置くところだった。でも、そのまえに声が聞こえてきた。「あと、すこし」わたしは受話器を耳元にもどした。「まだ話は終わっていない」

「何？」シャーロットの名前があちこちの新聞で見られるようになってずいぶんたっていることは、わたしも知っていた。

「直接、話そう。でなければ新聞で読めばいい」

脅しだ、と思った。わたしはまさに脅されている。

ビーハンは話をつづけた。「きみは、無政府主義者の犯行という見解に疑問を持っているね」

アナが言ったこと――彼が死んで、あんたはよろこばないといけないよ――を思いだしながら、わたしは心のなかで言った。まえほどは持っていないわ。

「〝見解〟じゃない。あの脅迫状を見ればあきらかに――」

「あの脅迫状を見てあきらかなのは、ロバート・ニューサムの厚顔さを憎む人物がいて、彼がじっさいに見下げはてた上司だということだ。ただ、殺されたのは彼じゃない」

「彼の子どもを狙うと書いてあった」

「ああ、たしかに。それもひとつの見方だ。でも、ぼくにも見解がある。どちらの筋が通っているかな？」

「どちらも通らない。彼女は殺していないもの」そう言ってから、アナとシャーロット、どちらの〝彼女〞のつもりで言ったのか、自分でもわからないと思った。

「では、それを証明するのに力を貸してほしい。憶えていることを聞かせてくれ」

わたしは頭のなかで、あのときに見た光景を組み立てなおそうとした。でも、じっさいに思いだされるのはひとつの感覚だった。奇妙なことに死とは関係ない、不自然な興奮だ。

わたしは苛立って言った。「何を憶えているのか思いだせないの」

電話線の向こうがしずかになった。自分自身もすごく遠くにいるように感じながら、わたしは言った。「何か……不思議なの。あの現場が」

「床の上で死んでいたニューサムをべつにして、ということだね」

「どうしてこんなことが、と考えたのは憶えてる。でも、自分が何を見ていたのかは思いだせないの」

「もういちど見たら、思いだせそうかな？」

「見るって、あの部屋を？」

「もっといいものだ、ミス・プレスコット。遺体安置所の相棒のことは憶えているよね？」

「ええ」

「彼にあるものを見せてもらったら、思いだすのに役立つんじゃないかな。そうなったら、話してくれるね？」

「いったい何を見せてくれるの？」

「話してくれるね？　そのお返しに、きみの女主人にまつわることをひとつ教えてあげるよ」

わたしはよく考えた。「それなら、あなたの情報源も教えて」

「いや。それはまた、べつの話だ」

わたしは、タイラー家がかかわっていないことをはっきりさせたかった。「名前を挙げるから、そのひとが情報源でないならそう言ってくれない？」

「挙げるのはひとつだけだ」ビーハンは言った。「それでいいね？」

それでいいだろうか。ビーハンはわたしに思いださせるために何かを見せると言った。数日まえ、ノリー・ニューサムがわたしに向かって歩いてくる夢を見た。彼はこわばった手を必死に伸ばし、顔面はほとんどが破壊され、蛆虫《うじむし》がうごめいていた。何も見ていない真っ赤な目は空っぽの井戸のようで……。

わたしは息をのんで言った。「それでいいわ」

13

こうしてわたしはまた、ビーハンに会うことになった——今回は、夜に。場所はクリスティ通りとリヴィングトン通りの交わるあたりで、わたしはこの周辺には、近寄らないようにしていた。誰かの首をへし折ったり耳を食いちぎったりしたいなら、代わりにやってくれるやつを見つけてやるよ。ただし、金《かね》があればの話だ。避難所の女性たちのなかには、この通りを歩いていて、そんなふうに声をかけられたひともいた。〈イーストマンズ〉、〈ファイヴ・ポインツ・ギャング〉、〈イェイキー・イェイクス〉といった、敵対関係にあるギャング集団のあいだで銃撃戦が繰り広げられる通りでもある。あるときには百人ものギャングたちが集まって銃を撃ち合い、止めに入った警察官がみんな逃げだした。チャイナタウンで、敵対するギャング集団の血なまぐさい抗争がぶり返したこともあった。そのきっかけが、中国系ギャング〈ヒップ・シン・トン〉に売春をさせられていたスウィート・フラワーという若い女性の殺人だ。わたしたちは、その殺人現場からそれほど離れていないところで待ち合わせた。

ふたりでクリスティ通りを歩きながら、わたしはビーハンに訊いた。「会うのは昼間でよかったんじゃない？」

「相棒は今夜、非番なんだ。それに、きみも昼間は仕事だろう」

通りはほとんど平穏だった。でも、ビーハンがおんぼろ集合住宅の前で足を止めてベルを鳴らすと、わたしはだんだん不安になってきた。空気の淀んだ玄関で待つあいだ、子どものころに遊んだゲームをして気を紛らわすことにした。まず床の白いタイルに触れてから、つぎに黒いタイルに触れるというものだ。背後のドアから赤ん坊の泣き声が聞こえる。誰かが叫んでいる。すると階段で、どたどたという足音がした。顔を上げると、ものすごく大柄な男のひとが――お腹はべつの生きものみたいで、彼の前面でごくゆったりと動いている――階段をおりてきた。歳は四十くらい、汗ばんだ赤い顔を灰色の髪が囲んでいた。むくんだ手で、壊れそうな手すりをしっかりつかんでいる。靴紐はほどけ、ボタンを留めていないシャツの下から汚れた下着がのぞいていた。彼がドアをあけると、煮こんだキャベツと腋のおいがいっしょになって漂った。

ビーハンは片手をわたしのほうに、もう片方をこの男性のほうに差し出して言った。「ミスター・クロップス・コノリー、こちらはミス・ジェイン・プレスコットだ」

わたしはほほえもうとした。「はじめまして、ミスター・コノリー」ぎこちなく笑いながら、よろしくというようにうなずいた。

コノリーに案内されて三階まであがった。階段にはぼんやりとした明かりしかなく、途中の二階は完全な暗闇だった。足を踏み出すと、床から拒まれるように感じた。靴をおろすときは、できるだけ灰に触れないようにした。それでもつま先が何か柔らかくて動くものに触れ、泣き声が聞こえた。暗闇のなかで目を凝らすと、子どものはだしの足を踏んでいるのがわかった。この子は――男の子？――女の子？　髪が長いので、女の子だろう。汚れた顔のなかで目だけをぎらぎらとさせ、染みだらけの上着の袖口をしゃぶっている。周囲を見たけれど、親はいないようだ。子どもは完全にひとりきりだった。

ビーハンに腕を引かれ、わたしは抗いながら言った。「この子を……」

そこで、なんと言えばいいのかわからないと気づいた。だから彼に腕を引かれるまま、階段をあがった。そうしながらふり返ると、子どもが目でわたしを追っていた。置いていかれても、驚いているようではなかった。

三階はほとんどの住まいのドアがあいていて、どこもなかが丸見えだった。何人かはおしゃべりをやめ、品定めするようにこちらを見た。わたしは礼儀正しくうなずいた。ビーハンは帽子のつばに軽く触れた。コノリーは何も言わなかった。ようやくコノリーの住まいの前に着き、彼はむくんだ手でノブを回してドアをあけた。

小さな部屋がふたつあるだけだった。台所と、その横にもうひと部屋。そこを寝室として使っているようだ。台所は、傷だらけの木製のテーブルと二脚の椅子だけで、すでにいっぱいだった。でも、わたしたちはそこから動かなかった。

コノリーがビーハンに言った。「あの夜会服を見たいんだね」

「そうだ」ビーハンは答えた。「話したとおり」

コノリーが隣の部屋に向かうあいだ、わたしはビーハンをちらりと見た。彼はコノリーがトランクをあけるところをじっと見ていた。

「それが本物だという証拠はあるかい?」ビーハンが言った。

「本物は本物だ」コノリーはそう言いながら台所にもどってきた。両手には黒っぽい布の束を抱えている。生地は上質だとすぐにわかったけれど、汚れた下着の束かと思って、わたしは顔をしかめた。

でもそれも、コノリーが束をテーブルに広げ、自分が見ているものを理解するまでのことだった。そこには、ノリーが殺された夜に身に着けていた衣服が広げられていた。

「靴はどこかにいってしまったが」コノリーは言った。「あとはぜんぶ、ここにある」

「どうしてノリーさまが着ていたものが警察に渡っていないんですか?」わたしは訊いた。

コノリーは肩をすくめた。「渡せって言われなかったんだよ。死因は、頭がい骨をかち割られたことだとはっきりしてたからじゃないかな。それ以上のことを調べなかったんだ」

ビーハンは衣類を並べ直した。シャツの上にベストを重ね、そこにジャケットを着せるようにする。その下にはズボンを置いた――すべてきちんと。どれも、しわだらけだったけれど。それに、乾いて赤茶色に変わった血が、白いシャツの首元や胸当てに付いていた。

一歩下がって彼は言った。「時間をかけて見てほしい。じっくりとね」

いま目の前にあるものと、最初に死体を見たときに感じたことを結びつけようとした。でも、いま見ているものがあのとき目にした場面を思い起こさせ、辻褄が合わないことに気づいたかといえば、そんなことはまったくなかった。それでもあのとき、何かがあったのだ。何を見たのだろう？　わたしは自分を追いこんだ。それほどまでにおかしいと思ったのはなんだったの？　あのときの光景を、必死に頭のなかで次々に入れ替える。

そのとき急に、ひとつの場面が浮かんだ――まだきちんとわからないけれど、これまでよりもはっきりと強烈な場面だ。わたしは声を上げた。「ここよ。下襟」

ビーハンが目をやった。「ここがどうした？」

彼が気づかないなんて驚きだ。わたしは指さした。「染みよ。ほら、ここ」

彼は顔を近づけ、頼りない明かりのなかで目をすがめた。わたしは染みに触れないようにしながら、その場所を手で示した。

衣類を洗濯することに慣れていなければ、気づけないかもしれない。でも、わたしにははっきりと見えた。何か飲みものをこぼしたような、薄い染みだ。いまは濃い色の生地のなかで乾いている。

殺人のあった夜は、この下襟も血でぐっしょりと濡れていただろう。ジャケットが黒いので、染みと血との区別をつけにくい。でも、広がり方がちがう。これは不規則に、大きく広がっている。飛び散ったものが付いたのではなく、何かがこぼれたのだ。こぼれた液体は、いまはもう乾いている。血でないことは見ればわかる。

「これは血じゃない」わたしは説明した。

ビーハンは顔をしかめた。「この男は酔っていた。ぼくだって酔っぱらったときに飲みものをこぼしたのは、一回や二回じゃない」

「ノリーさまはそれほど酔っていなかった。事件の三十分まえに見かけたけれど、言葉もはっきりしていたわ」そして意地悪く、ローズ・ニューサムについてひどいことを言った。

わたしは思いだした。「両腕を急に動かさないかぎり、衣服の前面に飲みものをこぼすひとなんていない」それは、よくわかっていた。フレディ・ホルブルックの左肘がルイーズに当たり、手に持っていたパンチを彼女のドレスにぶちまけたことがあったから。ドレスはすっかり汚れ、念入りに洗わなくてはならなかった。わたしはじっさいに片方の肘をあげ、腕ごと思い切りふり返ってみせた。

ビーハンはうなずいた。「なるほど。誰かが彼にぶつかったんだね。あるいは、彼がぶつかったか」

「でなければ、気を失った」こんな話をしてもシャーロットの助けにはならない――でも、わたしを悩ましていたことが解明されて興奮しているからには、言わずにはいられなかった。「か弱い人物が体格のいい若者を押さえつけるには、何かをこっそり服ませるのがひとつの方法だと言わなかった?」

わたしはもういちど、ノリーの衣類を指さした。「彼はお酒を飲んでいた。グラスをこんなふうに持って」そう言って腰のあたりに手を置いた。「とつぜん、気持ちが悪くなった。めまいがする。からだが揺れる――警察が絨毯を調べていたら、この染みとおなじ成分の染みを見つけたでしょうね。とにかくノリーさまは背中から倒れ、飲みものが盛大にこぼれた。

これで――」

わたしは染みを手で示した。

「もしかしたら、最初の一撃をくらったときにこぼれたのかもしれない」ビーハンが言った。パージター家のパーティでの出来事を思いだした。当主のヘンリーにつねられたイーニッド・タイラーが、彼の頬をぶった。パージター氏は頭を思い切りのけぞらせ、手にしていたグラスのシャンパンを絨毯に盛大にこぼした。

「床にもノリーさまのズボンにもこぼれたはずよ。ズボンには何も付いていないみたいだけれど。靴がないのは、ほんとうに残念」

ビーハンは興奮していた。でも、こう言った。「それでも――何かがその飲みものに入っていたかどうかはわからない」

ローゼンフェルド氏の言葉が思い起こされた。指紋を採取したり、科学的検査をして血痕の存在を立証したり、血中の化学物質の存在を証明したり……。

さっきコノリーが言ったことは正しい。ノリーの頭部に殴られた跡があったから、検死官は死因についてはそれ以上調べなかった。頭部への一撃が死因ではないと証明できるようなことを、わたしは何も言えない。部屋のなかを見回すと、カウンターの上に空き瓶があった。

「何か切るものを貸してください」

コノリーはすぐさま衣類をかき集めた。「ちょっと、やめてくれよ」

彼はビーハンに向かって眉を上げた。ビーハンはため息をついた。「いくらだ？」

「まえに話したとおりだ」

ビーハンはコートの内ポケットから封筒を引っぱり出し、コノリーに渡した。封筒を受け取った彼がすばやくそれを抽斗にしまうあいだ、わたしはビーハンに口の動きだけで伝えた。

「あのお金はどこから？」

彼も口の動きだけで答えた。「社が出した」

コノリーがナイフを持ってきた。最初は、表面を薄く削り取るつもりだった。でもローゼンフェルド氏に渡すなら、もっと役に立つものが必要だと思い直した。わたしがジャケットを手に取ると、ビーハンが言った。「何をするつもりだ？」

「こういう研究をしている友人がいるの。これを渡して、何かわかることはないか訊いてみるわ」

「切るなら慎重に頼む」ビーハンは言った。「このジャケットはうちの新聞の一面に載せるんだから」

できるかぎり慎重に、わたしは下襟から約七センチ四方の布片を切り取った。それを空き瓶に入れ、きちんと保管できるようにしっかりと蓋を閉めた。

わたしの腕を取りながらビーハンはコノリーに礼を言い、コノリーは嫌味っぽくそれに応えた。それから、わたしに向かって言った。「ミス・プレスコット――今度、食事をご馳走させてくれませんか？」

わたしとビーハンが階段をおりていくと、子どもはもういなくなっていた。

わたしとビーハンはレストランに入った。質素だけれど落ち着ける店で、常連たちはアイルランド人だ。ノリーの夜会服を見たせいで動揺していたわたしに、ビーハンはウィスキーを注文してくれた。わたしはそれをゆっくりと飲んだ。味は好きになれないけれど、とにかく飲んだ。

酔いがまわってきたころ、わたしは言った。「さあ、あなたに言われたことはしたわ。シャーロットさまについて知っていることを教えて」

ビーハンはテーブルの端を指で鳴らした。それから、ようやく口をひらいた。「ちょっと聞かせてほしい。ニューサムはほんとうにきみが世話をしているお嬢さんと結婚するつもりだったと思ってる？」

「どうして？」

「フィラデルフィアのホテルに勤める友人が、彼のチェックインを担当したんだ。若い女性といっしょで――」

「それで？」

「シャーロット嬢がニューヨークにいたことはわかっているから、その女性は彼女ではない」

わたしは肩をすくめた。「べつに女性がいたとしても、シャーロットさまは何も知らないに決まってる。知っていたとしても、気にしたかどうか。以前、言っていたの。自分はノリー・ニューサムと結婚する、誰も止められない、と」

「ところが、だ。彼はロバート・ニューサム・ジュニア夫妻と署名していた」

「あら——若い男性はみんな、そういうことをするでしょう？」

「そうだっけ？　でも、彼がすでに結婚していたとしたら？　婚約発表の日にその事実をぶちまけたとしたら？　フィラデルフィアに行ったのはそういう理由だったのかもしれない、密かに結婚するためだったとか？」

「たいした想像力ね。褒めてあげるわ、ミスター・ビーハン。小説でも書いたらどうかしら」

「ほんとうのニューサム・ジュニア夫人が誰か、心当たりはある？」

「ニューサム・ジュニア夫人なんていない」追い詰められたビアトリスがあれこれ言いたてたことを思いだしながら、わたしは言った。「現地でたまたま出会った女性じゃないかしら。ノリーさまが翌日まで、その女性の名前を憶えていたとは思えない」

「その女性がニューサム家の財産を相続する人物だと判明したら、話はややこしくなるんじゃないかな」

「やめて。ほんと、こんなことは新聞に書かないでもらえる？」

「おもしろい話だと思うけど」

「でも世間の考えは……」

「世間はどう考えるというんだい、ミス・プレスコット？」

わたしに声を落とした。「どうしても、シャーロットさまに動機を与えたいのね」

ビーハンも声を抑えて言った。「動機を与えたのはぼくじゃない。彼女の婚約者だ」それから姿勢を正して坐り直した。「葬儀で何かこれといった話は聞けた？」

わたしは考えた。ウィリアムの告白、ルシンダがシャーロットの部屋に唾をはいたこと、ビアトリスの悪意。ローズ・ニューサムが話してくれた、新たに届いた脅迫状の内容。何が書かれていると言っていたっけ？〝さて、おまえの息子は死んだ〟だ。その意味ははっきりしている。でも、意図はよくわからない。おまえの息子は死んだ、ということ？それとも、おまえの息子は死んだ、ということ？つまり、殺人者はつぎも家族の誰かを殺そうとしているの？

わたしは訊いた。「ニューサム家にまた脅迫状が届いたとか、そういう情報は新聞社でつかんでる？」

「いや。どうして？」

わたしは彼を見た。どこまで話すべきだろう。

「今度は娘が狙われると思っているのかい？」

霊廟のまえに立ちつくしていたルシンダのことを思いだした。まるで、そこに入る許可を待っているようだった。「シックシニー炭鉱では八人の子どもが死んだのよ。ニューサム家の子どもひとりが死んだくらいでは、じゅうぶんじゃないでしょう？」

「それは、殺人者が何に復讐しているかによるね。八人の子どもの死か、ひとりの女性といっしょにホテルに泊まったことか？」

「ニューサム家はシャーロットさまにとてもやさしくしてくれたわ」わたしは反論した。「あなたの疑念なんて受け入れないいんじゃないかしら」

ビーハンはにやりと笑い、自分のグラスをわたしのほうに傾けた。「年配のほうのニューサム夫人ならどうかな」

わたしは冗談めかして言った。「シャーロットさまがノリーさまと結婚するよりは、殺してくれたほうがうれしいでしょうね」

ビーハンは驚いたふりをした。「なんてことを言うんだ、ミス・プレスコット！」それから、ウィスキーが入っていた背の高いグラスを脇によけた。「これ以上、飲んじゃいけない」

ビーハンが支払いをしているあいだ、わたしはテーブルの下に置かれた布の包みを見つめた。「それ、ほんとうに新聞の一面に載せるの？」

「もちろんだ。ボスが報酬を払ってくれたらね」

「それまではどうするの？」わたしは立ち上がりながら訊いた。

「どういう意味？」

「ニューサム家の息子や娘の悪い評判とか、秘密の結婚についての記事は書かないつもり？証拠はあるの？　ホテルの従業員ひとりの証言だけ？」

彼も立ち上がった。「残念ながら、それ以上のものがあるんだ。友人は宿泊者名簿のノリー・ニューサムのページを持っている。ぼくが手に入れなければ、彼がどこかに売るまでだ。言ったろう、殺人事件に巻きこまれた若いレディは友人を利用する必要があるって」

「それで、その名簿を手に入れたら、どうするつもり？」

ビーハンは何も約束できないとでもいうように、肩をすくめた。「帰ろう、家まで送るよ」

「そんなこと、してくれなくてもいいわ」

「ミス・プレスコット、こんな時間に若い女性をひとりぼっちで、ニューヨークの町なかを歩かせるわけにはいかない。ぼくはしがない新聞記者だけど、それなりにモラルを持っているんだ。信じてくれ」

高架鉄道の駅まで歩きながら、わたしは言った。「あなたの情報源を教えてくれるはずだったわよね」

「情報源ではない名前をひとつ教えよう、と言ったんだ」

彼は愚かではない。それは認めないと。

わたしはビアトリス・タイラーの名前を挙げた。すぐに彼は首を横に振った。

「たしかなの？」わたしは念を押した。「もしかしたら、彼女と関係のある誰かとか……？」

「ビアトリス・タイラーではない、ぜったいに」彼はきっぱりと言った。

ベンチリー家の最寄り駅のプラットフォームで別れることにした――そうすれば、わたしは家の近くで彼といっしょにいるところを見られずにすむし、彼は改札を出ないからよけいな運賃を払わずにすむ。

ビーハンはポケットに両手を入れ、ノリーの衣類を脇にはさんでいた。「その、研究をしているとかいう友人——彼が染みのことで何かつきとめたら、ぼくにも教えてくれる？」

「それは期待しないで。もしかしたら、ノリーさまはジャケットで手を拭いただけなのかもしれないし」

「でも、とにかく電話はしてくれるね？」必死で何かを訴えるひとを真似たつもりか、ビーハンは目を大きく見開いたけれど、まったくさまになっていなかった。

「電話はするわ」

「きみにまた会えなければぼくの心はちぎれてしまうよ、ミス・プレスコット。ほんとうに」


シャーロットに罪を着せることになるかもしれない書類があることは、ベンチリー氏に話そうとは思わなかった。ビーハンが記事にすれば、新聞で読むだろうから。でも、誠実さとはなんだか奇妙なものだ。とんでもないスキャンダルを知ったときのベンチリー氏やルイーズのことを考えて、わたしの心は痛んだ。それがシャーロットのことなら、なおさら痛む。《タウン・トピックス》紙が言うところの〝スカーズデール風〟だからというだけで、彼女に関するあらゆる悪い評判が世間に広まっている。それに——ベンチリー家の姉妹を魅力的に見せることがわたしの役目。泥にまみれさせるなんて、義務を怠ることだ。ノリーが結婚していたというどんな証拠も、シャーロットには不利になる。女友だちなら見逃すこともできるけれど、妻となれば殺したいと思うほど憎むだろうから。罪に問われなかったとしても、疑いの目はずっとついてまわることになる。

そして、誠実さよりもっとややこしいものがあった。捨てるようにとベンチリー氏から新聞の束を渡され、シャーロットが警視から話を聞かれるときに同席してほしいと頼まれたときから生まれた気持ちだ。わたしがペップ・ピルのことで気を揉んでいることに、ベンチリー氏は取り合わなかった。でも、その話をしたことを叱ることもしなかった。だから、きっちり解決してみせよう。ベンチリー氏に――そして自分にも――証明したい。ドレスの管理をしたり髪を結ったりする以上のことが、わたしにはできると。自分のことは使用人以上だと考えるようにと、アナもおじもいつも言っていた。たぶん、それはほんとうだ。どのみち、夜のクリスティ通りやリヴィントン通りにバーナデットを送りこんで情報を得ることはできない。新聞記者と取引することも。

つぎの日の夜、わたしはまた、ベンチリー氏の執務室のドアをノックした。ベンチリー氏は何も口をはさまずにわたしの話を聞いた。新聞記者と会ったことに腹を立てていたとしても、表情には表れていなかった。わたしが話し終えると彼はペンを手に取り、所在なさげに紙に何かを書きつけた。「それで、宿泊者名簿とやらをその新聞記者が持っているのだね?」

「いまは、まだ。でも彼の勤める新聞社は、読者が興味を持ちそうなものにはよろこんでお金を払いそうです」

「なるほど。で、その記者は名簿について本気で記事を書くつもりだ、と」

「はい」わたしはためらいながら話をつづけた。「ばかげたことだとはわかっています。でも、犯人だという無政府主義者はまだ見つかっていません。それに、新聞は紙面を埋めるために、ひたすら話をでっち上げます。シャーロットさまのことはうってつけの話題だと思っているのではと、心配なんです」

出すぎたことを言ったかもしれない。でも、ベンチリー氏はわかったというようにうなずいた。

「その新聞記者には、訴えられるかもしれないと言っておきました」

ところがベンチリー氏が頭を横に振ったので、わたしは驚いた。「訴訟になったら、こんどはそれがうってつけの話題になる。〝中傷された娘を守る、怒りに燃える父親〟とね。そんなことはがまんならん」

姿勢を正してベンチリー氏は言った。「ただし、息子のほうのニューサムがじっさいに〝秘密の結婚〟をするためにフィラデルフィアに行ったのなら、そのことについては知りたい。それに宿泊者名簿についても、新聞社よりも先にこのわたしが手に入れたいものだ」

「ご自身で調査員を雇うおつもりですか？」

ベンチリー氏は机の端に両手をついて立ち上がった。「いや、ジェイン。きみの友人の新聞記者を雇おう。新聞社での稼ぎを確認してから、報酬をいくら払うか決める」

ノリーの足跡をたどる機会なんて、ビーハンは大歓迎だろう。それでも、わたしは言った。

「個人的な調査員でしたら、もっと控えめな人物のほうがよろしいのではないですか？」

「調査員は、自分をいちばん高く買ってくれる相手が見つけてほしいものを見つけるものだ」彼は謎めかして言った。「わたしは自分で動かせる駒がほしい」

「でも、どうして彼を信じられるんです？」

「その男を信じるつもりはない。おまえのことを信頼しているだけだ」彼は顔を上げた。

「それは誤解かね？」

「いいえ」

「よろしい。わたしもそう思う。それで、だ。キャロラインの姉がフィラデルフィアに住んでおる。夫に先立たれた彼女は、姪が訪ねてくれれば歓迎してくれるだろう。むろん、シャーロットはまだ旅に出られる状態ではないが、ルイーズにとってはこの環境から離れるのはいいことだ。ルイーズといっしょにフィラデルフィアに行き、そこで新聞記者と落ちあって宿泊者名簿を手に入れてほしい」

「そのためにお金が必要かもしれません」

「わたしが出す。それと、ノリー・ニューサムがそこで何をしていたか、確認してくれないか。何か……火遊びの証拠がないか」

わたしはわくわくもしたし、戸惑いもした。ピンカートン探偵社に頼めばいいことなのに、と不思議に思った。たぶん、高くなる報酬に見合った成果を望めないのではと、信用していないのだろう。その一方で、マイケル・ビーハンは無名の人間にすぎない。わたしだって、おなじだ。信頼できないことがはっきりすれば、なんの言い訳もできずに潰されかねない。

それでも——そのことを足枷《あしかせ》には思わなかった。

「その新聞記者の電話番号はわかるかね？」

「はい、わかります」

「では教えてくれ」

「はい」


数日後、電話がかかってきた。ビーハンからだった。「きみのボスは神経質になっていたみたいだ」

「彼を知っていたら、そんなことは言えないわよ」料理人が廊下をうろついていた。しょっちゅう電話をしているわたしを怪しんでいるのだ。顔をしかめてみせると、彼女はいなくなった。

「ぼくたちはフィラデルフィアに行く。何がわかると思う？」

頭のなかにいろいろな場面が現れた。オニキスのイヤリングを弄ぶシャーロット。吸い終わったタバコの吸い殻を芝生に放り投げるウィリアム。タバコの煙の向こうでほほえむローズ・ニューサム。ビアトリスの断固とした黒い瞳。ウィリアムのことを尋ねて頬を赤らめるルイーズ。

そして、ポーリセック。「ミス・プレスコット、お会いできてうれしいです」そう言っている。

そして、アナ。隠し事が多いのに、自分の考えははっきりと口にしている。怖ろしいほどに、はっきりと。

「さあ、何かしらね、ミスター・ビーハン」


フィラデルフィアに発つ前日、わたしはまたロウワー・イーストサイドのローゼンフェルド氏の薬局に行った。わたしを見ると、彼はぱあっと表情を明るくした。「ウッチ出身ではない、ミス・ジェイン・プレスコット」

「はい」わたしはカウンターに近づいた。鞄のなかには例のガラスの瓶が入っている。「あの……ふたりきりで話せますか？」

「もちろん」彼は言った。そんなことを訊かれても、驚くことではないというようだった。彼に連れられてドアを通り、机と二脚の椅子がある小さな事務所に行った。彼は椅子に坐るように勧め、自分ももう一脚に腰をおろした。「さて、内密にしたい健康状態とは何かな？」

そのとき不意に、この椅子に坐って〝内密に〟病気の話をしてきたほかの女性たちのことが頭に浮かんだ。居心地の悪さを感じて椅子の上でもぞもぞしながら、わたしは言った。「健康上の話ではありません。でも、ひとに聞かれたくないんです。秘密と言ってもいいくらい」

彼はわかった、というようにうなずいた。

わたしは瓶を机の上に置いた。「謎解きが好きなんですよね」

「ああ」

「それで、いろいろな検査があるんですよね……化学物質を見つけるのに……」

彼はわたしの言葉を正した。「血中に存在するか」

「布でも？」

彼は瓶に目を向け、わたしの言ったことをくり返した。「布でも」

わたしは彼のほうに瓶を押し出した。「この布に付いている化学物質が何か、調べられますか？　付いていたら、ですけど」

彼は瓶を手に取り、ガラス越しになかの布をじっくりと見た。「何を探せばいいのかな？」

「鎮静剤みたいなものです」わたしは思い切って言った。「健康で体格のいい若い男性の意識をなくすくらいのものです」

ローゼンフェルド氏はわたしを見た。

わたしは約束した。「何を聞かされても、それが重要なら警察に行きます」

「だが、いまは行きたくないんだね。警察でも調べてくれるだろうに」

「はい」ローゼンフェルド氏が最悪のことを見つけたら、ベンチリー家には時間が必要になるはずだから。「でも、いずれ行くつもりです。いま行かなくても、誰にもなんの害もありません。約束します」

彼はうなずいた。「この布をふたつに切って、片方だけを調べてみよう。もし何か見つかったら……それは、おもしろい。警察も、もう片方だけでちゃんと調べられるだろう」

「ありがとうございます。どれくらい、かかりそうですか？」

「使われたのが鎮静剤なら、それがどういった種類かにもよるね。何週間もかかるかもしれないし、あしたには結果が出るかもしれない」そう言って彼は名刺をくれた。「一週間後に電話しておいで。それまでには、何かわかっているかもしれない」

14

アメリア・ラムゼイ夫人――結婚まえの名前はアメリア・ショー――は、外見は妹であるベンチリー夫人とほとんど生き写しだった。背は高くなく、体つきはぽっちゃりとして丸みを帯び、ハシバミ色の瞳はきらきらと輝いている。でも、ベンチリー夫人の目がやさしそうで好奇心にあふれているのに対して、ラムゼイ夫人の目は批判的で鋭かった。ベンチリー夫人は不安になると、じっとしていられないというように両手をひらひらさせる癖があるけれど、ラムゼイ夫人は自分の言いたいことを強調したり、相手の言葉を訂正したりするときに両手を使った。ベンチリー夫人の口許は、猛烈な早口でおしゃべりをしていないときは笑みをたたえているか、戸惑って半開きになっているかだ。ラムゼイ夫人の口許は、不満げにぎゅっと引き結ばれていた。ルイーズがそのラムゼイ夫人のお伴を一週間もしなくてはならないとなっても、わたしは羨ましくなかった。

ラムゼイ夫人の結婚生活は、妹の半分の期間もなかった。いまは閑静な住宅街のしずかな通りに建つ、どちらかといえば質素なタウンハウスに住んでいる。フィラデルフィア市自体は、ニューヨーク市と比べるとずっと保守的な町だ。わくわくするような不品行なところはなく、刺激もない。適正なものとそうでないものはきっちりと区別され、その一線を越えるひとには災難がふりかかる。ルイーズはラムゼイ夫人の家に足を踏み入れたとたん、その一線を越えた。夫人はルイーズのトランクをひと目見て、その大きさに目を細めた。

「どうしてそんなにたくさんのドレスが必要なの？」夫人は問いただした。

「これは……」ルイーズは自信なさげにトランクに目をやった。荷づくりに彼女はいっさい関わっていない。

「お天気がどうなるか、わかりませんでしたから」わたしは言った。「ルイーズさまは胸が丈夫でないんです」

「まっすぐに立てば、肺も広がる余地があるんじゃないかしら」夫人が言った。

「ジェインにもそう言われます」ルイーズは弱々しい声で答えた。「肺のことはべつですけど」

ルイーズがいちばん愉しみにしているのは、おばに本を読み聞かせることだった。その週はまるまる、なんの予定もないからというわけではない。ふたりのレディは弦楽四重奏団のコンサートに出かけ、社会問題になっている過度の飲酒についての講義を聴きにいき、夫人の著名な知人を訪問することになっている。ただ、ルイーズの振る舞いが模範的であれば、家でずっと刺繍をして過ごすことを許されるかもしれない。

到着した日の夜、二階の小さな寝室でわたしが荷解きをしているのを眺めながら、ルイーズは言った。「ジェインが親戚を訪ねる必要がなければいいのに。あなた、フィラデルフィアに親戚がいるなんて、ひとことも言ってなかったじゃない」

ルイーズに嘘をついていることがうしろめたかった。彼女はなんでも信じる。それでいっそう、彼女を騙すのがはずかしいことに思えてしまう。でも、ベンチリー氏はこの点にはこだわった。そして、今回の旅の費用を払ったのも彼だ。「わたしも知らなかったんですよ」わたしは言った。「最近、おじに連絡してきたんです。会いに行くことを許してくださって、ミスター・ベンチリーはほんとうにおやさしいですね」

「ぜったい、アメリアおばさまより愉しいひとたちよ」ジョン・バニヤンの『天路歴程』をむっつりとした顔で読みながら、ルイーズは言った。

ビーハンはわたしたちとはべつにここまでやってきて、ホテルに泊まっていた。つぎの日の朝、彼はわたしのいとこのヘンリーとして、ラムゼイ夫人の家の玄関に現れた。夫人は信じていないようすだったけれど、ベンチリー氏から指示されていたので、彼といっしょにタクシーで行かせてくれた。

もう安全だというくらいに夫人の住まいからじゅうぶん離れたころ、ビーハンが訊いた。「で、おばさんといっしょに過ごすのは、どう?」彼は潑剌として陽気だった。においをかぎつけた犬みたいに。

「ルイーズさまは健気《けなげ》だわ。妹の名誉を回復しようと、それは奮闘しているのよ」

「フィラデルフィア出身の女性は、ほんとうに気が強いんだろうね。とくに、高級住宅地のメイン・ラインあたりのひとたちは」

「ラムゼイ夫人に、かろうじてそこの出身ではないわ」

「きみはその仲間じゃないんだっけ？」

アナにも以前、おなじことで責められたことがあった。わたしは話題を変えた。「どこに向かっているのか、教えてもらっていないわね」

「ノリーが泊まったホテルだ、とうぜんだろう」

タクシーの運転手は町の中心部に向かい、〈リッツ・カールトン・ホテル〉の前でわたしたちをおろした。それはフィラデルフィアで最新のおしゃれなホテルで、かつてジラード信託銀行があった場所に建っている。ローマのパンテオン神殿に着想を得たという、建物の正面に並ぶ巨大なコリント式の円柱を見上げると、いままさにライオンと対面することになるキリスト教徒の気分になった（キリスト教が迫害されていたローマ帝国では、飢えたライオンをキリスト教徒にけしかけるという見世物がコロッセウムで行なわれていた）。わたしの服装は、このような場所にふさわしいものではない。それでもビーハンは唖然とするホテルの客たちを無視して、大理石の階段に向かってずんずんと歩いていった。

彼のあとを追いながら、わたしは声を落として必死に話しかけた。「わたし、ちゃんとした格好をしていない。ふさわしい帽子だって持っていない」

「ぼくから離れないで」彼はそう言い、海の上を滑るヨットのようにドアを抜け、〈リッツ・カールトン〉の黒い制服姿で威嚇してくるドアマンのそばを通りすぎた。そのままロビーを進んでフロントデスクまで行くと、これみよがしに咳払いをして言った。「これはこれは、色男くん」

そのフロント係がホテル専属の探偵に言いつけ、わたしたちは追い出されるのではと思った。でも顔を上げた彼はにっこりと笑い、うれしさをあふれさせながら握手をしようと片手を差し出した。

ビーハンが訊いた。「一杯、どうだ?」

フロント係は時計と相談した。「あと十分、待ってほしい。そうしたら外で話そう」そこでわたしに気づき、彼は片方の眉を上げた。するとビーハンは片手を上げた。どうやら、これは仕事だと彼に言いたいらしい。

十分後、わたしたちは賑やかなレストランにいた。フロント係はビーハンのいとこで、ユージーン・オライリーだと紹介された。子豚を思わせるピンク色をした丸い顔にずんぐりした鼻、細い黒髪は後ろに撫でつけていた。はじめて言葉を交わすとき、彼はわたしの手を握って言った。「よろしく」

「それで」ビーハンが切り出した。「この青年の話だ」彼は一面にノリー・ニューサムの写真が掲載された《タウン・トピックス》紙を、オライリーのほうに滑らせた。ノリーが謎の女性を連れてホテルを訪れたことをビーハンに話したのは、このオライリーだった。

オライリーは襟と首のあいだに指を入れてぐるりと這わせた。まるで、襟に首を絞められていたとでもいうみたいに。「ぼくの名前は新聞に載せないでくれよ、マイケル。そんなことされたら、仕事をなくすかもしれん」

「いや、ちがうんだ。新聞は関係ない。ぼくはある人物に雇われているけれど、名前は……」そこでビーハンは一瞬考え、それから最後まで言った。「明かせない」

「あなたもミスター・ビーハンも、名前が出ることはないわ」もっと楽に呼吸してもらおうと、わたしはオライリーに言った。彼は感謝するようににっこりと笑ったけれど、さっきよりしあわせそうかと言えば、そうでもなかった。ビーハンをつついて新聞を片づけるように言うと、彼はコートのポケットにそれをしまった。

「そういうことなら」とオライリーは話しはじめた。「彼はこのホテルにきた。きみに話した日だ……」そして、ビーハンをじっと見た。彼はその日付を小声で教えてくれた。フィラデルフィアに行ったと、ノリーがシャーロットに話した日付と一致している。わたしはビーハンにうなずいた。

「女性もいたんだね？」ビーハンが言った。

「女性もいた、ああ」

「見た目はどんな感じだった？」

「髪や目の色は濃かった」

ビアトリス・タイラーだ、とわたしは思った。でもすぐに、醜い考えが思い浮かんだ。ローズ・ニューサムだって髪は黒い。

はっきりさせようと、わたしは訊いた。「背は高かった？　それとも低かった？」

「高かった」オライリーはすぐさま答えた。「まっさきに思ったのは、背が高いな、ということだったからね」

ローズ・ニューサムの背は低くはないけれど、人目を引くほど高いわけでもない。一方でビアトリスの身長は、女らしく見えないと母親のタイラー夫人が嘆くほどに高い。わたしの胃がひっくり返った。このときになって、ようやく思い知ったのだ。ノリーへの愛をビアトリスが言い募ったところで、彼女にはなんの得にもならないという点に、自分がどれほど期待していたかに。すくなくとも、彼の気持ちは証明できない、と。もちろん、ルシンダのベージュ色の肌も濃いと言える。そして、兄妹だったのにオライリーがまちがえて〝夫妻〟と名簿に書いてしまった可能性もある。

その女性は魅力的だったか訊こうとしたところで、オライリーが言った。「酔っぱらっていて、何を言っているのかわからないことが何回かあった」

となると、まずルシンダでない。それではビアトリスなのだと思うと、それはそれで衝撃は大きい。タイラー家の、つまりはアームズロウ家にもつながる女性が、お酒に酔ったうえ、男性とホテルにひと晩泊まるなんて。ビアトリスはだいたいにおいて他人を軽蔑していて、ときにはそれが反抗的な態度になって表れることがあるけれど、こんなひどいことをするほどではないだろう。

「あと、この新聞に載っている男性は、あなたがチェックインの手続きをした男性でまちがいないのね？」

「ああ、彼が署名した」

酔っていれば、手書きの文字なんて誰が書いても似たり寄ったりだろう。

「その名簿を持ってるね？」ビーハンが訊き、オライリーはうなずいた。「いま、ここに？」オライリーはまた、うなずいた。

この時点で、二通の封筒がテーブルにのった。ビーハンは自分の封筒をオライリーのほうに滑らせ、オライリーは自分の封筒をビーハンのほうに滑らせた。ふたりとも、手にした封筒はコートの内ポケットに押しこんだ。

「で、写しはこれしかないね？」

「もちろんだ。ちょっと、失礼してもいいかな……」

オライリーが化粧室に向かうと、わたしは封筒が交換されたテーブルに向かってうなずき、訊いた。「何があったの？」

「きみのボスのお金だよ。これで、この件はいまや彼の手のなかだ。なんの害がなくても、〝関連のある書類〟ならとりあえず手元に置いたほうがいいというのが彼の理屈のようだね。その気持ちは理解できる」

これで、ノリーがシャーロット以外の女性といっしょに愉しい時間を過ごしたという動かぬ証拠は、いまやベンチリー氏が握ったことになる。でも、そのふたりが結婚していなかったと証明することにはならない。ビアトリスと話をしたときのことを思い返した。椅子に腰かけ、膝に手に置いていた。その指に指輪はなかった。

オライリーがもどってくると、わたしは尋ねた。「ミスター・オライリー、その女性は……酔っぱらっていたということですけど、ふたりが夫婦だと証明するものはあるか、訊いてみようと思いました?」

オライリーはつばをのんだ。「いや。思わなかった」

ビーハンはうすら笑いを浮かべている。「お相手の紳士は、何も訊かなければそれなりの礼はするとでもほのめかしたんじゃないか?」

オライリーはその質問に直接は答えなかったけれど、ビーハンに見せた表情から、取引はたしかに行なわれたという気がした。これは期待できる。相手が妻なら、ノリーは賄賂を払う必要などないのだから。

オライリーは話を進めた。「はっきり憶えているのは、彼女は手袋をしていたということだ」

「何かしゃべった?」

彼は考えた。「ああ。すこし笑いながら言ってた。お母さまが知ったらなんて言うかしら? と」

〝お母さまはなんて言うかしら?〟ではない。ノリーと結婚の話をしていたら、ビアトリスはそう言ったかもしれない。でも〝お母さまが知ったら〟という言い方は、母親であるタイラー夫人は知らないということを示唆している。市庁舎に行って、結婚許可の公式記録を確認しないといけない。とはいえ、ノリーを殺すほどの強い動機がシャーロットにあったと証明するものは、何も見つかりそうにない。そう思うと、気が楽になりはじめた。

その一方で、ビアトリスのことを思って心が痛んだ。若い彼女にとってプライドはとても重要なのに、いくら愛しているとはいえ、ふざけて他人を困らせて哀しい思いをさせることによろこびを覚える若い男性に、自分を利用させるなんて。愛しているといっても——自分の家族の期待の星である彼の手を放したくないという、必死な思いかもしれない。

そこで、べつの考えが浮かんだ。ノリーがシャーロットを捨てると言っておきながらその約束を守らなかったら、彼女はひどく腹を立て——恐れるだろう。そういう秘密が、良心の呵責《かしゃく》などまったくない人物の手に握られれば、耐えられないほどの無力感に襲われるだろうから。そんな無力感を彼女が受け入れるとは、とうてい思えない。

物思いにふけっていると、ビーハンの声が聞こえた。「つぎの日の朝、ふたりはどうした？」

「女性はすぐに帰ったようだ」

「男性のほうは？　どこに行ったとか、何をして過ごしていたとか、心当たりはある？」

「たいていはルーム・サーヴィスに電話して、パーティをしていたよ」オライリーは答えた。「いや、ちょっと待て。いちど、車を呼んでやった。なんだか妙だったから憶えてる。彼が向かったのは人里離れた場所だった。そんなところにどうして行こうと思ったのか、わからなかったからね。しかも、ずいぶんと遠い。そう言ってみたけど、金ならあると返されただけだった」

「じっさい、彼はどこに行った？」ビーハンが訊いた。

「憶えていないな」そう言ってからオライリーは指を立てた。「でも、憶えていそうな人物ならいる」

ホテルにもどる途中、わたしはビーハンの注意を引こうとした。つぎに行くべき目的地は市庁舎だ、と。そこでノリーが行なった下劣なおふざけについて、確認しなければならない。でも、ビーハンはずっと前を向いたままだった。

オライリーに連れられ、わたしたちはタクシー乗り場へ向かった。そこではエルモア社製のタクシーが、ホテルの客が行きたいところならどこへでも乗せていこうと、列をなして待ちかまえていた。彼はその列に近づき、先頭から五台目の車のところで足を止めると、声をかけた。「バート」

運転手は何かを期待するように、わたしとビーハンのほうを見た。

ビーハンが言った。「ある男性の足取りを追っている。しゃれた服装の若い男性だ。ハンサムで、髪は茶色」

バートはよくわからないという顔をした。

「ひと月まえ、ずいぶんと遠くへ乗せていったろう？」

バートはうなずいた。「思いだした」

「彼を乗せていったところまで連れていってくれないか？　もちろん、手間賃は払う」ビーハンが言った。

「そういうことなら、お連れしますよ」

「ちょっといいかしら」わたしはそう言い、ビーハンを脇に引っぱった。「何をするつもり？」

「きみのボスに言われているんだ。ノリー・ニューサムがフィラデルフィアで何をしていたのか、つきとめるようにと。だから、そうしようとしている」

「ベンチリー氏が言っているのは、シャーロットさまに関係のあることなら、という意味よ」わたしは彼のコートを指でつついた。「ここにきた目的は果たしたじゃない。わたしたち、市庁舎に行ってノリーさまの結婚が記録されているか確認しないと」

「ああ、そうだね。でも、ノリーが愉しい夜を過ごしたあと、どこに行ったかということも確認しないといけない」

「それはあなたの興味でしょう、ベンチリー氏ではなく」

「そのふたつは、おなじことだ。はっきりするまではね。チェックイン名簿で特ダネを書くことはあきらめた、ミス・プレスコット。でも、正しい場所に行けば、べつの特ダネが見つかりそうな気がするんだよ。まあ、いっしょに行きたくないなら、行かなくてもいいけど」

ビーハンは車の列にもどりはじめた。すぐに彼はそのなかの一台に乗り、ベンチリー氏のお金を使って誰にもわからないところへ向かうだろう。そして、ベンチリー氏の義理の息子になるはずだった人物の、誰も知らない秘密を知るのだ。ビーハンに目を光らせておくようにとベンチリー氏から言われたことの意味が、いま理解できた。

わたしはあわてて車に乗りこみ、後部シートのビーハンの隣に坐った。それから、バートに訊いた。「時間はどれくらいかかりそう？　暗くなるまえにもどりたいのだけれど」

「はい、もどってこられますよ。行くのに一時間、帰るのに一時間ですね」わたしのためにドアを押さえながら、バートは言った。

エンジンをうならせて車が進むあいだ、わたしははっきりと不安を感じた。ひとつには、よく知らない男性ふたりといっしょに、どこだか知らない場所に向かっているから。それに、車のなかではくつろげないからだ。一分で一・五キロメートルも進むなんてスピードが速すぎるし、危険なほどに脆く思える。車はこのところ、日常の移動にどんどん使われるようになってきているけれど、わたしはいまでも、裕福な若い男性がスピードを出して走り回り、たいていはどこかに衝突して終わる、大きなおもちゃだと思っている。

ドアの端をしっかりと握ったまま、わたしは運転席に身を乗り出して訊いた。「男性はひとりでそこに向かったの？」

「ひとりでした」バートは請け合い、道路に視線をもどした。

わたしはシートに深く坐り直した。いったい、どこに向かっているの？　すてきなホテル――それとも、ある種のクラブ――に行くのでなければ、ノリーはペンシルヴェニアで何を見ようと思ったの？　行き先が誰かの住まいだったら、どうして列車で向かわなかったの？　駅に着いたら迎えにきてほしいと、その家のご主人に頼めばよかったのに。

道路のでこぼこにぶつかるたび、車は跳ねあがった。わたしはシートの端をしっかりとつかんだ。ビーハンは声に出して考え事をしていた。「タクシーに乗って、ノリーは何をしていたんだ？　車ならあるのに。パパの車だけでなく、運転手までいるのに」

「何をしようとしているのか、〝パパ〟には知られたくなかったんでしょう」わたしは言った。そのとき、思いだした。ドライヴに連れていってとねだるシャーロットに、彼がなんと答えていたかを。そこで、つけ加えて言った。「それに、彼はおもちゃを壊す習慣があったのよ。だからパパはお小遣いを減らして彼をおとなしくさせていたの」

何もない野原の道を進んでいると、馬に引かれた台車がこちらに向かってきた。すれちがうとき、穀物の詰まった袋やショヴェルにロープ、それにつるはしといった、農作業で使う道具が積まれているのがわかった。そこでふと、ノリーがここにきた理由を思いだした。事業の確認をするとかいうことだった。そう、ニューサム家の炭鉱だ。ノリーがどんな仕事にも興味を示すなんてあり得ないと思って、まともに受け止めていなかった。でもひょっとしたら彼は、自分自身の命が危険にさらされる原因となった惨事の跡を訪ねてみようと思ったのかもしれない。

長い道のりだった。わたしは寒さに震え、腕をからだに巻きつけた。郊外の景色からは、炭鉱の町だとは思えない。そのまま車は道路を走り、やがてかわいらしい集落が現れた。頑丈そうな家が、そこここに建っている。どこにも貧しそうなようすはなかった。

大通りに差しかかると、わたしは訊いた。「この町はなんという名前?」

「ハッドンフィールドです」バートが答えた。

ハッドンフィールド。聞いたことがある。頭のなかがむずむずしたけれど、その名前を何かと結びつけることはできなかった。

ついにバートは言った。「着きましたよ」

わたしは顔を上げた。目の前にあるのは小さなホテルといった趣の、立派な白い建物だった。窓にはそれぞれ、濃い緑色の鎧戸がついている。建物に出入りするためのドアも濃い緑色だった。スカートとおそろいの柄の帽子をかぶった少女たちが、外の寒さから逃れるように急いでなかに入っていく。

ここは、閉じこめられて命を落とした子どもたちの亡霊がさまよう炭鉱ではない。あるいは、秘密の結婚式を執り行なう教会でも。

〈フィップス女学院〉だ。この学校は百年以上にわたり、裕福な紳士の令嬢たちを受け入れてきた。たとえば、ルシンダ・ニューサムのような。

そしてごく稀に、裕福でない家庭の娘たちを受け入れることもある。たとえば、ローズ・ブリッグスのような。いまのニューサム夫人だ。

15

「女学院?」ビーハンがひとり言のように言った。「あの男、こんなところで何をしていたっていうんだ?」

わたしたちは町なかの宿のレストランに入った。バートにはお金を渡して、道をはさんだ向かいにあるパブで待つように言っておいた。ビーハンも彼といっしょにパブに行きたかったかもしれない。でも、長い午前中をすごしたあとで、わたしはちゃんとした昼食が食べたかった。

ビーハンは今度は、わたしに訊いた。「べつの女友だちでもいた、とか?」

ノリー・ニューサムはどの女友だちに会うにしろ、これほどの労力をかけることはぜったいにしない。「妹のルシンダさまが、去年まであの学校の生徒だったの」

「妹思いの兄には思えないんだが」

「そのとおり」わたしはそう言いながら、霊廟のまえにぽつんと立っていた彼女のことを思いだしていた。「でも、妹のほうはそうでもないみたい。とにかく、ノリーさまがここにきたのは、ルシンダさまのことではないわね」

「ほかに知り合いでもいるんだろうか？」

わたしは口ごもりながら言った。「ノリーさまの継母も、ここの生徒だった」

「ああ、そういうことか」ビーハンは含み笑いを洩らした。「ふたりが同級生だということを忘れていたよ」

レストランのドアがあいた。風が吹きこみ、愉しそうにおしゃべりする声や笑い声がどっと流れてきた。そちらに目をやると、女子学生の一団がやってきたところだった。外の寒さのせいで腕をこすり、脚を踏みならしている。着ているのは、〈フィップス女学院〉の制服だ。

彼女たちが店の奥のテーブルに向かうあいだ、わたしもビーハンも口を開かなかった。彼女たちはやけに愉しげに声をひそめて話し、店内を見回している。どうやら、ほんとうは学内にいるべきだけれど、規則を破って昼食のために抜け出してきたようだ。十七歳くらいだろうか、こういう思い切ったことができる年齢だ。そして、ルシンダ・ニューサムのことを憶えているくらいの年齢でもありそう。

でも、連れだってお手洗いに行くほどには幼い。ひと組がお手洗いに向かうと、わたしはあとを追った。そして、洗面台のそばでふたりが出てくるのを待つことにした。やがて彼女たちは個室から出てきた。滑らかでたっぷりとした髪を指で梳き、わたしには見向きもしない。

声が上ずらないように気をつけながら、わたしは話しかけた。「あなたたち、〈フィップス女学院〉の生徒さん⁉」

ふたりは答えるべきか——答えるとしたら、なんと言うべきか——互いに探るようにして鏡のなかで視線を合わせた。ひとりは大きな目と長い手足の持ち主で、肌は透きとおっていた。もうひとりはずんぐりした体形だ。どちらがボスでどちらが子分かは、あきらかだった。

視線をわたしのほうに滑らせながら、背の高いほうが言った。「そうですけど」

彼女の声の調子は挑戦的だったけれど、ぴりぴりしていた。しかるべきおとなに報告される、と思っているのだ。

「ちょっと、力になってくれないかしら」

そんなふうにお願いされてふたりは落ち着いたようだけれど、さっきよりも横柄になった。ほとんどわからないくらいに鼻をツンと上に向け、かすかに肩を後ろに反らした。いつも何かを欲しがるのね、こういうひとたちは。そう思っているのがわかる。

「わたしの雇い主が、以前、〈フィップス女学院〉の生徒だった人物の情報を集めているの」一気に興味を惹かれたようだけれど、ふたりともどうにか隠そうとしていた。「彼は結婚を考えているの。だから、ちゃんと確認しておきたいと思うのもとうぜんでしょう、その若いお嬢さんにまつわる……悪い評判が……ないことを。力になってくれたひとには、よろこんでお礼をする用意があるのよ」わたしは最後の餌を撒いた。「ルシンダという名前のお嬢さんなんだけれど……」

互いに顔を見合わせたようすから、ふたりが彼女のことを知っているとわかった。ためらったのはほんの数秒で、背の高いほうが思わず口を滑らせた。「あら、あの堅物さんにへんな噂なんてないわ——退屈なひとだっていう以外は」

もうひとりはルシンダの真似をしているのか、顎の力を抜いて口をぽかんとあけ、目を半分閉じた。それからくすくすと笑った。「彼女が男性といるところなんて、ぜったいに想像できない」

「お兄さんはべつとして」背の高いほうが言い、ふたりでどっと声を上げて笑った。

わたしは知らないふりをして訊いた。「お兄さん？」

「お兄さんがいるのよ。彼女、そのお兄さんのことが大好きなの」背の高いほうが説明してくれた。

「大好きだった、ね」ルシンダを真似たほうが言い直した。

「あ、そうそう」背の高いほうはそのことを思いださせた彼女に、嫌味をこめた視線を向けた。「そうなのよ。お兄さんは殺されたの。何か、政治的な理由で」

「殺したのが彼女なら、おもしろいのにね」

背の高いほうは口を歪めた。「犯人を探すなら、そういう性格の曲がったオールドミス予備軍のひとを当たらないと」

「いろいろ溜めこんでるのよね」

自分たちの言葉に驚いたのか、ふたりは甲高い声を上げて笑った。わたしがいることは、じっさいに忘れられていた。でも、わたしもいっしょになって笑った。「お兄さんは、よく彼女を訪ねてきてた？」

「ほかに、もっと愉しいことがあったみたいよ」

「あら、でも憶えてない？」背の低いほうが興奮気味に言った。「すこしまえ、ここにきたじゃない。ベッツィ・キャメロン＝ダッジが、休暇ちゅうも学校に残らないといけなくて――」

「家族が外国にいるからって言ってたけど、列車に乗るお金もないくらい貧しいだけよね」

「で、彼女が見かけたの。メイルス先生と話してたんですって、音楽の先生の――」

「あの先生、ほんとに気味悪いったらないの。わたしのことを見る目つき、大嫌い」

「わかるわ。とにかく、ベッツィはふたりを見かけたの。それで、死ぬ直前のノリー・ニューサムを見たのよって、みんなに触れまわってた」

背の高いほうがぐるりと目を回した。「ほら、そういうこと。彼女、その話ばかりしてたはいつ学校にきたか？ ルシンダがもう、ここにいなくなってからよ。それに、ほかの男性だっておなじようなものね。まあ、あなたの雇い主でもほかの誰でも、退屈で死んでもかまわないというのでないかぎり、この縁談を進めてもいいかどうか、わたしなら考えちゃうわ」

お礼に渡したお金を持ってふたりがレストランを出ていくと、ビーハンが言った。「収穫は？」

「ノリーさまはメイルスという人物と話したそうよ。〈フィップス女学院〉の音楽教師ですって」

ビーハンはさすが、というように両方の眉を上げた。「で、どうやってその教師と連絡をとればいいだろう？」

「わからない。ああいう学校は、なかに入れてくれないだろうし」

その意見に賛成するように、ビーハンは下唇を突き出した。そのときウェイトレスが通りかかったので、ビーハンは目で合図して呼びとめた。「すみません、お嬢さん」

その女性は、まだ〝お嬢さん〟と呼ばれてもいい年齢だったけれど、そう呼びかけた男性はほんとうのところ、そんなふうに思っていないのでは、と疑っているようだった。足を止めはしたものの、顔は笑っていない。

「すぐそこの学校のことは知っていますよね？」

彼女はうなずいた。

「その学校に勤めているひとには、どこに行けば会えるでしょう？　妹が」――そこで彼はわたしを指さした――「どうしてもあそこで教えたいと願っているんですよ。職員の方に自己紹介できたら、さぞ有望な志願者だとわかってもらえるんじゃないかと思いまして」

ウェイトレスはわたしのほうをちらりと見た。わたしは有望な妹になろうとした。

「教師とお話しできればいいのかしら？」とうとう彼女は言った。

ビーハンはうなずいた。

「教師に会いたいなら、あそこしかありません」彼女はそう言って、通りの向こうにうなずきかけた。「あそこ、パブなんですけどね」

女性のわたしはパブのサロンには入れないので、ビーハンひとりで行くことになった。そのあいだわたしはさらに紅茶を飲み、神経はますます張り詰めていった。ノリーはわざわざこんなところまでやってきて、音楽教師に何を訊いたのだろう？　ノリーが妹に興味を示したことなど、いちどもなかったみたいなのに。もちろん、ニューサム家で〈フィップス女学院〉の生徒だったのはルシンダだけではないけれど。

そんなことを考えていたまさにそのとき、ビーハンの声が聞こえた。「さあ、彼女です！」ビーハンはやせて頭髪の薄くなった男性を連れて、わたしのテーブルにやってきた。「こちらはミスター・メイルス。〈フィップス女学院〉で音楽を教えている」

メイルスが片手を差し出した。わたしはその手を見ながら、色白で指が長いと思った。爪もよく手入れされていて、肌も滑らかだ。でも彼は握手するのに、わたしの手をそれほどきちんとは握らなかった。わたしを見る目は、あいさつするというよりは何かを探っている感じだ。

「ミスター・メイルスは、ぼくたちの友人の友人なんだ」ビーハンが言った。「ひと月まえに、ここにやってきた友人の」

「お会いできて、こんなにうれしいことはありません、ミスター・メイルス。紅茶をいかがですか、それともコーヒーのほうがいいかしら？」

「コーヒーをお願いします」そう言って彼は、わたしに向かって短く笑った。目は笑っていなかった。

コーヒーが運ばれてきた。ティー・ケーキを彼のほうに押しやると、彼は慎重にわたしの手を避けながら皿を受け取った。

「では、ミスター・メイルス。こちらのレディにも、先ほどの話を聞かせてやってくれませんか？」

メイルスは渋っているようだった。なんの疑問もなく行なった取引が、じつはとんでもなく高い代償を払うはめになったとでも思っているように。ようやく彼は口を開いた。「うちの学校のある生徒について、何か知りたいということでした」

メイルスはそう言い、コーヒーに口をつけた。ビーハンをちらりと見ると、彼は「誰の話か、こちらから言わないで」と小声で言った。

メイルスはもうひと口、コーヒーを飲んだ。「とても美しい生徒でしたよ」

ということは、ルシンダではなさそうだ。「玉の輿《こし》に乗った方ですね？」

正しい質問に答えた優秀な教え子だとでもいうように、メイルスはわたしに向かって指を立ててみせた。「訪ねてきた若者は、彼女がどうして〈フィップス女学院〉に通うようになったかに興味があるようでした。わが校は一流の家柄の令嬢のみを受け入れます。わが校の教育は、誰でも受けられるわけではありませんから。この社交界でも、とくに恵まれた家柄でなければ」メイルスはひと言ひと言に、嘲《あざけ》りをにじませていた。

「彼にもそう話したんですか？」わたしは訊いた。

「ええ。わが校の財政を左右できるほどの紳士がいるのですが、その紳士はわたしの友人でして。おなじ弦楽四重奏団に所属しています」彼は〝四重〟という単語をひときわ強調して発音した。わたしとしては、その単語はまったく音楽らしくないという印象しか受けなかったけれど。「美しい生徒には後援者がいたようです。わたしの友人は、よきサマリア人が手紙を送るのに使っていた住所を、訪ねてきた若者に教えてもいいと言いました」

「その、よきサマリア人の名前は？」ビーハンが訊いた。

「名前というものはありません」メイルスは言った。「好きに呼んでください。小切手には、弁護士が署名していました」

「それで、あなたはその住所を若者に教えたのですね？」

メイルスはうなずいた。

反感を買うようなことを言ってはいけないとわかっていた。でもわたしは、訊かずにはいられなかった。「訪ねてきた男性に生徒のプライヴァシーを教えることに、気が咎めなかったのですか？」

「ええ」メイルスは答えた。「ひと月まえに彼に教えたときは、何も感じませんでした。彼に」――そこで、ビーハンに向かってうなずいた――「教えたときも。ほんの三十分まえのことですね。きちんとしたレディには、プライヴァシーなど必要ないのですよ。あなたが知りたい生徒というのは……きちんとしているんですよね？」

「あなたにとって、とても印象に残る生徒だったようですね」

「ええ、そうなんです」彼は椅子に深く坐り直した。「忘れられない生徒です」

わたしがここにいなければ、彼はべつの形容詞を使ったのでは。そんな気がした。だから、どうしても彼に言いたかった。このあと学校に連絡して、おたくの学校の教師は生徒のプライヴァシーを売っていると話すつもりだと。その生徒は、いまやとてつもない権力を持つ家族の一員になっていると。彼女がその気になれば、この学校にとっていいことも悪いこともできる立場にあると。メイルスが気軽にローズ・ニューサムを売ったことが気に入らなかった。彼女のことを話すときの、メイルスの口のなかの舌の動きが気味悪かった。やけどするほど熱い紅茶をメイルスの膝に注いでやれない自分が大嫌いだった。

「そうそう」メイルスが言った。「もうひとつ、情報があります。これは無償でお聞かせしますよ。友人はあるとき気づいたらしいのですが、小切手の但し書きに〝ローズ・ブリッグスの監督と教育のため〟とあったそうです。そのときだけ、弁護士が名前を書きまちがったんでしょうね。本来なら、ローズ・クーガンと書くべきところですが。わたしはずっと、その点が気になっていました」

ホテルにもどる車のなかでビーハンが言った。「それで、継母のことだけど」

わたしは聞こえないふりをした。メイルスとの会話で胃がむかむかしていて、話したい気分ではなかった。

でも、ビーハンはわたしのことをじっと見たまま、待っている。わたしは声を落として言った。「名前はローズ・ニューサム。でなければ、ローズ・ブリッグス。そのほうがいいなら」

「あるいは、ローズ・クーガン」

その名前は、わたしの記憶のどこかをつついた。でも、それに誰かの顔や何かの出来事を当てはめようとしても、うまくいかなかった。たぶん、ベンチリー家を訪れては帰っていったたくさんの令嬢のうちのひとりが、クーガンという名字だったのだろう。

わたしは言った。「ひとりの少女が、クーガンからブリッグスに名字を変えたいと思うのはどうしてかしら？　それですごくいい名前になるわけではないのに」

「名前をどっちにするかという話じゃない。じっさい、変えているんだから」

彼が正しいことはわかる。でも、断固として認めたくない気持ちだった。「それがどうしたの？　ノリーさまが、こっそりビアトリスさまと結婚していたわけでないことはわかった。だから、シャーロットさまが彼と結婚するのを妨げるものは何もなかった——分別以外はね。まあ、シャーロットさまはそれを持ち合わせていなかったのだけれど。とにかく、わたしたちの仕事はこれで終わりね」

「ベンチリー家にとってはいいニュースかな？」ビーハンはおもしろがっているようだ。

「どうかしら。いえ、そうかもしれない。わたしは疲れちゃったわ」

疲れたというだけではない。気分が悪かった。十六歳のローズ・ブリッグス——あるいは、ローズ・クーガン――のことを、貞淑ではなかったとほのめかすメイルスに腹が立った。自分は昼間からお酒を飲んで生徒に色目を使い、不謹慎なことをしているくせに。ローズの尊厳を、それがゴミだとでもいうように無頓着に売りとばすなんて、彼女を侮辱している。そんなことができるメイルスは、わたしには何をするだろう？　あの愚かで、意地の悪い、無意味な……音楽教師。

そして、ビーハン――彼はノリー・ニューサムやルシンダ・ニューサムのことでさえ、こんなふうに深追いしようとはしない。でもローズ・ブリッグスのことは、玉の輿に乗るだけの根性のあるかわいそうな少女のことは、追いかけるのにうってつけの標的だと思っているようだ。クーガン一家が恥ずかしいほどのいなか者で、家族にまつわる、驚くほどにひどい話があるのは、まずまちがいないだろう。でも、だからといってそれが、ひとを殺す大きなきっかけにはならない。ノリーは、ローズ・ニューサムになるまえのローズ・ブリッグス……クーガンを知るひとを追っていくことで、彼女を困らせようとしていた。明日になればビーハンはそのひとたちを見つけだし、ノリーができなかったことをするだろう。彼女が品のないちっぽけな嘘つきだったと、みんなに知らせるのだ。

わたしは、おじの避難所にいた女性たちのことを考えた。その多くは仕事を見つけた。結婚した。子どもを産んだ。それなのにある日、彼女たちのなかの誰かの過去をつきとめた記者が、とんでもなくみじめな話をでっち上げようとしたら？　ビーハンやメイルスの同類はその女性の人生を――あるいは彼女自身を――どんなふうに変えてしまうだろう？

「女性が頭のなかでぼくのことを罵っているときって、わかるんだものね、ミス・プレスコット。じっさい、口に出しているようなものだから」

わたしは彼と向きあった。「あなたは女性の評判に関心がなさすぎるわ、ミスター・ビーハン。たしかに、ひとりの少女について何を言ってもいいし、適当なところでやめてもいい。彼女が誰かを殺したと責めること以外は。でも、それでもやっぱり、そのひとの人生を壊すことになるのよ。その少女が自分勝手な性格だったとか、必要以上に兄を愛してしまったとか、みじめで節操のない子ども時代を過ごしたとかいうだけの理由で」

わたしは、ビーハンが軽口で返してくると思っていた。自分はしたいことができるし、書きたいことを書くと、そんな厚かましいことを言ってくるだろうと。でも、彼はそうしなかった。長いあいだ、わたしたちは黙っていた。

町なかに近づいたころ、ようやく彼は言った。「すまなかった」

「何が？」

「さあ、なんだろう」

「そう。べつに、いいわ」わたしはまた窓の外を見た。

シートの上でもぞもぞとからだを動かし、彼は早口でまくし立てた。「メイルスは見下げはてたやつだ。たしかに彼は……きみを侮辱こそしなかったが、全面的に敬意を払って接することもしなかった。おまけにぼくは、彼にそうするようにとも言わなかった。もっとしゃべらせたかったから」

「まあ、わざわざ車で出向いたのは、彼のピアノを聴くためではないものね」わたしは彼の言葉を受け入れた。

「言えてる」

わたしたちはラムゼイ夫人の家にもどった。車を降り、ビーハンはバートにすこし待つようにと合図した。それから両手はポケットに入れ、頭を下げたまま、わたしの目の前に立った。

「もうひとつ、すまないと思っていることがある。ぼくはメイルスに聞いた住所に行き、なんであれニューサムがつきとめた事実をつきとめるつもりだ。そうしないではいられない。何もかもがあの住所につながっている。いちどはじめたら、最後までやりとおさないと」

あなたならいともかんたんにできるでしょうね、と言いかけたとき、彼が言い足した。

「ほらもしきみが……ルイーズ・ベンチリーのドレスにしわを見つけたら、あとを追って直すだろう？　それに気づいたのが、きみひとりだけだったとしても？」

「それがわたしの仕事ですもの」

「そうだ。で、きみは仕事を中途半端にしておかないよね。ノリー・ニューサムはフィラデルフィアにきて、継母のことで何かを調べていた。ぼくは、彼が何をつきとめたのかを知らなければならない。そして、彼が殺されたのはそれが理由なのかを知りたい」

「そんなはずないわ」

「なら、ローズ・ニューサムは何も心配しなくていいわけだ。あす、ぼくがあの住所に行っても、なんの問題もないんだから。彼女の出身地で、穴に埋められた何かを掘り返しても――」

「スクールキル」わたしは言った。彼女が決まり悪そうに話してくれたことを思いだした。「彼女はスクールキル出身よ。名前はローズ・クーガン、出身はスクールキル。彼女はひとりの人間よ、ミスター・ビーハン」

「わかった。それならぼくといっしょに行って、彼女がほんとうはどんな人物だったのかをつきとめよう」

「どこに行くの？」

「メイルスが教えてくれた住所だ。それか、スクールキル。どちらでもいい。両方でも」

わたしはためらった。渋々と認めるなら、メイルスの話を聞いて、いくつもの疑念が現れていた。ローズの生い立ちに後ろ暗いところはないだろう。ただ、ノリーは何かあると思っていたはず。彼女が、好ましい四百の家柄の出身ではないから。でも、小切手の名前がちがっていたのは、何か理由があるのか、それとも銀行員がうっかりしただけなのか、どうしても知りたいと思った。

それに、つきつめればビーハンは正しい。わたしは仕事を中途半端にしておきたくない。「スクールキルが先」ノリーがはじめたところからは、はじめたくなかった。彼が用意してくれた道をたどるだけという気がしたから。

わたしはラムゼイ夫人の家をふり返った。「もう、行かないと。ラムゼイ夫人がベンチリー氏に、無責任なメイドを娘に付けているのはどうしてかと問いただしているところは見たくないから」

16

つぎの日、わたしが言い張ったこともあって、ビーハンとわたしはまずフィラデルフィアの市庁舎に行って、ロバート・ノリー・ニューサム・ジュニアに対して結婚許可証が発行されていないことを確認した。

それから、スクールキルへの旅がはじまった。

わたしたちは列車で行くことにした。ひとりで坐っていたかったけれど、ビーハンは何も訊かずにわたしの隣に坐った。でも、彼はメモを書くことに没頭していた。今回ばかりは話したい気分ではないようだった。

三十分もしないうちに、窓から見える風景はすっかりいなからしくなった。フィラデルフィアという市《まち》を囲んでいた気取った地域は、はるか遠くだ。列車が何十キロ走っても、見えるのはジャガイモ畑とどこまでもつづく淡い青い色の空だけだった。またあるときは両側を木々にはさまれ、静寂に呑みこまれた。とつぜん、自分はあらゆる点でひとりきりだという感覚に襲われた。たったいちど、思い切り息をはけば、このからだを離れていけるような気がした。わたしは頭を傾けて空を見た。気づけば、まったく何もしないで二時間が過ぎていた。

「ただの木だよ」ビーハンがそう言う声が聞こえた。

「あなたにとってはね」わたしは景色から目を離さずに言った。

スクールキルに近づくにつれ、景色は変わっていった――ただ、よくなったわけではない。列車を降りると、ここはほんとうに駅なのかと訊きたい衝動に駆られた、駅らしいところといえば、板が歪んだ壊れかけのプラットフォームと、無人の改札だけだ。でもそのとき、屋外のトイレから駅長がもどってきた。

駅長が呼んでくれた馬車で、わたしたちは町なかへ向かった。道中はでこぼこで、岩や深い水たまりで馬車が跳ねるたび、ビーハンは呪いの言葉をつぶやいた。木々がまばらになってきた。地面には泥や低木の茂みや切り株など、さまざまなものが見える。御者はこの景色に馴染んでいた。やせすぎで、全身がすじのようだった。不揃いに生えたひげは白く、目は深いしわのようになっている。三十歳から九十歳のあいだなら、何歳と言っても通りそうだった。

途中、ビーハンが訊いた。「ブリッグスという一家を知りませんか？」

御者はふり返らなかったけれど、きっぱりと首を横に振った。

「では、クーガンは？」つぎにわたしが訊いた。

今度は、御者は首を振ることさえしなかった。

目抜き通りにはレンガ造りの建物が建ち並び、いろいろな店舗の正面に沿って、木製の通路が設《しつら》えられていた。電柱がそこかしこに立ち、現代的なようすが感じられるところもあった。でも、ほとんどの家は粗末だった。切り出したばかりの木材であわててつくったもののどこも隙間だらけで、おかげで風がまともに家のなかに吹きこんできそうだ。みすぼらしい服を着た女性や子どもたちが、通りすぎるわたしたちをじろじろと見た。ある店の店主が外に出てきて、わたしたちを品定めした。年配の男性はもっとよく見ようと、くわえていたパイプを置いた。ほかの男のひとたちは、どこにいるのだろう。

ビーハンは御者に余分に料金を払い、待つようにと頼んだ。それからわたしのほうを向いて言った。「ローズ・ブリッグスはたいした出世をしたってことだね？　何かしらの知恵があるひとなら、すこしでもはやくこの土地を離れるだろう。ここに残っているのは、頑固者と、まだおっぱいを飲んでる赤ん坊だけだ」

視線をその頑固者と赤ん坊のほうに向け、話を聞かれているかもしれないとビーハンに示しながら、わたしは言った。「ブリッグスの家を知っているか、あのお店のひとに訊いてみましょう」

そこは雑貨屋で、缶詰から小麦、ハンマーからオイルクロスまで、なんでも売っていた。ビーハンは店主に近づいた。砂色の髪をしたやせた男性で、四十代に見えるけれど、髪はすでに両耳のところまで後退している。ビーハンは賄賂代わりにキャンディひと袋を買ってから訊いた。「ブリッグスの家を探しているんだが」

店主はかぶりを振った。「そんな家は知らないね」

わたしとビーハンは顔を見合わせた。わたしはもうひとつの名前で訊いた。「クーガンの家は？」

店主は険しい目でこちらをじっと見た。わたしはうろたえながら言った。「この町に住んでいたんですね？」

「ああ、住んでいた」店主は答えた。それから、指で示しながら教えてくれた。「左に曲がって、道のはずれまで行く。そのまま進んで丘をのぼるんだ。二キロも行かないうちに、屋根に風見鶏がのった白い建物が見えてくる。そこを右に曲がって五百メートルほど行ったところに、その家がある。右側に並んでいる三軒目だ。なんでクーガンの家に興味があるのか、訊いてもいいか？」

ビーハンは、いらぬお節介だと言いたげに肩をすくめた。

店の外に出ると、ビーハンは子どもたちにキャンディを配った。なんの気なしにやっていたけれど、子どもたちをからかうようすに、彼には弟や妹がいるにちがいないと思った。あたりを見回すと、ひとを不安にさせる何かがあるように感じられた。貧しさだけではない。それなら、ニューヨークでも目にしている。この町はしずかで、まるで死刑を宣告されたみたいだった。たぶんビーハンは正しい。その気があれば、誰でもこの土地を出ていっているはず。そして残っているのは……遺族――おかしなことに、その言葉が頭に思い浮かんだ。

そのとき、馬車を呼んでくると言うビーハンにキャンディの袋を託された。わたしはキャンディをひとつ、少女に渡しながら訊いた。「お母さんはお家にいる？」

少女はうなずいた。

「お父さんは？　お仕事に行ってる？」

少女はまた、うなずいた。

「どんなお仕事をしているの？」

砂糖の塊を取りこんだ少女は、愉しそうにしゃべった。「お父さんはシック――」

でも、少女ははっきりと口にできなかった。口のなかでキャンディを転がしながら、なんとか最後まで言った。「――シニー」

そのとき、どこでクーガンという名前を耳にしたのかを思いだした。


「彼女の父親はシックシニー炭鉱の責任者だったの」馬車を待つあいだ、わたしはビーハンに言った。「会社は事故の責任を彼に押しつけた」

「いまは、どこにいるんだろう？」

わたしはかぶりを振った。「さっきの店主は、一家はここに住んでいたけれど、いまはもういないと言っていたわね。彼らがどこに行ったかを知っていそうな隣人を訪ねてみましょう」

「父親はまだ生きていると思う？」

「ローズの両親は死んだと思われている。ローズ自身は、子どものころに父親を亡くしたと言っていたわ。とはいえ、いまなら彼女がどうしてそう言うのか、わかる気がする――それに、どうして名前を変えたかも」

ノリーもはるばる、ここまでたどりついたのだろうか？　あるいは、もっと先まで行った？　クーガン氏を見つけられた？　そのことでローズ・ニューサムを脅迫しようとした？　ビーハンもおなじ線で考えているのがはっきりとわかった。「ノリーはここまでやってきたと思う？」

「わからない。ローズさまがどこの出身か、知らなかったかもしれないし」

「彼女の夫は知っているだろうか？」

わたしは頭を横に振った。「ほんとうにとつぜんの結婚だったの。その時点でニューサム氏がローズさまについて知っていたのは、〈フィップス女学院〉の生徒だということだけだったから、みんな怖がっていたわ」パーティで見かけたニューサム氏を思いだした。顔を真っ赤にしていた。ややこしい話にがまんできる男性ではない。「ローズさまが事実を話したとは思えない。ほんと、どうして話さなくちゃいけないの？」すこしのあいだ、わたしは自分の父親のことを考えた。ざらざらしたウールの感触を頭から追いだすと、彼も消えた。

「この国では、誰もがかんたんに消えるのよ」

くたびれた馬がぱかぱかと蹄《ひづめ》を鳴らしながらやってきた。ふたりでまた、馬車に乗りこんだ。わたしが想像をたくましくしているだけかもしれないけれど、御者の首はさっきよりも緊張しているように見えた。立ち並ぶ家々は町の中心を離れるほどに洗練されてきて、安心して見ていられた。ほとんどの家が、青や白のペンキで塗られたばかりに見えた。窓にはカーテンがかかり、フェンスはきちんと手入れされ、冬の面影が前庭に残っている。裏庭で、女性が高価そうな絨毯を力まかせに叩いていた。

かつてのクーガンの家は、こぢんまりとした立派な二階建ての家だった。窓に汚れはなく、ポーチはほうきで掃かれている。だいじにされている家だ。ビーハンがベルを鳴らすと、なかから女性の声が聞こえた。

女性がドア口に現れると、ビーハンは帽子を取った。「すみません、マダム。おじゃましてしまって。ただ、以前こちらに住んでいた一家の居場所を知りたいのですが」

女性は警戒している――でも、彼女を責めることはできない。

「名前は？」

「クーガンだと思います」

警戒が嫌悪へと変わった。「クーガンなんて一家は聞いたこともないし、どこに住んでるかも知りません。それでは」

ノリーのことを尋ねる間もなく、女性はドアを勢いよく閉めた。

負けたとでも言いたげに、ビーハンは家の前のステップをおりた。「さて、どうしようか？」

わたしはきょろきょろと、通りに視線を走らせた。「誰かが知っているはずよ」

「炭鉱の町だ、ずっとここに住むとはかぎらないんじゃないかな？」

「このあたりの家で暮らしているひとたちは住んでるじゃない。心配ごとのない、落ち着いたひとたちよ。長く住んでいそうなひとはいないかしら?」

ふり返り、わたしは家の外観をじっくりと見た。この周辺に住むひとは、買い物はすべて先ほどの雑貨屋でするか、おなじ通信販売のカタログで注文するだろう。ひとつひとつの家を見分けられるものは、ほとんどない。そんなとき、すてきなレースのカーテンがかかった、こぢんまりとしたかわいらしい家が目に留まった。カーテンは洗濯され、アイロンがかけられている——ただし、新品ではない。正面玄関のドアは上質の真鍮だけれど、磨いたほうがよさそうだった。フェンスの塗装は剝がれていた。屋根はもっとひどいありさまだ。誰が住んでいるにしろ、そのひとの好みは洗練されている。ただ、家を適切に修繕する資力が足りないだけで。その資力というのは金銭面か——あるいは体力面だ。カーテン越しになかを覗くと、そこはダイニング・ルームだった。きれいに磨かれた、ちょうどいい大きさのテーブルがあり、ドライフラワーの花束が飾られていた。年配の女性がひとりで住んでいる、とわたしは確信した。

「あの家」わたしは言った。ビーハンは門を通ってすばやくステップをあがると、呼び鈴を鳴らした。じりじりと時間が過ぎる。

「留守みたいだ」

「待って」わたしは声をひそめた。「時間がかかっているのかも」

そのとおりだった。木の床を突く杖の音がして、か細い声が聞こえてきた。「いま、行きます」

それからドアがあき、白髪の小柄な女性が現れた。セーターの上にショールをはおう、厚手のウールのスカートを穿いていた。大きな目は青色だったけれど、片方には薄い膜がかかっているみたいだった。

「おじゃまして申し訳ありません」ビーハンが言った。「ある家族を探しているんですが、ひょっとしてご存じないかと思いまして」

彼女のいいほうの目がきらりと輝いた。「どちらのご家族？　わたしはここに三十年も住んでいるのよ」

「クーガンです」

彼女は杖にからだを預け、ため息をついた。

「ご存じですか？」

「ええ、知っていました」そう言って、杖を居間のほうに向けて振った。「どうぞ、お入りになって」

小さいけれどくつろげる居間に、三人で腰をおろした。年配の女性は、ソーズキル夫人だと自己紹介した。「おもしろいわね。あなたのようなひとは、もう何年も訪ねてこなかったのに」

そう言って彼女はビーハンを見た。彼は暖炉の火に近づけるぎりぎりのところまで近づいて坐っていた。「ぼくのような、とは？」

「新聞記者よ。炭鉱の事故以降は、ひとりもきていないけれど」彼女は上階《うえ》を指さした。

「あのころは、新聞記者に部屋を貸していたの。いまとなってはいい思い出だわ。この町で炭鉱の仕事をしていない男性は少ないけれど、夫のアイザックはそのひとりだった。それに子どもがいなかったから、わたしたちにはそこまでつらい状況ではなかったの」

「このひとは新聞記者です」わたしは言った。「でも、事故のことを訊きにうかがったのではありません。わたしたち、クーガン家と連絡を取りたいんです」

「そうね、あなたが記者ならクーガン氏に何があったか知っているでしょう」ソーズキル夫人が言った。ビーハンは首を横に振った。「会社は彼に事故の全責任を押しつけた。お酒を飲んで職務を怠ったとして、彼を解雇した。話によると、予算を炭坑内の坑道を補強するためには使わず——自分のポケットに入れていたとか。刑務所に行ったという噂もあったけれど、彼が職を失うと、会社の上層部はこれで終わりにしようと判断したんでしょうね」

「炭鉱が崩れるまえから、彼がお酒を飲んでいたのは知っていました?」わたしは訊いた。

ソーズキル夫人は考えこんだ。「いいえ、そう言われてみれば知らなかったわ。でも、ひとはそういうことはずっと隠しておくものでしょう——事故のあとに飲みはじめたとしても、誰にもわかりませんよ。このあたりの住民のせいで、あの一家はつらい時期を過ごしましたから。家の窓に石を投げつけられたり、通りで罵声を浴びせられたり」

「どうして引っ越さなかったんでしょう?」ビーハンが訊いた。ノートを取り出していたことに、わたしは気づいた。

「どこに行っても仕事が見つかりそうになかったからでしょうね。奥さんと娘さんが町を出ていったのは、彼が亡くなってからよ」

この話をビーハンがノートに書きつけているあいだ、わたしは訊いた。「ローズ・クーガンのことは知っていますか？」

「娘さんでしょう？」

わたしはうなずいた。

「たいへんかわいらしい子よ。お父さんがお酒を飲んで通りをふらふら歩いていると、倒れないようにと彼女がその手を握っていたのを憶えているわ。哀しい光景だった」

わたしは若いときに父を亡くしたの。まるで、この世の終わりみたいな気がしたわ。

ローズの言葉が思いだされた。「父親はどうして亡くなったんですか？」

「つまらない原因ですよ。彼はお酒を飲んでからだを壊し、一家の重荷になった。家のお金をぜんぶ持ち出して使い切ってしまうと、奥さんの持ち物を質屋に持っていった。彼女の尊厳の最後の一片まで奪い、惨めさとジンのなかに沈めたのね。そして自分の頭に銃をつきつけて、撃った。打ちひしがれた奥さんと、まだ手のかかる娘を残して。奥さんはべつの町で、どこかの百貨店の仕事をはじめたんじゃなかったかしら」

「その母親は、まだ存命でしょうか？」ビーハンが訊いた。

「どうかしらね。引っ越してから、いくらかのお金を手にしたとは聞いたけれど」

わたしとビーハンは顔を見合わせた。「それで、娘は？」わたしは訊いた。

ソーズキル夫人はかぶりを振った。「何も耳にしていないわ」

話が終わってドアに向かったところで、肩をすぼめるようにしてコートを着ていたビーハンがとつぜん訊いた。「その百貨店の名前は憶えてます?」

「憶えていますよ」記憶力がおとろえていなくて鼻が高いとでもいうように、夫人は言った。「〈ワナメイカーズ百貨店〉よ」

「いまでも彼女は無実だと思ってる?」

スクールキルの朽ちたプラットフォームをゆっくりと出発した列車は、いま、スピードを上げていた。町が視界から消えていく。まだ午後の早い時間だったけれど、すでに影が落ちはじめていた。ラムゼイ夫人の家にもどるころには、すっかり暗くなっているだろう。日中の太陽がないと、いっそう寒々しい。そのうえ列車の暖房器具には、乗客を温めようと努力するようすがまったく感じられなかった。

ようやく、わたしは答えた。「父親の復讐のためにニューサム家の息子を殺そうと、彼女はあえてロバート・ニューサムと結婚したと考えているの? しかも、行動を起こすのに十年以上も待ったと?」

「それよりまえだと、幼すぎて機会がなかったんだろう。でもここにきて、例の脅迫状が完璧なカモフラージュになった。もしかしたら、彼女自身が書いたのかも。そう考えたことはない?」

「自分の結婚式の夜に夫の頭を叩き割るだけでよかったのに、どうしてそうしなかったのかしら？」

「それは避けて、財産を相続したかったんじゃないかな」

「まだルシンダ・ニューサムがいるわね」

「いまのところは。で、ローズ・ニューサムのようすは、どう？」

「元気にしてるわ」わたしはぼんやりしながら答えた。そのとき、〈フィップス女学院〉の生徒の言葉を思いだした。犯人を探すなら、そういう性格の曲がったオールドミス予備軍のひとを当たらないと。ルシンダのような地味でまじめな若い娘にとって、学校はとんでもない地獄だったにちがいない。では、愛らしく溌溂《はつらつ》としたローズ・クーガンにとっては、もっとましだった？　ふたりは友だちだった。いま、ルシンダはローズをひどく嫌っている。

いまのわたしたちのように、列車で町を離れたときのローズの気持ちを考えた。うれしかった？　ほっとしていた？　町を離れることは、またひとつ何かを失うように感じた？　それから十年ほどで、ぜいたくな庭園でフランス製のシガレットを吸いながら、使用人と話すのがいちばん落ち着くと告白するなどと、すこしでも考えただろうか？

列車が駅に着き、ドアがあいた。身を刺すような風が車両のなかを吹きぬけた。わたしは寒さに首を縮めた。

「ほら」ビーハンは身をくねらせるようにしてコートを脱ぎ、わたしに差し出した。「これを着るといい」

「でも、あなたが寒いでしょう」

「三十分交代で着よう」そう言って彼は、わたしの膝にコートを置いた。「さあ」がちがち鳴らないように歯を食いしばっていることに気づいて、わたしはコートをはおった。どっしりとしたウール製で、心地いい重さがあった。タバコのにおいと、男性が髪を切っているところを思い起こさせるにおいがした。石鹸と、髪が持ち上げられて剝き出しになった、温かなうなじのにおいだ。

寒さに自分のからだを抱きしめなくてもよくなり、筋肉がほぐれた。わたしはもごもごと言った。「ありがとう」

そして、あっという間に寝入った。

目を覚ますと、すでに夜になっていた。ちょうど小さな町を走っているところだった。遠くに家の明かりが見える。でも、大地は見わたすかぎり暗闇で、空はどこまでも真っ黒だった。そのせいで、景色ははっきり見えない。何もないところで迷子になったような気がした。

一瞬、恐怖に襲われ、わたしは訊いた。「いま、どのあたりかしら?」

「一時間くらいは乗ってるね」

「一時間——いま、何時?」

「もう七時になる」ビーハンはわたしをちらりと見た。「何か心配ごと? きみは善悪の区別がつかない親戚といっしょだと、ラムゼイ夫人にそう思われることとか?」

「彼女がベンチリーのひとたちに何か言いつけたら?」

「ミス・プレスコット、ベンチリー家はきみをクビにしない。ベンチリー氏と十分話しただけで、はっきりとわかった。彼は気性の激しい義理の姉よりも、きみのほうにずっと敬意を払っている」そう言いながら、ビーハンは自分で書きつけた内容に顔をしかめてからノートを閉じた。「それにきみがいなくなったら、あの家のひとたちは誰に起こしてもらって、誰にトイレの世話をしてもらうというんだい？」

わたしはほっとして、座席にゆったりともたれた。「あなたがコートを着る番よ」

「ぼくなら、だいじょうぶ。そのまま着てて」わたしのほうを向いて彼は言った。「ちょっと訊きたいんだけど、ミス・プレスコット——というか、ジェインと呼んでもいいかな？」

わたしはこの紳士のコートを着ている。だからこう答えるのがフェアな気がした。「もちろん」

「ジェイン、どうしてローズ・ニューサムは無実だと信じたいんだい？」

わたしの一部はずっと、自分はあなたたちのなかのひとりだと思っているわ。ローズはそう言った。そして、じっさいにそうだった。かわいそうな少女。

わたしはビーハンに言った。「彼女が貧しく、玉の輿に乗ったことが罪だというなら、殺人という罪も犯していると思うなんて、わたしにはわからない」

「彼女の父親の身に起こったことは、じゅうぶんに動機になると思うけど」

「結婚して一年以上、何もしなかったのよ。それに、どうして殺す相手がノリーさまなの？ニューサム氏を殺すというなら、そのほうがずっと筋が通りそうじゃない。父親の人生を壊した責任はニューサム氏にあるんだもの。それにあなたも言ったように、財産のこともある」

「ローズ・ニューサムがほんとうは誰なのかをつきとめたノリーが彼女を脅迫したというのは、ありそうなことじゃないか？」

「それは、わたしも思ったわ。でも、よく考えて。彼女の身元が明らかになったら、ほんとうに困るのは誰？　だから、ノリーさまは父親に話す。ニューサム氏には何ができるかしら？　彼女と離婚する？　そんなことをしたら、世間にあの事故のことを思いださせるだけじゃない。ニューサム氏の利益になんかならない。ノリーさまが誰かに話したら、ニューサム氏は永久に息子と縁を切るでしょうね。考えればわかるわよ、父親がハワード・クーガンだとばらされたからといってローズさまがノリーさまを殺すなんて、わたしには考えられない」

「なら、彼はほかのこともつきとめたんだろう」

「たとえば、どんなこと？」

「わからない。でも、彼女の母親は仕事を見つけたといっても、それは〈ワナメイカーズ百貨店〉だ。百貨店の給料で、どうやって娘をあんな金持ち学校に通わせられたんだ？」

「後援者を追跡するつもりね」

「そうだ」

わたしはビーハンのコートのボタンを指でいじった。しっかり縫いつけられているけど、糸の始末はきちんとされてない。「ミスター・ビーハン。あさましい秘密を追うのもいいけれど、ひとつ単純なことを忘れてるわよ。無政府主義者がニューサム家に危害を加えると脅してたじゃない――そしてじっさい、ノリーさまは亡くなった。刺激は少ないけれど、こっちのほうがよほど真実に近いと思う」

こんなことを言うなんて、最悪の気分だ。立ち上がってぎこちなくあいさつするポーリセックの顔が心に浮かぶ。おじさんのレストランのドア口に立ち、うつろな表情でわたしを見ていたアナのことが思いだされる。ニューサムの事件が解決するまでは会わないほうがいいと、彼女は冷静に言った――その言葉は、あらゆることをひとつの方向に向けた。

「その説が当たってほしくないみたいだね」

図星だった。「何が言いたいの？」

「いま、そう思った。〝無政府主義者〟と言うとき、たいていのひとは糾弾することが正しいと思っているような口調になるけど、きみにはそれがなかったから。ミス・プレスコット、ジェイン？　誰か無政府主義者を知っているね？」

「女性だけが私生活を尊重される権利がないとでも思ってる？　それとも、いまみたいに私生活に立ち入る相手が男性だったら、新聞社からはお給金をもらえないの？」

「きみのことを知りたいだけだ。無政府主義者なら、どこからともなく現れてここペンシルヴェニアまではやってこないだろう。それも、ベンチリーみたいな一家を助けようとするために。むしろきみのような立場ならどこかにネタを売って、つぎの日には仕事をやめるさ。シャーロット・ベンチリーがニューサムのブタを殺したと思われることが、きみにとってなんだというんだ？」

「世間は、ほんとうにシャーロットさまが殺したと思っているわけじゃないから。ただ、彼女のことが気に入らないだけ。正義じゃなくて憎しみなの。それに、わたしはルイーズさまのことが好きよ。彼女は夫を見つけるのに、それは苦労している。ルイーズさまにとっても、殺人の疑いのかかった妹がいないほうがいい」

「ルイーズ・ベンチリーが夫をつかまえられるかを、どうしてきみがそんなに心配するんだい？　きみ自身はどうなの？」

ある記憶がよみがえり、何もないところで足をすくわれたように感じた。一瞬、自分はひとりきりだという感覚に襲われ、胃が沈んだ。

「とくにほしいとは思わないわ」

「何か聞いてほしいんじゃないか？」

「いいえ」

「へえ、誰かいいお相手がいるんだね。クリームの瓶を余分に配達してくれる牛乳配達人かな。それとも警察官か――きっと、そうだね。ベンチリー家が巡回区域の、立派な人物。頬はピンクで、しっかりした目的意識があり、瞳は輝いて……」

「あのあたりで、警察官はそれほど見かけないわ。それに見かけたって、あのひとたちは酔っぱらってる」

「では、運転手かな？」

「オハラ?」わたしは声を上げて笑った。

「どうしてそんなふうに言うんだい?」

「何を?」

「〝オハラ〟って、ばかにして。玄関マットの代わりに、彼の上で靴の泥を拭うみたいに」列車がカーヴに差しかかった。ビーハンが座席の上でかすかに傾いた。「あのアイルランド人が好きじゃないんだね、ちがう?」

偏見を持っていることを責められ、わたしは戸惑った。「彼のことをよく知るなんて、とてもじゃないけどできないわ」

「そして、知るつもりもない。ぼくにはわかる。きみは、どこの立派な湿地の出身だっけ?」

「……スコットランドよ」

「ああ、どおりで。イングランドやほかのちゃちなところよりも、ずっとお高く止まっているところか」

無礼な言葉は無視して、わたしは言った。「アイルランド人というより、ローマ・カトリック教会が……」

「気をつけて。ぼくはカトリック信者だ」

「そう」それからわたしたちは黙った。「コートを返してほしいのね」

「いや」彼はすこしだけ笑顔を見せた。「ぼくがここに坐っているのは、道徳的な潔白さと自己犠牲の精神を示すためだ。それが、ぼくの信仰の証だ。もしプロテスタントだったら

──コートを返してもらおうとするだろうけど」

町の中心部に到着する直前、列車はある駅で長めに停車した。ビーハンは列車を降りた。〝何かお腹に詰めこんで、先端を空っぽにしてくる〟ということだった。その駅は納屋以上のものではなかったので、わたしはそのまま車内にいた。ビーハンはなかなかもどってこなかった。不安になって駅舎のなかに行くと、彼は電話をかけているところだった。駅員のむっとした表情からすると、ずいぶんと長くしゃべっているようだ。

わたしに気づくと、ビーハンは電話口に向かって言った。「もう、行かないと……」

列車にもどってから、わたしは訊いた。「ベンリチー氏と話してたの？」

「いや、ちがう」


夜もすっかり遅くなってラムゼイ夫人の家に着くころには、わたしはすっかりくたびれはてていた。だから、ルイーズが起きてわたしを待っていたことに驚いたし、すこし苛立ちもした。彼女はきっと、『天路歴程』の内容に負けないくらい、長く苦しい午後を過ごしたのだろう。でも、詳しいことをいちいち訊く忍耐力はもうない。わたしは気持ちを引き締めた。でも、ルイーズはこう言っただけだった。「何があったか、聞いて驚かないで！」

「何があったんです？」

「ミスター・ニューサムのこと。あなたが出かけたあと、お母さまから電話があったの」

「それで？」

「ノリーが亡くなってからの彼のようすは、あなたも知ってるでしょう――弱ってるし、動揺してるみたいじゃない？」

わたしはうなずいた。

「それで、お医者さまが落ち着かせようと、鎮静剤を服《の》ませたんですって。でも誰かがまちがえて、彼は服みすぎたの。危うく死にかけたのよ。すんでのところで、近侍（主人の身の回りの世話をする男性）が気づいたらしいわ。怖ろしくない？」

「怖ろしいですね」わたしはおなじように答えながら、こんなに疲れているのに今夜は眠れないことを悟った。

17

つぎの日、わたしとビーハンはローズの後援者――というか、すくなくとも後援者の弁護士――を探しに出かけた。メイルスから聞きだした住所をたよりに、金融地区の〈スタッドラー・アンド・カー法律事務所〉に向かう。チェスナット通りに並ぶビルのなかでも、古くからある赤レンガ造りの落ち着いたビルを見下ろすように建つひときわモダンな建物の七階に、その事務所は入っていた。エレヴェーターで上にあがるあいだ、わたしはビーハンに訊いた。「弁護士は話してくれると思う？　わたしたち、顧客である後援者の名前さえ知らないじゃない。そのひとが以前、小切手を書いていた少女の名前しかわからないのに。きっと、少女のことだって憶えていないかもしれない。その後援者は……何人も子どもを援助していて、彼女はそのなかのひとりかもしれないし」

「ノリー・ニューサムが弁護士の記憶を呼び起こしたって、そんな気がしている」ビーハンは言った。

ニューサム家ほどの裕福な一族のひとりが訪ねてきたら、どの弁護士事務所も面会を断りはしないだろう。すくなくとも、弁護士がノリーに何を話したかはわかるかもしれない――

あるいは、何ひとつ話すことを拒んだ、ということが。わたしは、拒んでいてくれたらと願っていた。ニューサム氏の災難のことは、ビーハンに話さないと決めていた。太陽の下では、どんなことも事故になるかもしれないと思ったから。鎮静剤は扱いにくい。住みこみの看護婦の責任は重いけれど、わたしはニューサム家でそんな看護婦を見かけた記憶はなかった。

事務所のひとたちは洗練されてそれなりの地位にいるけれど、最上層に属してはいない。だから受付デスクに近づきながら、自分がおかしなことをしている気持ちにはならなかった。それでもさしでがましい事務員は、どんな用件で訪ねてきたのかを知りたがった。わたしは身を乗り出して言った。「こちらの弁護士のおひとりを薦められたんです。その方とお話ししたいのですけれど」

事務員は、このふたりが弁護士費用を払えるかどうか怪しいものだと思っていることを隠そうともしない目つきで、眼鏡越しにわたしたちをじっと見た。「その弁護士の名前をお願いします」

「ミスター・グレゴリー・ギルフォイルです」

事務員は眉をひそめ、視線をわたしからビーハンへと移し、それからまたわたしにもどした。すでに退職した弁護士の名前を言ってしまったのだろうか――でなければ、このビルの管理人の名前か。

「わたくしどもの依頼人のおひとりが彼を推薦した、とおっしゃいました？」

てくれました」

「はい」ビーハンはきっぱりと言った。「ロバート・ノリス・ニューサム・ジュニアが薦め

事務員に行動を起こさせたのは、その若者の富だったのか、死だったのか。わからない。

でも、彼はしばらく待つようにと言い、黒いオーク材のドアの向こうに姿を消した。

「グレゴリー・ギルフォイルの手腕は、それほど評価していないみたいね」わたしは言った。

「でも、ニューサムの名前を聞いて反応した」

数分後、事務員がもどってきた。「申し訳ありませんが、ギルフォイル弁護士はいま、事務所におりません」

あきらかに嘘だ。ここには玄関は一カ所しかなく、ひとの出入りにはこの事務員が目を光らせているだろうに。

「面会の約束はできますか？」わたしは訊いた。

「現時点で、彼は依頼を引き受けておりません」そう言って事務員は、デスク周りの書類をあれこれ入れ替えはじめた。わたしたちの視線を避けるためだけに。

「彼からの伝言はそれだけですか？」ビーハンが訊いた。事務員は彼をじっと見つめている。

「ああ、そうでした、忘れていました。彼はいま、いないんですよね。ではお訊きしますが、ニューサム氏が訪ねてきたときはいたんですか？」

「わたくしの口からは……」

「十二月に、彼はニューサム氏と面会しましたか？」わたしは訊いた。事務員がはっきり口

に出って答えないだろうとは思っていた。でもその驚いたようすから、ギルフォイル弁護士はノリーと会ったと確信した。

「お引き取り願います」彼は言った。

「慈善団体の者です、とでも名乗ればよかったわね」外の通りに出ると、わたしは言った。「困窮している事案があるので、その後援者と話したいとでも言っておけば、ノリーさまの名前を出すよりも怖がらせることはなかったんじゃないかしら」

「慈善団体だなんて名乗ったら、すぐに放り出されていたさ」ビーハンは通りに視線を落としながら言った。「さて、どうしようか？」

ふたりで何ブロックかを歩きながら、考えた。ギルフォイル弁護士と会えなければ、後援者の名前を知ることも、ローズ・ブリッグス（あるいは、クーガン）についてノリーに何を話したかも、知ることはできない。地元の有力者に知り合いはいないか、ラムゼイ夫人に訊いてみようかと考えていると、ビーハンが急に足を止めた。

「あの百貨店の名前はなんだった？　例の老女が話してくれた、ローズの母親が仕事を見つけたという店の名前は？」

「〈ワナメイカーズ百貨店〉よ」

彼は指で示した。わたしたちはその百貨店を目指し、通りを渡った。

そこは男性向けの売り場ではない。スクールキルを離れたあとのクーガン家について知りたいなら、それを尋ねるのはわたしの役目になった。あらかじめビーハンと話し合ったとおり、なんでも知っていそうな女性店員を探して、わたしは通路をうろうろした。その店員は、台の上のシャツウェスト（ワイシャツに似た女性もののブラウス）を整えていた。歳は四十代前半くらい、ぽっちゃりとして、どちらかといえば上品な印象だ。彼女に近づき、わたしは声をかけた。「すみません」

彼女はふり返った。「はい。なんでしょう？」

「ここで働いている女性を探しています。というか、以前働いていた」

笑顔がぼやけた。でも、消えてはいない。「誰のことです？」

「ミセス・クーガンです」わたしは言った。「もしかしたら、ブリッグスという旧姓を名乗っていたかもしれません。夫を亡くしているので」

すぐに反応があった。彼女ははっきりと驚き、目を見開いた。「あら、彼女は数年まえに天国に旅立ちましたよ」

「彼女のことをご存じだったんですか？」

「ええ、知っています」そう言って店員の女性は、客が乱したままにしていったブロケード織りの巻き布を手に取った。

「彼女のことは好きでした？」

「好きとか好きでないとか、口に出すべきことではありません」

わたしは用意してきた話を披露しはじめた。「わたしの母が少女時代、彼女と友人でした。フィラデルフィアに行ったら、ぜひとも彼女に会ってほしいと母に言われたんです。最後に消息を聞いたときは、いくらかまとまったお金を手にしたというような話だったんですけど」

店員は哀しげにほほえんだ。「彼女はお金を手にしたのではなくある男性に出会ったんですよ」

「再婚したんですか？」

「結婚したとは言っていません」彼女は手にした巻き布を巻き直しはじめた。居心地の悪さを、ブロケードの布で紛らわそうとしているようだった。「あの男性は、結婚するようなタイプではありませんでした」

このときになって、ローズ・クーガンの後援者が頭のなかではっきりとその姿を現した。外見はわたしのおじとはちがい、いかにもお金を持っていそうな、身なりをきちんと整えた年配の男性。神から与えられた恵みを、恵まれないひとたちに分け与えることで善行を積もうとするのは、お金持ちの人びとのあいだではよくある話だ。わたしはようやく、自分が大きなまちがいをしていたことに気づいた。

かぶりを振りながら、店員の女性は言った。「この話をするべきではないとは思います。彼女は、わたしにだけ話してくれたんですから。とてもひどい話でした。どうして夫が浴びるようにお酒を飲むようになったのか、どんな最期を遂げたのか。そう……わたしたちにはいくつか共通点があった、と言っておきましょう。まあ、わたしの試練はまだ、つづいていますが」

だから、彼女のような女性が百貨店で働いているのだ。夫が飲んだくれだから。

「希望はありますよ」わたしは言った。

彼女は笑顔を見せようとした。「気の毒な彼女には娘がいました。ただ、彼女が快適な暮らしを求めていることはみんなが知っていました。何を犠牲にしても、それをあきらめることはしなかった」

「ひょっとして、お相手の紳士は親切心で……」

「彼は紳士でもなければ、親切でもありません。紳士が、閉店後に運転手付きの車を寄こしますか？　まるで彼女が……いえ、たぶんそうだったんでしょうね。週にふた晩、彼女はそのひとの家に行っていました。かわいそうに、娘も連れられて。預けられるひとがいないと言っていましたけど。でも母親なら誰でも、預け先がなければ自宅でいっしょに過ごすんじゃないかしら」

「娘さんも行きたがったのかもしれません」わたしは言ってみた。

その言葉に彼女は怒った。腰のところで拳をにぎって言った。「行きたくないと言っているところを見ました。そう言って、泣きだしたんです。そうしたら――彼女は娘に怒鳴りちらしたんですよ。行きたくないですって？　食べられなくなってもいいの？　頭の上に屋根がなくなってもいいの？　行きたくないって、どういうつもり？　それから彼女は娘の腕をつかんで、むりやり車に乗せました」

彼女は口を歪めた。「いちど、思い切って言ったんです。自分を恥じなさい、と。そうしたら彼女は体調を崩したとかで、数カ月後に仕事をやめました。そのあと彼女が亡くなったと知るまで、あの母子がどうしていたのかはわかりません」

「紳士のほうはどうでしょう？　名前は憶えていますか？」

「彼女はけっして言いませんでした。でも運転手が彼女に、ミスター・ファラガットは待たされるのが好きじゃない、と言っているのを聞いたことがあります」彼女の手は巻き布の上をさまよっていた。きちんと巻かれて、これ以上、整える必要はないのに。「いまでも、彼女の娘のことを思いだします。とても……」

心配しなくてもいい、と言いそうになった。その子なら、すばらしい相手と出会ったから、と。でも、すぐに思い直した。ほんとうに、そうだろうか？

売り場を離れるまえにわたしは言った。「最後に、もうひとつだけいいですか？」彼女は断らなかった。「ひと月ほどまえに若い男性がきて、おなじようなことを訊かれませんでした？」

そう言われて、彼女は驚いたようだ。「若い男性客はここにはきませんよ。でも、年配の男性のことはよく憶えています。シンシナティからきたとか言っていましたね。奥さまに、ベージュのかわいらしい化粧着を買っていかれました」彼女はにっこり笑った。「Lサイズの」

ビーハンとは、〈ワナメイカーズ百貨店〉から一ブロック先のレストランで落ち合うことになっていた。そこに行くまでに、自分が聞いた話を頭のなかでまとめようとした。ローズ・クーガンの母親は……いくつかの単語が現れたけれど、わたしはぜんぶ撥ねつけた……生活に必要なお金を払ってくれた裕福な男性の友人だった……。ということは、彼女だって一歩まちがえれば、おじの避難所の一室に住んでいたかもしれない。

でも、ノリーはあの百貨店に行っていなかった。だから、ローズの母親のお金の事情は知らなかっただろう。ギルフォイル弁護士が話していなければ、だけれど。ふたりの男があたりをはばからず、にやにや笑いながら話しているところが見えるようだった。あのブリッグスの奥方は、金目当てにファラガットをたぶらかしたんですね。その見返りに、奥方は何をしたんでしょうね……。

レストランに入っても、ビーハンの姿はどのテーブルにも見えなかった。わたしは戸惑い、ウェイトレスに訊いた。背の高い、黒髪の男性を見なかったか、と。〝ハンサムな〟と言いかけたけれど、ウェイトレスが「ああ、その方ならあちらに」と答えたので、言う必要がなかった。

「電話中です」彼女は指さして言った。

レストランの奥でビーハンは壁にもたれ、受話器を耳に当てていた。わたしは片手を上げ、着いたことを知らせようとした。そうしているあいだに、ビーハンの声が聞こえてきた。

「いいや、ダーリン。すぐに帰るよ。ほんとうだ、約束する。明日か、あさってには。さびしかったんだよね、ぼくもだ」

そこで彼は顔を上げ、わたしに気づいた。最後に「それじゃあ」と言って受話器を置くとき、こちらに目を向けた。まずいところを見られたと恥ずかしがっているようだけれど、はっきりとはわからない。それにじっさいのところ、それがどうだというの？　マイケル・ビーハンは結婚している。男性はだいたい、結婚している。それぐらい、気づいていてもよかった。コートのボタンがきちんと縫いつけられていたのもとうぜんだ。

互いに気まずい思いを抱え、しばらくその場に立ちつくした。奥さんの名前を尋ねようとしたところで、彼が言った。「お腹は空《す》いてる？」そこで、奥さんのことを話題にする時間は終わった。

「ということは、母親は日陰の身だったんだな」百貨店で聞いたことを話すと、ビーハンが言った。

「そんな立場でいる意味はあったのかしら」わたしは言った。「彼女はちゃんと仕事をしていたのよ。娘のことで援助をお願いしていただけなんじゃないかしら」

「あの学校だね」

「たぶん自分が死んだあと、ローズの面倒を見ると約束させたんじゃないかしら」

遠慮のない反論がくると思った。でも、彼はわたしの意見をじっくり検討した。「そう考えると、なんだか痛ましいね。〝自己犠牲の母親〟とは。でもそれが、ローズ・ニューサムにノリーの頭を叩き割らせるほどのスキャンダルになるかな？　つまり、きみは家柄の話ではないと思っているようだけど、世間は彼女に同情するかもしれない」

「ニューサム氏が、ふしだらな女性の娘と結婚したいと思うかしら」彼が薬を服《の》みすぎたと聞いたばかりだったから——知らないうちにわたしは、心に浮かんだ考えを口にしていた。「でも、彼は知らなかったんでしょうね。あの女性店員は、男性の名前がファラガットだと言っていた。彼がどこに住んでいるか、つきとめられるんじゃないかしら。ほら、ノリーさまにもできたんだから。ひょっとすると、結婚しているかもしれないけれど」そう言ってなんだか照れくさくなり、声はだんだん小さくなった。

ビーハンは気づいたかもしれないけれど、そんな素振りは見せずに言った。「もっといい考えがある。きみが百貨店にいるあいだ、弁護士事務所の入ったビルのドアマンと話したんだ。彼が言うには、ぼくたちのギルフォイル弁護士は毎日、夕方五時ぴったりに事務所を出るらしい。どうして気づいたかというと、彼以外はみんな、夜遅くまで事務所に残るからだそうだ。ということはロビーを見張っていれば、家路へと急ぐ彼をつかまえられるかもしれない」

「かもね」きのうまでのことで疲れていたのかもしれないけれど、ノリーのことでうんざりもしていた。自暴自棄になった哀れな女性たちと、そういう女性たちを失望させる男性。そして、フィラデルフィア。わたしはこの市《まち》にもうんざりしていた。ベンチリー家に帰りたかった。

それでもやはり、ビーハンについて法律事務所の入るビルまでもどり、ギルフォイル氏が現れるのをいっしょに外で待った。街頭の灯りがともるころ、最初の一団がロビーから出てきはじめた。わたしは訊いた。「どのひとか、わかるかしら？」

「ドアマンが彼の似顔絵を描いてくれた――あれだ」背の高いやせた男性に向かって、ビーハンはきっぱりと歩きはじめた。「ミスター・ギルフォイルですね？」

びくりとしてふり返ったようすから、わたしたちが先ほど訪ねてきたふたりだと気づいているのがわかる。彼は見るからに不健康そうだった。目の下のあざのような隅《くま》に引っ張られるようにして、顔全体が垂れ下がっている。帽子に触れようと上げた手は震えていた。「何かご用ですか？」

「ちょっとお話しさせてください、ミスター・ギルフォイル」

「お断りします」不安に衝き動かされるように、彼は歩きはじめた。わたしはすばやく、彼の進路に立ちふさがった。

「あなたがノリー・ニューサムと話したことは知っています」

「すみませんが、そこをどいてもらえますかな、お嬢さん」

「彼に何を話したかを教えてくだされば……」

「それはできないと理解してください」

「どうしてこんなことを頼んでいるのか、わかっているんですね」わたしは言った。

「あなたがローズ・クーガンのために小切手にサインをしていたことは知っています」ビーハンにこう言われて、ミスター・ギルフォイルはこれまでよりもいっそう動揺した。「その理由も知っています。ものすごく納得できる理由です。そのことについてニューサム氏と何を話したか、それが知りたいんです」

「できません。お願いです。失礼なことはしたくないのですが……」

「でしたら、あなたの依頼人のファラガット氏と話すのでもかまいません」わたしは言った。

その言葉にギルフォイルは凍りついた。「そんな、彼とは話せませんよ」

「どうしてです？」ビーハンが訊いた。

「亡くなっているからです」ギルフォイルは答えた。「ニューサム氏と同様、亡くなったからです。さあ、もういいでしょう――行かせてください」


怯えたギルフォイルがいなくなってどれくらいたってから、それが聞こえてきたのかはわからない。差し迫ったようすで声を張り上げる少年の声だった。わたしたちが茫然としていたからか、それとも、そういう声はよく耳にするからか、彼の声も町にあふれるほかの音――馬の蹄、車のクラクション、寒い夕方に家路を急ぐ男女が何かぼやいている声――と一体になっていた。夕刊を売ろうと声を張り上げる少年に、誰が注意を払うだろう？

でもようやく、何度もくり返されるその単語のひとつひとつがはっきりと聞き取れるようになった。「号外！　ニューサム家の殺人事件の号外だよ！　ニューサム家の跡取りが殺されて、無政府主義者が逮捕されたよ！」

なんてこと。アナ……。

18

メアリーは辞めていた。

自分付きのメイドと、（いらいらをぶつけられる）姉のどちらも家にいなかったので、シャーロットが苛立ちを向ける相手は、母親以外にはひとりしかいなかった。あら探しをされ、よくわからない用事を言いつけられ、罰を与えられた三日後、メアリーは仕事を辞めた。

ベンチリー家にもどったつぎの日の朝、朝食を食べながら、バーナデットが留守中のようすをぜんぶ話してくれた。「髪を整えるのも衣類の洗濯も、わたしにやらせようとするの。それで、文句を言うんだから。十分もしたら、手の甲で張り倒したくなったわよ」

「たぶんシャーロットさまのご機嫌もよくなるわよ、犯人が逮捕されたから」わたしは言った。

「ブラックバーン警視がきて、直接、そのニュースを知らせていたわ。彼が帰ったあと、ミス・高慢ちきは上機嫌だったわよ」

できるだけさりげなく、わたしは訊いた。「逮捕したひとの名前は言ってなかった？　新聞には書いてなかったみたい」わたしはフィラデルフィアで見つけられる新聞すべてをくまなく読んで、アナの名前を探していた。逮捕された無政府主義者のことは〝彼〟と書かれていたけれど、確証がないうちは犯人を男性と仮定しているのだろう。

バーナデットはうなずいた。「言ってたかもしれない。なんだか外国の名前みたいだった、たしか」お皿を流しに置きながら、彼女はつけ加えた。「ところで、だんなさまがお話があるそうよ。執務室で」

「いま？」

「彼らが望むのは、つねに〝いま〟よ」


前日の夜、わたしとルイーズが家に到着したときはすでに遅く、ベンチリー氏とは話せなかった。いまが報告をするときらしい。きちんと話せるよう、階段をおりるあいだ、ビーハンといっしょに手に入れた情報すべてを頭のなかに集めようとした。でもそのとき、ふと思った。これって重要なこと？　犯人は逮捕された。ローズ・ニューサムの過去に何があったかなんて――父親は誰だとか、娘に教育を受けさせるために母親が何をしていたかとか――もう、どうでもいいのでは？　ノリーは継母の過去をぜんぶ知ったわけではなさそうだ。彼女の後援者が亡くなっていることをつきとめたくらいだろう。それはたいして驚くことではない。後援者というひとたちは、いつも死んでいる――それが、彼らが世のなかに施すもっとも慈悲深い行ないだ。アームズロウ夫人だって、そうした。

ただ、後援者は自分が死んだからといって、弁護士をわけのわからない混乱のなかに放りこんだりしない。ビーハンはまさにその点を強調し、フィラデルフィアに残ってファラガット氏に何があったかをつきとめる、と宣言した。

奥さんには明日、帰ると言っていたのに、とわたしは彼に思いださせた。すると彼は黙りこみ、しばらくしてから言った。「妻はこういうことには慣れている」

それからビーハンはわたしの名前を呼んだ。というか、呼ぼうとした。そのあとは口にされるべきではない言葉がつづくだろうということは、わたしにもわかった。

だから、こう言った。「ベンチリー氏に渡す報告書を預けて」

ベンチリー氏の執務室のドアは、いつものように閉まっていた。ノックすると「誰だね？」と返ってきたので、わたしは答えた。「ジェインです、だんなさま」

間があってから、また声が聞こえた。「入りなさい」

なかに入ると、ベンチリー氏は何か書きものをしていた。彼は顔を上げずに言った。「旅はどうだったかね？」

わたしは一歩、進み出て、報告書の入った封筒を机の上に置いた。彼の顔に笑みらしきものがちらりと浮かんだ。この封筒の中身を見たら、タイラー家は決まり悪い思いをする。そんなことを考えて愉しくなったのだろうか。

「シャーロットさまに悪い評判がおよびそうな事実は、何もありませんでした。ただ、わかったことがありまして……」

ベンチリー氏は片手をひらひらさせた。まるで、まかまぜんぶ重要ではないというみたいに。「殺人事件が解決したいま、シャーロットの名前がこれ以上、《タウン・トピックス》紙に載ることはないと確信しておる。思いがけず、ブラックバーン警視は正しかった。犯人は無政府主義者だ。そいつの部屋で何やら冊子が見つかったそうだ」

「犯人は男性なんですね？」そう訊いてから、言い直した。「逮捕されたのは、ひとりだけですか？」

「ああ、そうだ。殺人があった夜その男を見たと、屋敷の使用人たちが証言した。氷を配達するという口実で侵入したらしい」

心臓が鼓動を止めた気がした。必死に口を動かした。そうすれば、何かしゃべっても不自然ではない。わたしは言った。「脅迫状を送ったのもそのひとですか？」

「そうらしいね。犯人の甥《おい》は、例の炭鉱事故で死んでいるそうだ」

事故。そう聞いて、アナの言葉を思いだした。貧しいひとが死ねば、それは事故。裕福なひとが死ねば、それは殺人。

「でも、警察はまだ確信していないんですよね。彼が現場にいたというだけで……」

「確信しておる。その男が自白したからな」

わたしはその言葉を受け止めた。「彼ひとりの犯行だと考えられているんでしょうか？」

「男はそう言っているが、もちろん、警察は協力者を探すだろう」

ベンチリー氏はそこで、またペンを手に取った。有能な使用人は、何も言わずに退くときをわきまえている。退出すべき時点を過ぎても留まりつづけることは無作法だ。目に見えない存在でいるという契約に反することになる。アームズロウ夫人は以前、わたしのことをこんなふうに言った。「必要になるまで、この子がいることにはまったく気づかないの」彼女の友人もうなずいていた。「そうあるべきですわ。一流の使用人は水道設備とおなじ。それがないとやっていけないけれど、絶対に目にしたくはない」

それでも、まだ疑問があった。絨毯の上でそっと足を動かすと、かすかにこすれる音がした。ベンチリー氏が顔を上げた。

「その自白は本物だとお思いですか？」わたしは訊いた。

「本物？」

何を言っているのかわからないというふりをする彼に失望しながら、わたしは言った。

「強要された、ということです」

「尋問したのはわたしではない」

もちろんそうですよねというように、わたしは小さく笑ってみせた。尋問のようなことをするのは、あなたより低い身分の者です。

ヨーゼフ・ポーリセックが逮捕されたことで、ニューサム家の殺人事件はふたたび、新聞の一面を飾った。〝ブラックバーン警視、犯人を逮捕！　無政府主義者は自白！〟事件解決のきっかけは、ポーリセックの雇い主が警察に連絡してきたことだった。殺人のあった夜、ポーリセックは配達ルートを変更したいと言った。雇い主は、それで疑念を持つようになったという。筆跡鑑定の専門家が詳しく鑑定し、いまや〝ジックシニーの殺人予告〟と呼ばれている脅迫状は、ポーリセックが書いたと確認された。さらに重大な陰謀が明らかになると、市《まち》はいっそう警戒した。とあるホテルのオーナー、マイケル・アッシュベリーが、やはり脅迫状を受け取っていたと公表したのだ――ただしこの件は、作り話だと判明している。

ポーリセックに対する裁判を乗り切るだけの、じゅうぶんな証拠を警察が持っていることは否定できない。それでもわたしはやはり、正義というものがきちんと果たされていないと強く感じていた。醜いけれどやさしい顔をして、たどたどしい英語を話すあの独特な雰囲気の男性のことを考えるたび、そこに見えるのは殺人者というよりは、どちらかといえば犠牲者だった。でも、アナに注意が向くかもしれないと考えると、怖くて彼女に電話はできない。それに、こんなことを考えていたらどこにも行けない。幾晩も、捨てられたその日の新聞のページをめくっては〝協力者〟について何か書かれていないかと探し、ビーハンならどう判断するだろうかと考えた。ライヴァルの新聞記者の努力を鼻で笑ったり、ブラックバーン警視の労力をからかったりする彼を思い描いた。こんなことをするのも、会えなくてさびしいからだと自分でもぼんやりと気づいていた。それに、会えなくてさびしいと思うことの愚かさにも。

ベンチリー家を包んでいた雰囲気は軽くなった。夫人は、固ゆで卵のなかにフィッシュ・ソースを入れる調理の仕方を知っているかと料理人に訊いていた。カドワラダー家の午餐会でその奇妙な料理を見て、自分もやってみたいと好奇心を募らせていたのだ。下階《した》でピアノの練習をしていたルイーズは、この何週間かではじめて、妹から怒鳴られずにいた。春になったら出かける旅行のことや、夏の別荘のことが話題にのぼった。

なかでもシャーロットは、新しいことに夢中になっているようだった——新しいヘアブラシ、新しい爪やすり、新しいリボン——去年のアクセサリーを捨ててしまえば、去年あったことも消し去れるとでもいうように。わたしはそれから何日も、家から急いで飛び出しては数時間後にもどってきて買い物の包みを置き、また出かけていくことだけをして過ごした気がする。

ある日の午後、通りを歩いていると名前を呼ばれた。「ジェイン！」

ふり返ると、そこにはウィリアム・タイラーがいた。寒さで頬をピンクにして、白い息をはいていた。

わたしは言った。「まだ学校にいらっしゃるのだとばかり思っていました」

「学校にはもどったよ」彼は答えた。

「それで？」

「それで、また家に帰ってきた」そう言って彼はにっこり笑った。「ベンチリー家の用事をしてるの？」

「そうです」

「すこしいっしょに歩いてもいい？　ぼくが帰ってきたから、母は怒り狂ってるんだ。だから、家にいないほうがいいと思って」

「ええ、よろこんで。もし、ヘア・リボンが魅力的に思えるのでしたら」

「ああ、ぼくは好きだよ。なんの迷いもなくね。このテーマでは、ニーチェの言い分を聞くといい」

ウィリアムはセントラルパークを抜けていこうと提案した。わたしの先になったりあとになったりして歩くあいだ、彼の髪は目にかかっていた。動物園のそばを通りかかったとき、わたしは訊いた。「それで、こちらに帰ってきたほんとうの理由はなんですか?」

「それは、落ち着けそうになかったからだ」彼はわたしをちらりと見た。「クリスマス・イヴに起こったことで……あのことばかりを考えるとは思っていなかったけど、ほかのことを考えるのも、なんだかむずかしくてね」

わたしはうなずいた。わたしもあれ以来ずっと、クリスマス・イヴの日のことしか考えられなくなっている。

「母は、ぼくが子どもじみたまねをしていると思っている。だから、ぼくに向かって言うんだ。ビアトリスを見習いなさい、って。あの青年と結婚するはずだったあなたの妹は、気丈にしているわ、って。警察は誰かを逮捕したみたいだね。犯人も自白したとか」

「そうですね、警察ではそう言っています」

ウィリアムはわたしをじっと見た。「どういうこと?」

ほんとうは、こんなことを言うつもりはなかった。でも口にしてしまったからには、正直になろうと決めた。「いえ——警察は誰かを逮捕しようと躍起になっていましたから、誰でもいいから罪を着せようとするのではと考えるのは、自然だと思います。たとえ、そのひとが無実でも」

「ぼくもおなじことを考えていたんだ！」ウィリアムはひょいとからだの向きを変え、横歩きをはじめた。「だってね、ジェイン。ニューサム家は家柄にものを言わせるからさ。もちろん、ルシンダはそんなことないと思うけど、父親と祖母なら？　結果を出せと叫んで、市長や州知事に詰め寄ると思わずにはいられない。そうなったら州知事と市長は警察に向かって結果を出せと叫び、警察は誰かを逮捕しないといけなくなる」

そう熱く話すウィリアムに面喰い、わたしは口ごもりながら答えた。「脅迫状が……」

「ニューサム家が受け取った卑劣な手紙を、じっさいに見たひとっているのかな？　警察がうまく言いくるめて、逮捕した気の毒な男に書かせていても、ぼくは驚かない——ああ、きみの手書きの文字を確認しておきたい、なんて言って。で、警察は書かせたその手紙を掲げて、ほら、脅迫状を書いたのはこの男だ！　と言い張ればいいんだから」

「でも、ほんとうに彼が書いていたら？」わたしは訊いた。

ウィリアムは黙りこんだ。「そうだね、ほんとうに書いていたら？　起こったことに対して、誰かが罰を受けなければならないよね。シックシニーのときがそうだったろう？　身分の低い現場責任者が解雇された。でも、ほんとうに責任のあるひとたちは、罪を逃れた」

わたしはできるだけ軽い調子で訊いた。「ウィリアムさま、政治集会に参加したことはありますか？」

「何かがまちがっていることを知るのに、集会に出る必要はないよ」彼は足元を見下ろした。半分解けた雪の塊を、足先で蹴飛ばしていた。「考えてたんだ。警察がほんとうにその男を逮捕したなら、彼を弁護するために何かできるかもしれない。弁護士費用だって、ぼくが払えるかもしれない」

「弁護士費用はとても高額になりますよ」

「わかってる。それに、母にはっきり言われているんだ。ビアトリスの花婿探しは、いままでのようにはいかない。だからあなたは、将来についてもうすこし真剣に考えなさい、と」

そして彼は、背すじをぴんと伸ばした。「ぼくが商船隊員になったら、きみはどう思う？」

「そのお給金で、お母さまと妹おふたりを養っていけるとは思えません。ポーリセックの弁護士費用のほうが、ずっと安くすむんじゃないでしょうか」それから、ルイーズのことを考えた。「でも、しばらくこちらに滞在なさるのでしたら、ルイーズさまをお訪ねください。あなたに会えたらルイーズさまはよろこびます、ぜったいに」

ウィリアムはぼんやりと答えた。「そうだね、ぜひ訪ねよう」

歩きながら、なんだか不思議な気持ちになっていた。フィラデルフィアからもどってからずっと考えていたことを、ウィリアムようなひとがはっきりと口にしたのだから。それに彼は、すぐにでも行動を起こそうとしている。おじが聖書から引用していた一文がたまに浮かんだ。〝子どもも、行ないが清く正しいかどうか、行動によって示す〟。では、わたしはどうすればいいだろう？

彼はいっしょに大通りまで出た。わたしが寄らなくてはいけない店に着いても、ぐずぐずしてなかに入ろうとしなかった。両手をポケットに入れ、首をすくめている。「ヘア・リボンにすごく興味があるふりをするのは、ちょっとできないかな」

「ええ、かまいませんよ。ここまでごいっしょできて、よかったです」

「きみと話すのは愉しいよ、ジェイン。ポーリセックには同情する余地があるなんてほかの誰かに話したら、ぼくは矯正施設に入れられるかも」

「あなたのそういうところが信用できるんです。それに、本気でポーリセックに資金援助をするおつもりなら、それを届ける手段には心当たりがあります」わたしがそう言うと、ウィリアムは驚いたようだ。でもわたしはそれ以上、説明したくなかった。

すると、彼は言った。「ニューサムのひとたちのことは、あんまり気の毒に思えないんだ。ほら、ニューサム氏が鎮静剤を服《の》みすぎたこと……」

「とても怖ろしいことですよね」わたしは言い、できるだけ軽い口調でつけ加えた。「ローズさまがしっかりと気を配っていると思っていましたのに」

「そう、それなんだよ。ニューサム氏が薬を服んだとき、彼女はそこにいなかったんだ」

「そうなんですか？」頭のなかにずっとあった光景が、ぼんやりとしはじめた。

「そうなんだ。住みこみの看護婦に夫を任せて、ロングアイランドの友人を訪ねていたらしい。それと、ルシンダ。彼女は家にいた。看護婦といっしょに、すすんで父親の面倒を見ていたらしい。だから、誰もがだいじょうぶと思っていたんだじゃないかな」

ベンチリーの家にもどると、女性たちは居間にいた。ルイーズはピアノの練習をしていて、曲名はよくわからないけれどポロンポロンというメロディが聞こえてくる。ベンチリー夫人がシャーロットに向かい、大西洋横断旅行に出かけることが最新の流行だと、大声でまくしたてていた。わたしは上階《うえ》に行き、買ってきた品物をシャーロットの要望どおりに鏡台に並べた。それから自室に行ってローゼンフェルド氏の電話番号を書き留めたメモを取ってくると、彼に電話をした。

「もしもし？」というローゼンフェルド氏の声に答えて、わたしは言った。「ミスター・ローゼンフェルド？　ジェイン・プレスコットです」

「ミス・プレスコット、よかった！　一週間まえに電話をしたが、出かけていると言われてね」

「ということは、検査が終わったんですね？」

「そうだよ。たいへん意外な結果が出た。だが、電話では話したくない。薬局までこられるかな？」

ロウワー・イーストサイドに行くことができたのは、数日してからだった。薬局に入っていくと、ローゼンフェルド氏は女性客の相手をしているところだった。十分ほどのあいだ、わたしは棚に並ぶ瓶や箱をじっくり眺め、ほかの店員に声をかけられてもなんとかかわしながら過ごした。ようやく女性客の問題が解決し、ローゼンフェルド氏はカウンターのほうにやってきてわたしを迎えてくれた。

今回もまた事務所に案内され、わたしは快適な椅子に坐った。彼は使い古された机の向こうの椅子に腰をおろした。それから手を下に伸ばして抽斗をあけ、瓶を取り出した。ノリーのジャケットから切り取った布片を入れていた瓶だ。染みの一部は薄くなっているようだった。まるで、こすり取られたとでもいうように。

瓶の蓋をあけながら、ローゼンフェルド氏は言った。「きみは警察に行くと言っていたね、わたしが何かを見つけたら」

「何か見つかったんですか？」

「ああ。ということで、どちらが先に、詳しいことを話したほうがいいだろう？　この小さな布切れの出所《でどころ》はどこかをきみが話すか、何が見つかったかをわたしが話すか？」

けっきょく、わたしが先に話した。それからローゼンフェルド氏の話を聞いた。彼は布片から見つかった成分をひとつひとつ、詳しく説明してくれた。彼の使った科学用語のいくつかは、よくわからなかった。

それでも、〝アヘン剤〟が何かはわかる。

19

つぎの日、買い物の途中でまた寄り道をして、〈国際婦人服裁縫労働者同盟〉の事務所を訪ねた。ロビーの木製のベンチに坐ってアナを待つあいだ、これまでの人生で自分がどれほど長い時間を女性たちといっしょに過ごしてきたかを考えた。避難所の女性たち、バーナデット、アームズロウ夫人、ベンチリー家の三人。事務所と待合ロビーを仕切る役目を果たす木製のフェンスの向こうにいるのは、またべつのグループの女性たちだ。彼女たちはタイプライターを打ち、議論し、電話に向かって話し、新聞を読んでいる。忙しく、賑やかな世界だ。その世界に惹かれはしたけれど、そこで自分がどんな立場になるのかはよくわからなかった。

わたしは立ち上がり、一年まえに設立されたこの同盟の歩みをわかりやすく紹介した展示物が並ぶ一角に向かった。〈二万人の蜂起〉で使われたプラカードがあった。〝奴隷制度廃止！　感化院に閉じこめるな〟と書いてある。活動内容――〝搾取と闘うため、少女たちは団結してストライキを決行〟――を伝える新聞の切り抜き。〝わたしたちの敵には富がある。わたしたちには再生する力がある〟と書かれた看板。さまざまな地域で使われた横断幕は驚くほどに手が込んでいて、すばらしい出来ばえだった。でもそのとき、女性の裁縫師や職人のことが頭に浮かび――驚くことでもないと思い直した。

なかでも、ひとつの横断幕に目を奪われた。赤く長い布地の周りが金色に縁どられ、上部に金色の糸で〝シックシニーの八人に道理を〟と縫われている。横断幕だけを見たら、おじはローマ・カトリックっぽいと言ったかもしれない。でも八人の名前が刺繍されているのに気づいたら、そんな言葉も引っこむだろう。八人の少年の名前。わたしは横断幕をじっと見つめ、その名前を記憶に留めようとした。リアム・ブロディ、十一歳。エーリッヒ・ケッセル、十一歳。ウィル・デンプシー、十歳。アダム・ヤニック、十一歳。カール・ペーターホフ、十歳。ヤヌシュ・ポーリセック……。

ヤヌシュ・ポーリセックは八歳だった。

誰も助けにきてくれないと、少年たちが気づいた瞬間はあっただろうか？　自分たちは取り残されたと、忘れられたと悟った瞬間は？　死ぬということを理解していた？　それとも、なんの前触れもなしに、死はとつぜんに訪れた？　取り残されたのだ。彼らはただ……取り残された。子どもはけっして、取り残されてはいけない。わたしにも記憶がある。指先に触れる硬い木のベンチ。無重力という感覚、揺れる自分の脚……。

腕に誰かの手が置かれ、わたしはぎくりとした。

「びっくりしないで、あたしだよ」アナだった。

わたしは横断幕を見て言った。「十歳にならないと働けないと思ってた」

そんなことを言うなんて、ばかみたいだ。自分でもわかっていた。でも、わたしの脳の一部が、すべてはまちがいだと言い張っている。八歳の子どもに炭鉱で死んでいない。誰も、そんな幼い子を置き去りにして死なせない……。

「法律上は十歳にならないとだめだけど」アナが言った。「その年齢に見えれば、誰も何も訊かないよ」

アナに促されてドアまで行った。「あの横断幕、前に見たことがある……」

「でも、名前までは見なかったんだよね。わかるよ。さあ、行こう」

わたしたちはドイツ風のカフェで食事をすることにした。たぶん、以前はこの地域に何百とあったバーのひとつだったにちがいない。でも、ラガーに魅了されないユダヤ人たちに道を譲るようにしてドイツ人たちがアップタウンへと移動するにつれ、店で出す料理や飲みものを、客の要求に合わせて変えはじめたのだろう。たっぷりと香辛料を利かせたグーラッシュのボウルをよけて進み、木製の硬いテーブルについて坐った。店は大勢の客で混みあい、賑やかだ。話を聞かれる心配はなさそうだった。はじめは、これといった話はしなかった。以前とおなじように、いっしょに夕食を食べているだけ、とでもいうみたいに。でも、あたりさわりのない会話はだんだん、沈黙へと変わっていった。

そうなってわたしは、ようやく言った。「ヨーゼフ・ポーリセックはあの夜、ニューサムのお屋敷にいた。わたしは会ったの」

「知ってる。彼から聞いた」

「警察には話してない。訊かれたとしても、わたしは……」

「わかってるって」

ほんとうに？　わたしは思った。いまだって、アナが信じてくれているか自信がない。

「彼が脅迫状を書いたの？」

「彼が話す英語を聞いたでしょう。あんな文章を書けると思う？」

誰かが代わりに書いた可能性だってあると思ったけれど、わたしはこう言った。「彼はノリーさまを殺していない。それを証明できるかもしれない」

フィラデルフィアまで行ってわかったことやローゼンフェルド氏と話したことを、アナに話した。「そのことを新聞に書いてくれそうな友人がいるの。そうなれば、すくなくとも疑念は持ち上がる。そう思わない？」

納得していない顔で、彼女は料理をつついた。「その布片で？」

「そうよ」

「薬が見つかったら」

「ええ、薬剤師が説明してくれたのは――」

「で、その薬剤師は証言するんだね。ロウアー・イーストサイドから現れた誰ともわからないそのひとは、裁判所でいまの話をする。そして、この国でいちばん力を持つ家族のひとつに向かって言う。〝申し訳ありません、あなたはまちがっています。どうか、その無政府主義者を自由にしてやってください〟」

「そうしないといけないなら、ええ」

アナはかぶりを振った。

「ポーリセックを救えるなら、できることをやってみるのがわたしたちの務めじゃない？」

「彼が救ってもらいたいと思ってるって、どうしてわかるの？」

「とうぜん、そう思ってるわよ。電気椅子に坐りたがるひとなんているはずないもの」

「坐りたがってはいないかもしれないけど、それが必要だということはわかってるだろうね」

「でも、さっきから言ってるでしょう、彼には必要ないの。そんなことになったら、あなたたちがまさに闘っている相手、あなたたちに罪を着せようとしている人物に、なんの罰も受けさせずにすむことになるのよ」

「じゃあ裁判で対決したら、相手は罪から逃れられないんだね」アナのその口調は、これ以上ないくらいにわたしをばかにしていた。

「あなたが闘わなければ、かならず逃げ切るでしょうね。だからすくなくとも、ポーリセックには自白を取り下げるように言わないと」

「ノリー・ニューサムを殺していませんって言わせたいの？　嘘をついていました、自白するまでぶたれましたって」

「そうよ」

「そういうことなら、ごめん。力にはなれない」

一瞬、言葉につまった。「彼に死んでほしいのね」

「まさか、そんなことぜんぜん思っていない。彼が苦しむと考えるのは、かんたんなことじゃない。でも、意味なく苦しむと考えるよりはましだね」

「彼は苦しむ必要なんてないでしょう！」

ほんの短いあいだ、アナの顔はわたしの怒りを反射した。それから深くため息をついて言った。「わかってないね」

「ええ、わかっていない。何かの目的がひとりの人間の命よりもどれほど重要かなんて、わかっていない」

アナはしばらく黙っていた。必死で自分を抑えようとしているのがわかる。ようやく、彼女は言った。「目的だけの話じゃない。ひとりの人間の命は、大勢のひとの命のためにあるの。おじさんに訊いてごらん。彼はイエス・キリストのおとぎ話を信じている。ちがう？」

強烈な一撃をわたしにお見舞いし、アナはまた食べはじめた。この話はもおう終わらせたいと思っているのはわかる。わたしたちの言い合いは、いつもこんな具合だ。どちらかが何かを言い、相手が反論する。堂々巡りをして、最後はアナが勝つ——でもそれは、彼女が正しいからではなく、わたしがものを知らないから。そう思えてならなかった。

たしかに、わたしはものを知らないかもしれない。でも、今回ばかりはこのまま終わらせたくなかった。ナイフとフォークをテーブルに叩きつけるようにして、精いっぱいそのことを知らせる。アナが顔を上げた。

「あなたはいつも、わたしがまちがったことや、まちがったひとのことを気にするって言うけど——」

「そんなこと、言ったことないよ」

「そう思ってる」この言葉は、アナは否定しなかった。「あなたは、わたしがお金持ちのひとの心配をして人生を過ごしていると思ってる。そもそも助けてもらわなくてもいいひとたちよ。でも今回は、お金も力もないひとを助けたいの。それなのに、あなたはただ、こう言う……やめておけって。あきらめろって。できることなんて何もないって」

「それは——」

でもそのとき、彼女は私の顔を見て口調を変えた。「あたしにどうしてほしいの?」

「ポーリセックに会うのに力を貸して。チャンスがあることだけは、彼も知っておくべきだもの」

アナはしばらく黙っていた。それから言った。「チャンスなんてない。でも、彼に会えるよう力を貸すよ」


ヨーゼフ・ポーリセックは〈トゥームズ〉として知られる刑務所に収容されていた。〈トゥームズ〉はセンター通りにある。お墓を意味する〈トゥームズ〉と呼ばれているのは、最初に建てられた刑務所が、エジプトの墓であるピラミッドをモデルにしていたからだ。沼地と、いいかげんに埋め立てられた埋立地という地盤のせいでひどい悪臭が漂っているし、その地盤がほとんど沈下しているところもあれば、焼け落ちているところもあった。チャールズ・ディケンズに「ろくでもないエジプト趣味を積み上げた陰気な外観の建物」と罵られてから十年もたたないうちに取り壊され、いまは灰色の石で造られた建物に取って代わった。黒い粘板岩でできた小塔を備え、フランス風の城に見えるよう奮闘している。見た目は洗練されたけれど、ここに収容されている男性にも女性にも癒しを与えているとは、わたしには想像できなかった。この刑務所は、地上から四階の高さにあるため息橋《ブリッジ・オブ・サイズ》と呼ばれる屋根つきの通路で、隣の裁判所とつながっていた。

到着すると女性の看守人が現れ、囚人に渡すものを持っていないか、わたしのからだを衣服の上からぽんぽんと叩いて確認した。それが終わると、シェンクという名の赤ら顔の警察官が「ついてきてください」と言った。

シェンクといっしょにエレヴェーターで下におりていると胸がぎゅっと締めつけられるようで、わたしは深呼吸をした。エレヴェーターから出て長く天井の低い廊下を進み、鉄格子の扉をふたつ通り抜けた。通り抜けるとき、扉の錠をあけてまた閉めるという動作をくり返さなければならなかった。鍵がかちゃかちゃと鳴り、重々しい音を立てて閂《かんぬき》がかけられる。自分もここに囚われたのだと思わないわけにはいかなかった。

シェンクに連れられ、畜舎のような雰囲気の広い部屋までできた。ここは二階建ての建物で、この一階はせまい通路に囲まれていた。細長いテーブルがいくつも並んで長い列をつくり、同側に椅子が置いてある。部屋は囚人服姿の男性であふれ、みんな足首を鎖でテーブルに繋がれていた。はずかしいけれど、その鎖を見て安心したと言わなければならない。一メートルほどの間隔をあけて警察官が壁に沿って立ち、その全員が銃を携帯していた。警察官が二十人ほどなのに対し、囚人は五十人はいる。そのことにはいやでも気づいてしまった。

「ここでどうぞ」シェンクが言い、ほかの囚人たちから離れた一角に案内された。「若い女性がくることはめったにないので。ここなら安全だと思います」

わたしは彼が示した場所を見た。椅子が二脚置いてあるけれど、誰もいない。問いかけるように見ると、彼は言った。「すぐにきますよ」それから耳たぶを掻きながらつづけた。「どうしてこの事件に興味があるのか、訊いてもいいですか？」

「彼はわたしが仕えるお宅に氷を配達していたんです」わたしはあいまいに答えた。そのときにはポーリセックの姿が見えていた。彼は脇にあるドアからはいってきた。すっかり参っているようで、足元もおぼつかない。それでもわたしを見ると驚いたように、何本も歯のない口を大きくあけて笑った。

彼が椅子に腰をおろすと、看守が足首とテーブルの脚を鎖でつないだ。わたしは訊いた。

「そうする必要がありますか？　わたしは怖くありません」

看守はわたしをひとにらみしてから、自分の任務をつづけた。申し訳ない気持ちでポーリセックにほほえみかけると、彼は大きすぎる囚人服のなかで肩をすくめた。ひげそり用のブラシみたいな髪は、以前よりもまばらになったように見える。顔はげっそりして灰色だった。

目の下にできた、大きな紫色の隈以外は。それでも彼は、街中でばったり会った相手とおしゃべりするために腰をおろしたとでもいうように、わたしに笑いかけている。

看守は鎖をつなぎ終え、数歩下がって壁の前に立った。ポーリセックとふたりだけで話したいのに近すぎるように思えたけれど、そこから動くつもりはないようだ。これほどたくさんのひとがいる喧噪のなかで、声をひそめて話すのはむずかしい。それでもとにかく、わたしはやってみた。

「お気の毒に」わたしはそう切り出した。

ポーリセックはよく聞こえるようにと、身を乗り出した。看守が警棒でテーブルの端を押さえ、ポーリセックは姿勢をもどした。

「お気の毒に」わたしはさっきよりも大きな声で言った。「あなたの幼い甥御さんのこと、知りませんでした」

甥の話題が出て、顔からいびつな満面の笑みが消えた。生気がすっかり消えてしまったようだった。しばらくして彼は言った。「写真を持っていました。お見せしたいですが、取り上げられました」

「わたしが取り返します」

「ありがとうございます。手元に置いておきたいです」――彼は笑おうとしていた――「最期のときは」

あきらめたように自分の死刑について話すから、わたしはあわてて訊いた。「どうして自白をしたの?」

そんなことを訊かれ、驚いたように彼は答えた。「わたしが犯人です」

「いいえ、ちがう。あなたじゃないことは、わかっています」

彼は頭を振った。「わかっていると思っているだけです」

「いいえ、ちゃんとわかっています。それに、もしわたしがまちがっていても、わたしが疑っているひとが犯人でなくても、あなたが無実だとわかっています。理由のひとつは、ノリー・ニューサムが薬を服《の》まされていたことです。証拠もあります」

「お金持ちのひとは、どんな薬でも服みます。良心の痛みをなくそうとしてるんでしょうね」

「彼に良心はなかった。犯人が何かを服ませたんです。それで殺すのがかんたんになるから。あなたは生計を立てるのに氷の配達をしていますよね、ミスター・ポーリセック。からだはとても頑丈です。あなたがノリー・ニューサムを殺すなら、薬を使う必要はなかったはず。それに、機会もなかった」

「とび口を持っていました。あれを使って殺しました」

「では、そのとび口はどうしたの? 血が滴っていたはずよ。どうやってお屋敷の外に持ち出したんですか?」

「コートにくるみました」

「そのコートは、いまどこにありますか?」

「捨てました」

「事件のあと、アナのおじさんのレストランであなたを見かけました。そのとき、コートはありましたよ。椅子の背もたれにかけてあったわ」

「そのあとです」彼はもごもごと言った。「そのあと、捨てました」

「汚れていないコートを捨てる余裕があるくらい、あなたは裕福なんですか？」

「汚れていました」

「いいえ、汚れていなかった」わたしは言った。「だって、あなたはノリー・ニューサムを殺していないから」

彼はしばらく黙っていた。それから聞こえないくらいの声で、ぼそぼそと話しはじめた。

「殺したかった」

「殺したいと思うことと、じっさいに殺すことはちがうわ。どうして警察に嘘をついたんですか？　脅されたからですか？」

「そんな、まさか」

「では、どうして？」

「だって、警察はわたしが殺したと信じているからです」彼とわたしの目が合った。「それは、わたしにとっては願ってもないことでした」

わたしは姿勢を正した。「どうして願ってもないことなの？」

彼は顔をしかめた。知っている英語の単語で自分の考えを説明しようと、苦労しているようだ。ようやく、彼は言った。「きょうだいはいますか？」

「いいえ」

「……家族は？」

「おじがひとり」

彼はうなずいた。「わたしのいちばん上の兄は、レオンといいます。まず彼が、アメリカにやってきました。そのあと、わたしと妹もきました。兄はわたしたちに住むところを用意し、仕事も探してくれました。よく面倒を見てくれました。父親のように。わかりますか？」

「ええ、わかります」

「兄は必死に働きました。働きすぎなくらいに。そして、やられました――」ポーリセックは自分の肺を指さした。「でも、死んでも何も残りませんでした。だから、兄の奥さんは息子のヤヌシュに、わたしの甥に言いました。今度はあなたが働くのよ、と。わたしはニューヨークにいました。働いていました。ふたりのことは、あまり考えませんでした。でもヤヌシュが死んだあと、考えました。どうして自分は、彼を死なせてしまったのだろうと。レオンはわたしの面倒を見てくれました。でもわたしは、兄の子どもの面倒を見なかった。何年も、そのことを考えています。

わたしのせいではないと言うこともできます。でも、わたしが殺したようなものです。息子のほうではありません、ヤヌシュを殺すことなどありませんから。でも、兄である父親のほうは――わたしが殺したようなものです。事件のあった日、わたしは配達のルートを変えました。だから、あの家に行けました」彼は手錠でつながれた手を見下ろした。

「でも、勇気が出ませんでした。家のなかに入ったのに、あの男を生かしたままにしました。ヤヌシュを殺した男を生かしておいたのです。神がいるなら、上司が警察に電話してくれたことを感謝します。自分がこうして逮捕されたことも。これで、わたしたちだって殺すことができると、あいつらもようやく理解できるからです。子どもを殺しておきながら、そのことを悪いと思わないとどうなるのか、彼らも思い知ったでしょう。そして今度は——あいつらが怖がるんです」

「ひとは怯えると、とんでもないことをするわ、ミスター・ポーリセック。恐怖でひとはやさしくならない」

「でも、変わるかもしれない——生き延びるために。もし変わらなければ、そのときはけっきょく、わたしたちのようなひとが増えるだけです」

彼は看守にちらりと目をやった。看守はとっくに、注意をよそに向けていた。「お願いです。ここにはこなかったことにしてください。もし……」

彼はまた、言うべき言葉を探して苦労していた。そこで、わたしは言った。「あなたを助けたいの、ミスター・ポーリセック」

彼は勢いよくうなずいた。「はい、わたしを助けてください。何もしゃべらないことで。あなたが何を考えていようと、どんな証拠を持っていようと、黙っていてください。わたしに裁判を受けさせてください。有罪を言い渡されるよう」

「死刑を言い渡されるわ」そう言っても、彼は反応しなかった。「死刑の意味はわかる？」

息をのみながら、彼はうなずいた。

「すぐには死なないのよ」

「わかっています」頭に浮かんだそのイメージを追い払おうとするみたいに、彼はうなずいた。「だから、お願いです。ヤヌシュの写真がどうしてもほしいんです。そのときがきたら、怖くなるかもしれません。そうなったら、自分はやっていないと話すかもしれない。意気地がなくてできなかったと言うかも。あなたに話を訊いてほしいと訴えるかもしれない。でもヤヌシュの顔を見られれば、その顔を憶えていられれば、わたしは強くなれます」

「死ぬのに手を貸してほしいと言うのね」

彼はうなだれた。「そうです。すみません」

わたしはべつの方向から反論した。「手を下した人物はとても裕福なの。お金持ちのひとは残酷になれると世間に示すほうが、意味があるんじゃない？」

「世間はもう知ってます。それに対して何かできるとは信じていないだけで。わたしが死刑になれば、何かできると示すことができます」

「妹さんは――あなたがしていることを正しいと思っているの？」

彼は哀しげに笑った。「妹も、わたしが殺したとは信じていません。相手が誰でも、兄は無実だと話していると聞きました。でも、信じるひとはいないみたいです」

「妹さんにとってフェアなことだと思うの？　お兄さんをふたりとも失うことが」

「いえ、フェアだとは思いません。でも、それはわたしが選んだことではありません。わたしは警察に抵抗しなかった。逮捕されたとき、無罪だと警察にわからせる機会はないと思いました。だから、そうしないことに決めたんです。だって、まちがっていることがわたしたちには有利になるんですから」彼はわたしの手をぽんぽんと叩いた。「アナがもっとうまく説明してくれます」

このまま話をつづけてもかみ合わないとわかっていた。ポーリセックは自分がしていることが正しいと信じ切っている――それに彼の心が揺らいだとしても、ブラックバーン警視のほうも自分の手柄を確信している。世間は、自分たちが信じたい話を信じる。失うものがいちばん多い人物は、世間に真実を話そうとしない。

それでもわたしは、硬い椅子に坐りつづけた。いま立ち去れば、生きているポーリセックを目にするのはこれが最後になるとわかっていたから。

「時間です」看守がテーブルにもどってきた。彼はポーリセックの足を持ち上げながら言った。「お別れのあいさつをしてください」

もう何も話すことはなかったけれど、面会が終わりだと告げられ、わたしはひどく混乱していた。ふたりとも無意識に、さよならの握手をしようと同時に手を差し出した。でも、じっさいに握らないうちに彼はその手を引っこめ、わたしたちのあいだにぽっかりと空《くう》があいた。

わたしは声を張って言った。「甥御さんの写真を取り返します」

ポートセックはふり向いてうなずくと、肩越しにやはり大きな声で言った。「ありがとう」それから看守に連れられて鉄製のドアを抜け、彼は行ってしまった。


そのあとのことは、ほとんど憶えていない。廊下をもどる途中で聞こえた、背後でドアが次々と閉められた音以外は。気づくと通りに出ていて、行き交う車の騒音や、冬の太陽の明るさや、顔に当たる冷たい空気にびくりとなった。どこにいるのかわからず、わたしはしばらく歩いた。そして、眠っているあいだに何があったか知らないままに目を覚ましたような感覚をふり払おうとした。

「ジェインよね？」

女性に名前を呼ばれた。教養と不安が感じられる声だ。わたしは声のしたほうに目をやった。すると、ルシンダ・ニューサムがいた。彼女は軽くお辞儀をし、手袋をした片手をマフから出して上げた。わたしをしっかりつかまえようとするみたいに。

わたしはうなずいたのだろう、彼女はこう訊いた。「あなた、だいじょうぶ？」

「わたしは……だいじょうぶです」父親に毒を服《の》ませて死なせようとしたと、ついさっきまで考えていた若い女性が現れてわたしは戸惑い、道路標識を見上げた。エルドリッジ通りをぼんやり歩いていたようだ。おじの避難所から、そう遠くない。

「こんなところで会って、驚いているみたいね」ルシンダは行った。上げた片手はまた、マフのなかだ。こんなふうに気さくに話しかけられて、おなじように返事をしないではいられなかった。

「ええ、驚きました」

「〈リヴィントン通り隣保館〉でお手伝いをしているの。移民の子どもたちを教えているのよ」

「それは……たいへん立派なことです」

「いいえ、そんなことないわ。歌を教えているけれど、なんだかばかみたいで。でも、それしかさせてもらえないの。わたし、移民社会にとても関心があるわ——とくに、働いている女性に」

そう告白する彼女には、挑むようなところがあった。笑われるとでも思っているのだろうか。わたしが何も答えないでいると、彼女は両手を入れているマフに視線を落として先をつづけた。「わたしの家族がしたことを考えると、文字どおり、それだけがわたしにできることなの。あそこに行くときだけは、うしろめたさを感じずにいられるわ」

明るく元気づけようという思いが湧いてきた。でも、わたしは堪《こら》えた。この若い女性は、正直になりたがっている——そしてわたしは、彼女が何を言おうとしているのか、聞きたいと思った。

彼女がわたしのほうに一歩、踏み出した。「信じてもらえないかもしれないけれど、あの脅迫状が届くまで、わたしはシックシニー炭鉱のことは知らなかったの。家族が炭鉱を持っていることさえ知らなかったのよ。父が何をしているか、お金はどこからくるのか、そういったことはぜんぶ……面倒なことに思えて。ノリーから脅迫状のことを聞かされたとき、わたしはじっさいにこう言ったわ。誰がわたしたちを傷つけたいと思うの、って。兄の言っていることがわからなかった。兄も教えてくれようとはしなかった。だから図書館に行って、古い新聞記事を調べることにしたの。考えられないでしょう？　あれほどの犯罪行為のことを知らないなんて」

アームズロウ夫人に仕えていたときはわたしも知りませんでしたと言おうとしたところで、ルシンダはわっと泣きだした。「家で話題になったことはいちどもなかった。八人の子どもが、何百というひとが亡くなったのに……」

感情が高ぶって言葉につまり、気持ちを鎮めようというのか、彼女は舗道をじっと見つめた。やがて、どうにかまた話をはじめた。「自分が持っているもの、周りで目にするもの、きらびやかなドレス、食べきれないほどの料理、家の暖かさ、そういったものはぜんぶ、誰かの人生を使い切ったあとで放り出したから手にできているという事実が、自分のなかでくすぶっているの。わたしの家族は、この国に貢献したあらゆる手柄を延々と話すわ。でもほんとうは、わたしたちがいないほうが、世界はずっとよくなるんでしょうね」

「ノリーさまもおなじように感じていらっしゃったのでしょうか？」

「まさか。シックシニー炭鉱の真相を知っていると話すと、兄はただ肩をすくめただけだった。わたしたちには何も関係ないとでもいうみたいに。わたし、唖然としたわ。いえ、ぞっとした。あなたは、わたしがシャーロットに意地悪だったと思っているけれど、でもそれは、彼女が兄のなかの最悪な部分を引き出したからよ。ふたりが結婚していたら、高級品に囲まれておおいに食べたり飲んだりしながら、兄は無意味な人生を過ごすことになったでしょうね」

「あの夜、ノリーさまに何か話そうとなさいましたよね」ルシンダは口唇をぎゅっと結び、どこか遠くの一点をじっと見つめた。でも、どうしようもなかった。どのみち、涙があふれた。「ノリーさまと何を話すおつもりでした？」

泣いたことで気まずくなったのか、ルシンダは笑みを浮かべようとした。「……罪滅ぼしについて」

「ご家族がしたことです。あなたが責任を感じる必要はありません」

「いいえ、わたしの両手は血にまみれているわ」彼女はそう言って、マフを見下ろした。そのマフはとても豪華で、とんでもなく高価な品に見えた。

20

　夕方、ベンチリー家にもどるとまっすぐ自分の部屋に向かい、靴を脱いでベッドに横になった。そして延々と、ひび割れた天井や、角の茶色い染みや、かたかたと鳴る窓枠を食い入るように見つめた。わたしは罪について考えた。正義について考えた。それから、潰されたノリーの顔のことを。歯は折られて血まみれになり、目があるはずのところにはぽっかりと穴が空《あ》いていた。

　ドアをノックする音で現実にもどされた。「はい？」

　ドアが音を立ててあき、ルイーズが現れた。わたしはからだを起こし、つっかえながら言った。「ベルを鳴らしました？　申し訳ありません、聞こえなくて――」

「いいの、鳴らしてないから」彼女は机の前の椅子を指さして言った。「あれに坐ってもいいかしら……？」

　わたしは椅子をルイーズのほうに移動させた。「もちろんです。さあ、どうぞ」これまでベンチリー家の誰も、この部屋にきたことはない。だからこういう場合の作法については、よくわからなかった。

ルイーズは椅子に腰をおろしてから話をはじめた。「おじゃまじゃなかった？　お休みの日なのよね」

「いえ、そんな、わたし……大歓迎です」

「フィラデルフィアからもどってから、あなたったらずっと出かけているんですもの。めったに顔も見ていないわ」

「シャーロットさまの用事であれこれ忙しくしていました」わたしは事情を説明した。

「知ってる。あの子、今朝もまた招待状を受け取っていたわ。まあ、今回はわたしたちみんな宛てだけれど。ルシンダの誕生日パーティに」

「誕生日パーティ？」

「わかるわ、なんだかおかしいわよね。でも、継母のほうのニューサム夫人がそうしたいんですって。もちろん、おばあさまも。ノリーが亡くなって彼女はとても参っているから、パーティをすれば元気になると考えたのね、きっと」

参っているわ、たしかに。わたしは思った。でもその理由は、ルシンダの家族が想像しているような理由ではない。罪の意識を感じて感情を高ぶらせているあの若い女性は、兄がどれほど冷淡かを知ると、厳しく非難した？　父親が薬を服《の》みすぎたのはただの事故、それとも彼女の〝罪滅ぼし〟のひとつ？　もし罪滅ぼしなら、ルシンダはこの先どれくらい、十字架を背負って歩きつづけるのだろう？

あれこれ考えているところに、ルイーズの声が聞こえた。「ルシンダに好かれたことなんていちどもないって、シャーロットは言ってるわ。どうして彼女が生まれたことをお祝いしないといけないのって。でもお母さまは、ニューミークじゅうがニューサム家のことを悪く思っているときに、あちらの気分を害するようなことをしてはいけないて言ってる」

家族全員が集まるのだ。真ん中にルシンダを立たせて。「ルイーズさま、ちょっとお訊きします」

「何？」

「お母さまのペップ・ピルのことは憶えていますか？　あの、見当たらない瓶です」

ルイーズは視線を逸らした。「それって重要？」

「そのせいで嘘をつかなければならないなら、ええ、とても重要になります。そう思いませんか？」

「嘘をついたのは、あの殺人とは関係ない。でも、約束したの……」

「どなたとです、ルイーズさま？」彼女は哀しそうな顔をしていた。「ルシンダ・ニューサムさまではありませんか？　ルシンダさまに瓶を渡したんですか？」

「ちがうわ」ルイーズは驚いていった。「ローズ・ニューサムよ」

「ローズ」唖然として、わたしはその名前をくり返した。ルイーズが自分の言葉を訂正してくれると、あてのない期待をしながら。

でも、ルイーズはうなずいた。「新しいほうのニューサム夫人ね。グローヴを忘れたことに気づいた、ちょうどそのときよ。両手のことが気になって仕方なくて、瓶をどこかに放り出そうと思ったの。そうして瓶を背中に隠しているところに、彼女がやってきたわ。それは何？　秘密の何か？　と言って。わたし、あの方がそんなに感じのいい方だとは思っていなかった。これまでもずっと友だちだったとでもいうみたいに話してくれたの」

わたしはうなずいた。ローズの口調の意味はよくわかる。

「それで、わたしがグローヴを忘れたと言ったら、笑いながら話してくれたわ。彼女、何かだいじな晩餐会に行くときに靴を片方、履き忘れて、そのままニューサム氏といっしょに席に着いたことがあったんですって。わたしたちがヨーロッパに逃げたほんとうの理由はそれよ。シンデレラみたいに靴を忘れたの！　でもわたしのフェアリーゴッドマザーはまちがいを正してくれなかったけれど、なんて話も。それからね、今夜はわたしがあなたのフェアリーゴッドマザーよ、と言ったの。それで彼女は、わたしのグローヴをメイドに取りに行かせた」

「とてもおやさしい方なんですね」

「そうなの。それでね、その小さな瓶は何かと訊かれたから、わたしはペップ・ピルですと答えたの。シャーロットに渡すことになっているけど、どこにいるのかわからない、と……」

「それで？」

「シャーロットならついさっき見かけたから渡しておきましょう、と彼女は言ったわ。わたしのほうは、そこに隠れていなくちゃいけなかった。だって、メイドがグローヴを持ってきてくれるから。でも、彼女はすごく不安そうな表情を浮かべていたの。だから、どうしたのかと訊いたら、お願いをしていいかしら？　と言うの。わたしはもちろんですと答えたわ。だって、すごくやさしくしてもらったから。そうしたら彼女、自分がペップ・ピルを預かったことは誰にも話さないで、と言ったの。自分のことをよく思っていないひとたちに知られたら、義理のお母さまにすぐ告げ口されるから。あなたの義理の娘はドラッグをやっていますよ、って」

「それで、話さないと約束なさったんですね」わたしは言った。

「そう。でも、それであなたに嘘をつくことになって、すごくうしろめたかった。こんな話が重要なの？」

「ええ、ルイーズさま。重要だと思います」

そのとき、またノックの音が聞こえた。どうやら今夜のわたしは、たいへんな人気者のようだ。ドアをあけると、バーナデットが立っていた。「男のひとが外で待っているわよ」

わたしはおじだと思った。「年配のひと？」

「えっと、歳は取っていなかったかな」バーナデットはそう言って、わからないくらいかすかに笑った。やはりマイケル・ビーハンはアイルランド人だ。

ルイーズにわけを話し、あわてないようにして下階におりた。厨房のドア口から通りに立つ彼の姿を目にすると、なくしたと思っていたものを見つけたような、すごくうきうきした気持ちになり、もう、それなしで生きていかなくてもいいという安心感に包まれた。

「いつ、もどったの？」わたしは訊いた。

「二、三日まえだ。電話しようと思ったけど、ぼくからの電話を待っているかどうか、わからなかったから」

「なら、どうして訪ねてきたの？」

「確かめるのもいいかな、と思った」そう言って彼は笑った。わたしも笑った。

厨房のほうをちらりと見てから、わたしはドアを閉めて外に出た。「ファラガット氏について、もっと情報を得られた？」

「ああ、ばっちりだ。きみも、何かわかったことはある？」

「ええ」

「じゃあ、先に聞かせてもらおう」

わたしは話した――すべてを。分別というものはこのさい脇に置いて、殺されるまえのノリー・ニューサムに関するあらゆる考えや感情や疑念や記憶を話し、ルイーズと話してたどりついた結論を伝えた。

建物にもたれながら、わたしは言った。「つまり、そういうことなの――ペップ・ピルの謎は解けた。やっぱり、わたしは書斎では見ていなかったのよ。それで、あなたがフィラデルフィアで仕入れた情報は？」

ビーハンは組んでいた腕をほどき、コートのポケットに手を入れた。そして新聞の切り抜きを二枚、取り出し、それをわたしに渡して言った。「タイミングのせいで、世間の関心が向かなかったんだろう」

わたしは記事を広げた。見出しにはこう書いてあった。〝フィラデルフィアの未解決殺人事件。チャールズ・ファラガット氏の死の謎〟

先を読み進み、彼の目がどうなったかという箇所にきたときには、こみ上げてきた酸っぱいものを飲み下さないといけなかった。

「おかしいよね？　ニューヨークの社交界は、そんなことができる人物が動かしてるんだから」

「これを警察に見せないと」

「どうして？　あの気の毒な氷配達人は自白したんだろう？　まあ――記事には〝謙虚な労働者、社交界の殺人の犯人に仕立て上げられる！〟とでも書かれるだろうけど」

「あなたのところの編集長は、この事件に興味を持たないかしら？」

それはない、というようにビーハンは肩をすくめた。「本物の殺人犯なら、つねに心を入れ替えて罪を告白する可能性はありそうだけど」

彼はジョークで言ったのだ。でも、わたしもずっと、おなじことを考えていた。ほんのわずかでも、あの苦しむ人物にひととしての感情が残っていると信じたかった。でも、それを確かめるすべはない。

わたしはあることを思いついた。「あなたの情報源は誰だったの？」

「それがいま、どう関係するんだい？」

ないでくれるね？」

ビーハンは考え、そして教えてくれた。「ぼくたちが知っていることは、そのひとに話さ

「考えてみて」

近くの教会の鐘が鳴りはじめた。もう遅い時間だ。「もどらないと」

ビーハンもよろよろと立ち上がった。「これからどうするの、ミス・プレスコット？」

使用人用の出入り口に向かってステップをのぼりながら、わたしは答えた。「ルシンダ・ニューサムさまが来週、こぢんまりとしたパーティを開くの。シャーロットさまとルイーズさまには、わたしのお手伝いが必要よ」

「こぢんまりしたパーティというのは、逆にたいへんなことになる」わたしを見上げながらビーハンは言った。「臨時の人手が必要じゃないかな？」

「今回のパーティには必要ないわ。でも、ありがとう。それで、ひとつお願いしてもいい？」

彼はうなずいた。

「ポーリセックは甥御さんの写真を取りもどしたがってる。炭鉱の事故で亡くなった子よ。刑務所の誰かに取り上げられたらしいの。あそこにも〝相棒〟がいたら、そのひとに言って、写真をポーリセックに返してあげて」

つぎの日、力になってくれたことにもういちどお礼を言おうと、ローゼンフェルド氏に電話した。そのとき、よくわからない化学用語がひとつかふたつあるので教えてほしいとお願

いすると、彼にきちんと説明してくれた。その説明を聞き、誰がノリー・ニューサムを殺したのかがわかっただけでなく、それを証明する方法もいくつか思いついた。

21

ルシンダ・ニューサムの誕生日パーティのまえの夜、わたしはおじを訪ねた。〈迷える女たちのためのゴーマン避難所〉はバワリー通りに近い、東三番街にあった。地上三階地下一階の質素なタウンハウスで、かつては娼家としてたいへん賑わったところだ。経営者だったエディス・ゴーマン夫人がその建物をおじに譲り渡したのは、犯罪組織や娼婦のヒモの出現で〝ゲーム〟が荒れ、助言や保護がなければ娼婦の多くは生き延びることができないと判断したからだった。おじが夜にその周辺を歩き回り、彼女の娼家の女性たちを、聖マルコ聖堂の礼拝や、隣保館（貧困などで劣悪な環境に置かれた地域住人に適切な援助を行なう福祉施設）近くで開講していた秘書クラスの勉強会にくるよう勧めているのを見かけていたのだ。おじのその行動は、教区民のあいだでおおいに話題になっていた。そしてゴーマン夫人から建物を譲るという申し出があると、おじはいちかばちかで新しい試みをすることにしたのだった。

そこには、いちどに二十人の女性が住むことができた。子ども連れでなければ、もっとたくさん。四階のうち二階と三階に個室があり、地下室は託児室と洗濯室として使われていた。一階は教室で、厨房と食堂も備えていた。ここで暮らしていたとき、最上階のほとんどはおじとわたしとで使っていた。それぞれの個室のあいだに、共用の居間があった。

わたしが訪ねたその夜、避難所は女性たちであふれていた。建物に入ると、食堂でおしゃべりをする彼女たちの声が聞こえた。賑やかだったけれど、うるさすぎることはない。ということはおじか、でなければ長く住んでいるひとがひとりかふたりいて、秩序が守られているということだ。ここの女性たちは、かつては世界のなかで自分の立場を守ろうと闘っていた。だから彼女たちにとって、共同生活は一種の試練だった。

なかへと進みながらわたしは考えていた。ノリーを殺した人物は、この女性たちのことをどう思うだろうかと。たとえば、十四歳のアニー。彼女は十二歳のときから、友人のサラといっしょに石炭船の乗組員相手に仕事をしていた。でも、サラが客のひとりに首の骨を折られると、アニーは人生をあきらめた。毎晩のように、友人を思って泣きながら眠りから覚めている。

たとえば、十八歳のルース。彼女は両親に売られて、ゴーマン夫人のところにやってきた。英語が不自由だった両親は、娘が裁縫師の修業を受けられると信じてしまったのだ。たとえば、四十歳のリズ。彼女は赤ん坊を死産し、夫はその処置を助産師に任せたまま姿を消した。彼女は夫がいなくなったことは気にしなかったけれど、夫の収入がなくなったことで人生をだめにした。たとえば、十九歳のマディ。彼女は大量にお酒を飲んだ。でも、おじは彼女に出ていくようにとは言わなかった。七カ月の身重だったからだ。大学の近くの、フランス系の娼家が集まるフレンチタウンと呼ばれた地域で客を取る女性たちもいた。彼女たちは公園のなかをうろつき、そこで仕事をした。昼も夜も。グリーン通りやウースター通りに集まるイタリア系の娼家で仕事をする女性たちは、建物の窓のまえでひとりずつ、あるいは二人ひと組になってパフォーマンスを披露し、客を誘った（客はみんな頑固で、ブリーカー通りより南のクーン・タウンと呼ばれる黒人居住区の女性たちは相手にしなかった）。

避難所の受付にはルースがいて、両手を広げながらデスクをまわってわたしのほうにやってきた。彼女は小柄でぽっちゃりしている。売られたときは十一歳だったけれど、両親のひどいまちがいに対してけっして恨み事を言わなかった。

ルースはわたしをしっかりと抱きしめたあと、腰に両手を当てて言った。「聞いて驚かないでよ。わたし、就職したの」

おめでとうと言ってから、わたしは訊いた。「どこに？」

「工場よ」そう言って彼女は、アップタウンのほうにうなずいてみせた。「信じられる？ようやく裁縫師になるのよ。ところで、あなたはおじさんに会いにきたの？」

わたしはうなずいた。

「それなら、上階《うえ》にいるわよ」

最上階までの階段の途中に、額に収められた刺繍が飾ってある。ずっと以前にここにいた女性のひとりが、おじのためにつくったものだ。刺繍には、こう記されている。

人は皆《みな》、罪を犯して神の栄光を受けられなくなっています。

おじの部屋まで行き、ドアをノックした。「わたしです、おじさん」

おじがドアをあけた。「ジェイン。何かあったのかな?」

習慣で「いいえ」と言いかけたけれど、思いとどまった。「入ってもいいですか?」

おじは居間の机について坐っていた。おじに会うといつも、テリアを思いだす。ネズミをつかまえるのに飼われていた犬だ。おじはそのテリアとおなじ、からだつきは小柄で引き締まっていた。そして容赦ない。いま、彼は仕事を中断してこちらに椅子を押しやり、わたしが話すのを待っている。

わたしは、とにかく話してしまおう思っていた。でもいざとなると、どう切り出したらいいのかわからない。おじの背後の壁に目を向け、そこに掛けられている聖書の場面を描いた何枚かの水彩画をぼんやりと眺めた。そのうちの一枚には、カインとアベルが並んでいた。金髪のアベルは笑みを浮かべ、羊の初子《ういご》を抱えている。黒髪のカインは、大地で育てた農作物を手に立っている。アベルの子羊に比べたらカインの農作物は価値がないと、神が判断した場面だ。

「わたし、そのお話は嫌いです」わたしは言った。

おじはふり返って水彩画を見た。「どうして?」

「公平じゃないもの。どうして神がふたりのうち片方だけをより愛するのか、誰も教えてくれないわ。なぜ、農作物より子羊のほうがましなの？　アベルよりよっぽどいい仕事をするから、というところかしら」

「カインの罪は、不備のある供物を差し出したことではない。憤ったことだ」

「どうして憤ってはいけないの？　わたしたちにほんの二秒でも無視されれば、神は激怒するのに」

「それで、カインは憤ってどうした？　神がアベルのほうをより愛したのは、アベルの責任ではない」

「神が意味もなくひとりよりもう片方を好んだから、あんな状況になったのよ。そして神は、見捨てると運命づけたカインを罰したの――こうなったことに自分は関係ないとでもいうみたいに」

「もしお前が正しいのなら、顔を上げられるはずではないか」おじは創世記の四章から引用した。「カインには選択肢があった」

「気に入られたほうの息子がよい行ないをするのはかんたんです」わたしは水彩画から視線をはがした。「男のひとを殺した女性がいたのを憶えていますか？　彼女が、この避難所にやってきたときのことを？」

憶えていないのではと心配になったけれど、おじは言った。「憶えているよ」

「おじさんは彼女を受け入れました」わたしがそう言うと、おじはうなずいた。「それは、彼女は守られるべきだと思ったから？」

「彼女がそう望んだからだ」

おじはわざと話の論点をずらしている。わたしにはそう思えた。「でも、彼女はひとを殺していたのよ」

「わたしが警察官だったら、彼女を逮捕していた。だが、わたしは警察官ではない」

「でも警察がきたとき、おじさんは彼女を匿《かくま》わなかった」

「わたしは判事でもないからね」

「では、もし判事だったら？」わたしははじめて、おじに食ってかかった。自分の気質のなかに見知らぬ柔軟性があるような、衰えた筋肉を調べられているような、そんなことを感じていた。「彼女に有罪判決を出した？」

おじはため息をついた。「有罪判決など、制度上の言葉の問題にすぎない」

「そうね。でも、わたしたちはその言葉を使っているの。殺された男のひとは彼女を脅し、虐待していた。彼のほうが彼女を殺していたかもしれない」

「彼女は、男を怖れていたから殺したのではない」おじは言った。「その点は、はっきり言っていた。彼女は男を憎んでいた。男がいなくなれば、自分の人生はもっとよくなると思っていたんだ」

「男のほうが、そう思わせるだけのことをしたんじゃない」

おじは何も言わなかった。

「それは重要じゃないの？」

「さあ、どうだろう。おまえにとっては重要なのかい？」おじはわたしを見た。どうしてそれが重要なんだい？そう訊かれている気がした。

わたしはどうにか答えた。「自分を脅すひとを、自分よりも力が強いひとよ、そのひとを殺したら、それは正当防衛になるんじゃない？」

「その男の子どもにも訊いてみるといい。彼には三人、子どもがいた」

わたしは、はっきりと言いそうになった。そんな父親がいなくなって、子どもたちにとってもいいことだった、と。でもおじは机の上に指を置いて、いまにも立ち上がろうとするような素振りを見せた。殺された男の責任を問わないなんて愚かだ。わたしはそう思った。

おじの言ったことには触れず、わたしは訊いた。「おじさんは彼女のこと好きでした？」

おじは戸惑ったような笑みを見せた。「彼女にはひとを思いやる気持ちがあると、そう感じられた？　人生があれほど過酷でなく、彼女自身が自分は安全だと思っていたら……」

「いや」おじは素っ気なく言った。「わたしは好きではなかった。彼女は目先のことしか考えず、怒りに満ち、他人の痛みに気づかなかった。でも、それが彼女を警察に引き渡した理由ではない。彼女はひとりの命を奪い、わたしには人類の法と神に背く傲慢さがなかった。それが理由だ。わたしはよく知っている、と言っておこう。殺人は究極の行為だ。盗まれたものは返すことができる。罪深い人生は贖《あがな》うことができる。だが、奪われた人生は取りもどすことはできない。なんらかの形で、そのことに応えないといけない。誰かが死者のために語らなければいけないんだ」

つぎの日の晩、ルシンダ・ニューサムの誕生日パーティへは、わたしもいっしょに車で向かった。

ある程度の規模と格式のあるパーティなら、レディーズ・メイドも付き添うのがふつうだ。でもビーハンに言ったように、今回はこぢんまりした集まりだ。そこでわたしは、シャーロットとルイーズに何かあったときには特別に気を配らないといけないという口実で、ふたりに付き添う必要があるとベンチリー夫人に思わせておいた。

その車中、ベンチリー夫人は不安そうにしていた。両手で小さなレースのハンカチを握り、ものすごい集中力でぐいっと引っぱるから、今夜じゅうにそのハンカチは引き裂かれてしまうのではと思えた。シャーロットは歯を食いしばっていた。目つきは険しく、何を考えているのかわからない。ルイーズはだいじょうぶだと言ってもらいたいのか、母親から妹、そしてわたしへと視線をさまよわせていた。でも、ほとんど会話はなかった。わたしはといえば、きょうという日がどんな結末を迎えるのかと、そのことで頭がいっぱいだった。

ニューサム家に着くとわたしは裏口にまわり、そこでファレル夫人に迎えられた――これはついている。いま、いちばんいてほしい人物だから。彼女に連れられてゲストルームに向かうあいだ、ルシンダの姿がちらりと見えた。彼女はまったく別人のようだった。半分だけ喪に服すかのように、黒いヴェルヴェットの襟のついたペイズリー柄の白黒のブラウスに華奢な黒玉のネックレスを合わせ、ロングスカートの下に網上げのブーツを履いている。華やかではないけれど、その装いはクリスマス・イヴのメレンゲのようなドレスよりも、ずっと彼女に似合っていた。招待客と握手をして頬を合わせるようすは、とても堂々としたものだった。

「ルシンダさまはおしあわせそうですね」彼女のそばを通りすぎざま、わたしは言った。

「ニューサム家の方々は、個人的な苦しみをほかのみなさんに負わせるようなことはなさいませんから」ファレル夫人は言った。

そうね、とわたしは思った。でもあなたは、その個人的な苦しみを利用して、たっぷりとお小遣いを稼ぐことをやめないんでしょうね。

ふたつ目の幸運は、案内されたゲストルームが、ベンチリー家の女性三人がクリスマス・イヴに使ったのとおなじだったことだ。部屋を出ようとしたファレル夫人に、わたしは声をかけた。「ミセス・ファレル、ひとつお訊きしてもよろしいでしょうか」

夫人は戸惑っているようだった。「何をです？」

「ラインベックのお屋敷で話したことを憶えていますか？」

「さあ、何か話したかしら」彼女は用心深く言った。

「お給金の話とか、いろいろ物価が上がっているとか、高齢の親戚のこととか……？」

そんな話はしていない。でも、彼女はわかったというように短くうなずいた。

「あなたがどのようにお勤めを果たしてきたのかを聞いて、とても感銘を受けました。三十年もおなじご家族のもとで――たいへんな業績です。わたしはメイドの仕事をはじめてほんの七年で、すでにふたつ目のご家族に仕えていますから。それに、こんなことは言いたくありませんが、ふたつ目のご家族は、アームズロウ夫人のところで馴染んでいた勝手とちがうんです」

「それは、そうでしょう」夫人は言った。「あなたはいま、つまらないひとたちに仕えているんですもの」

「ほんとうに」わたしは心で泣きながら言った。「いつも自分たちから、スキャンダル紙に載ろうとしているようで」そこでわたしは言葉を切った。「それで、考えさせられたんです。わたしたちメイドは、どれほど忠誠を示せばいいのか、と」

「臨時収入がほしいのね」ファレル夫人は露骨に言った。

「まさにそうです」

「それで、わたしはこの話のどこに収まるの？」このひととの実務的直感は驚くほどすばらしい。巡ってきたあらゆる機会を利用して、いい思いをしているのだろう。ワニのように、その機会を自分のほうに引きずりこめるだけの頑丈な歯を持っているのだ。

「正しい方向に導いていただけたら、そのお力添えに感謝しないわけにはいかないでしょう」

「何を知りたいの？」

わたしはすでに知っていることや、どうでもいいことをいくつか訊ねた。《タウン・トピックス》紙の誰と話しました？　そのとき、いくらもらいました？　先方はどんな話に興味を持ちました？　ファレル夫人は冷静な口調ではきはきと、すべての情報を提供してくれた。ストッキングの正しいたたみ方を教えてくれるみたいに。

それから、たったいま思いついたふうを装ってわたしは言った。「でも、ミセス・ファレル。相手が知りたいことをこちらが知らなかったらどうするんですか？」

「そうしたら、報酬はないわね」

「では、どうやっていろんなことを知ったんですか？　ただ……気づいてしまったとか、聞くべきではないときに耳にしてしまったとか？」

いまやわたしたちは、仕事上のパートナーだった。夫人は手近にあった椅子に腰をおろして寛《くつろ》いでいた。「信用を得るの。若い方たちのところに行くといいわ――あなたはお嬢さまふたりのお世話をしているんでしょう？　胸の内を打ち明けられたら、彼女たちが望むように同情してあげることね。そして、いろいろと訊く。そうすれば、知りたい情報を得られるわよ」

「そうやってルシンダさまから情報を聞きだしたんですか？」

「まさか、そんなこと。あの若いお方はご家族の問題を使用人に話すことなど、ぜったいにしませんもうおひとり、新しい奥さまのほうよ。家を切り盛りするにはどうすればいいのか、そもそもよくわかっていないんですもの。すっかりわたしに頼り切っているわ。それで、なんでもよくしゃべるの。お若いほうのニューサムさまが亡くなると、口を閉じていることができなくなった。とにかく怯えていて」

「ペップ・ピルのことも話しました?」

「ええ。それに、ビアトリスさまとおたくのお嬢さまとの間のけんかのことも。彼女は、ノリーさまが巻きこまれるべきでないいざこざに巻きこまれるのではないか、そのせいでご一家が恥をかくことになるのではないかと心配していたわ」

「それで、いろいろな話が新聞に載るようになって――ニューサム夫人はあなたのことを疑わなかったのかしら?」

「警察が話したにちがいないと思っていたみたいね。さきほども言ったように、わたしは信頼されていますから。それに彼女は、わたしにけんかを売るようなまねはできないもの」

ローズ・ニューサムにはどうしてもファレル夫人が必要だったから、と思った。でもそれは、このハウスキーパーが思っているような理由ではない。

「でも、お若いほうのニューサムさまを巡ってのお嬢さま方のけんかは――警察が知っているはずがないですよね?」

「そうかしら? シャーロットさまは下品なごたごたをぜんぶ、あの警視に話したんじゃない? だからニューサム家はベンチリー一家をラインベックの家へ招待したんですよ。彼女を警視やマスコミから遠ざけておこうとして。また、何かしゃべらないうちに」

できるだけ軽い調子でわたしは言った。「新しい奥さまがお話好きでよかったですね。たしかにみなさん、堅苦しくなくお話ししやすい方だと言っています」

「そうね、お友だちをつくるのが好きみたいよ、あの方は。ニューサムさまをたぶらかしたように、誰が相手でもおなじことができると思っているのね」ファレル夫人はそう言うと、椅子から立ち上がった。「わたしなら彼女からはじめるわ。もうおひとりは、鼻の先ほんの五十センチのところで起こっていることもわからないような方ですから。ひとに話す価値のあることが聞けますよ。届くべきひとのところに届くはず」

「ほんとうに感謝します」

夫人に感謝の気持ちをお金で伝え、短く笑みを交わした。それから彼女は部屋を出ると、ドアをしめた。

わたしは深呼吸をした。いまの話で、ノリー・ニューサムが殺されたあとの出来事がどのようにしてうまく誘導されたか、全体像がつかめた。そのやり方はあまりにも巧妙だから、計画のつぎの段階では、シャーロットの犯行だと示していそうな痕跡をすべて取りのぞかなくてはいけない。彼女を巻きこむためにあらゆる手を尽くしたその人物は、追い詰められたと感じたら、ためらうことなくシャーロットのドレスを証拠として利用するはず。ほかには何をするだろう。それはいま考えることではない。

シャーロットはドレスをベッドの下に押しこんだと言っていた。見たところ、ここは客を迎えるのに最高の部屋とは言えない。おもに、パーティのときなどの着替え室として使われているのだろう——あの日の夜もそうだったように。その後、ニューサム家がラインベックに向かったことと、このお屋敷全体が混乱していたことを考えると、しばらくは隅々まで掃除されていない可能性はある。埃をはらったりモップをかけたりはしたかもしれない。でも、それは目に見えるところだけの話で……。

わたしは膝をついてベッドの下を覗きこんだ。そしてここから持ち去って、きちんと保管していない。誰かがすでに見つけたのだろうか。そしてここから持ち去って、きちんと保管しているのだろうか。

でも、見つけなければいけないものはほかにもある。ノリーを殺した凶器だ。暖炉がないから、この部屋を探してもあまり意味はない。ベッドの下にはなかった。それは確かめた。足ですばやく絨毯を探った。椅子のうしろを見て、どっしりとしたオーク材の化粧箪笥の抽斗をあけた。でも、何もなかった。

元々あったところにもどされた？　ニューヨーク市警が何週間も総力を挙げて探した凶器は、ずっと日常の風景のなかにあった？

ゲストルームを出て、裏の階段で厨房におりた。殺人のあった夜以来はじめて見る厨房は、なんだか不思議だった。あのときと比べていまはずっとひとが少ないし、ずっと落ち着いている。料理人がひとりとキッチン・メイドがふたり、それぞれコンロと流しの前で作業をしていた。執事たちは厨房を出入りして、新しいガラス製の食器やごちそうをお祝いの席に運んでいた。粉砂糖をまぶされ、ピンク色のクリームで縁どりされた大きなケーキが、今夜の締めくくりを飾るべく出番を待っていた。

テーブルの上にあった布巾を手に取り、すばやく水道の蛇口をひねって水で濡らした。いちばん若手のキッチン・メイドに水漏れについてもごもごと話しかけたあと、ドアロへ急ぐ

——指を交差させ、二階にもどらないことに誰も気付きませんようにと祈った。行くべき場所に向かって足早に歩いているから、誰も何も訊かないはず。わたしは書斎のドアまで行った。

顔を近づけ、そんなことはないはずと思いながら、ドアの向こうから話し声が聞こえないか確かめた。それから深呼吸をして、手が震えないよう水に濡らした布巾をしっかり握り、ドアをあけてなかに入った。

その瞬間、警察が徹底的に調べたあとでここに入ったのは、たぶんわたしが最初だろうと思った——ひょっとしたら、ふたり目かも。空気がこもり、かなり埃っぽかった。カーテンは閉まっている。事件のあった夜とちがい、あたりを照らす暖炉の火はない。壁を伝って、壁に取り付けられたランプに手を伸ばす。それをともすと、弱々しい光のなかで自分が暖炉のすぐそばにいることがわかった。

火かき棒はとうぜん、あるべき場所にあった。でも殺人が行なわれた夜は、そこになかった。見るのもいやな鉄製のその棒は、先端が怖ろしげな鍵状になっている。ローゼンフェルド氏が指紋について言っていたことを思いだし、直接、手を触れないように気をつけた。でもよく見ると、きれいに拭われているのがわかった。

こういうものの汚れを拭うとき、何を使うだろう？　殺人があった夜に血を吸わせた布片を、どうやって処分する？　血痕がついたものならどんなものでも、自分に不利な証拠になりそうなのに……。

わたしはランプを消し、急いで上階《うえ》にもどった。アームズロウ夫人のニューポートのお屋敷を思い浮かべ、頭のなかに描いた見取り図を頼りに歩き、お屋敷のなかで人気《ひとけ》のない一角に向かう。どこまでもしんとしていて、ここがニューサム家の生活空間だとわかる。豪華な絨毯が敷かれた長い廊下に、ドアが三つあった。そのうちのひとつの前を通りすぎると、ライムとクローヴの香りが漂ってきた。男性らしいにおいだ。ここはわたしが探している部屋ではない。

目指す部屋は、廊下のつきあたりにあった。白い二重扉は金メッキで縁取られている。把手《とって》に手《て》を置き、なかにひとがいないか聞き耳を立てた。何も聞こえなかった。メイドは全員、下階《した》にいるはずだ。それでもわたしは練習した。「あら、すみません！　部屋をまちがえました！」

誰かに見られたら、泥棒と思われる可能性はじゅうぶんにある。見方によっては、泥棒なのだけれど。その考えをのみこんで把手を回し、わたしはローズ・ニューサムの部屋に入った。

マリー・アントワネットなら、この部屋は自分の望みがすべてかなえられていると思っただろう。ぴかぴかの床の大部分を覆う、さまざまな種類のバラが描かれた絨毯。壁紙はピンク色のシルク製で、金色の花飾りが一面に縫いこまれている。六メートルほどの高さの窓には分厚いダマスク織りのカーテンが引かれ、外は見えない。窓の上部には智天使といっしょに、厳めしい力天使《りきてんし》の像が取りつけられている。部屋の中央には繊細な書きもの机と、磁器製の洗面器を備えたかわいらしい白い化粧箪笥がある。誰かの先祖と思われる、かつらを着けた慎み深そうな男性の肖像画が壁にかかっている。ほかにも、魅力的なイングランドの田舎の風景を描いた絵が、そこここに飾られていた。

でも、いちばん目立つのはベッドそのものだった。バラ色のヴェルヴェット地で覆われた台にのせられ、四人はじゅうぶんに寝られそうなほど大きい。天蓋つきで、壁紙とおなじ、金色の花飾りが刺繍されたピンク色のカヴァーがかかっていた。思ったとおり、個人的な思い出の品はひとつも飾られていなかった。ローズとロバート・ニューサム氏の結婚式の日の写真一枚があるだけだ。

この部屋は、先代ニューサム夫人の好みではないはず。でも、現ニューサム夫人の好みの部屋として見ても、なんだか不思議な気がする。彼女の着るドレスはモダンで、大胆だけれど下品ではない。知的で、自分が着るものがどんな印象を与えるか、よくわかっている。成熟している。ところがこの部屋は、プリンセスの夢の部屋だ——というか、プリンセスを夢見る六歳の女の子の。

でも、わたしは彼女の部屋を批評するためにここにいるのではない。化粧箪笥のほうに歩いていくと、その抽斗は探しているものを隠せるほどの大きさだとわかった。抽斗のひとつを引きあけ、手前や奥を探った。でも、シルク地やサテン地に触れるだけだった。下着類だと思い、わたしは抽斗から手を抜いた。

小さめのドアをあけると、クローゼットというより収納庫のような部屋につながっていた。

ドレスやコートがぎっしりと詰めこまれている。床にもラックにも、季節ごとの――あるいは月ごとの――女性用の靴がいっぱいにあった。いちばん奥には、いくつもの箱が高く積み上げられた棚が並んでいた。どれほど献身的なレディーズ・メイドでさえ、一年に何度も立ち入らないと思われる空間だ。

それでも、もっとよく観察しようとわたしは小さな台に乗った。すると、箱の蓋に積もった埃のなかに、うっすらと指紋らしきものが見えた。ここにある箱は最近、動かされたということだ。

わたしは箱をひとつおろし、慎重に蓋を持ち上げた。化粧箪笥にしまわれていたものよりも、さらに個人的なものが入っていた。それと、スカートとセーターも。妙に野暮ったいと思った――〈フィップス女学院〉の校章に気づくまでは。わたしは蓋をしめ、箱をもどした。

それから壁のほうに押しやろうとして――生地が立てるサラサラという音が聞こえた――箱をいくつか動かすうち、その後ろに隠されていたシャーロットのドレスが現れた。

細心の注意を払って手を伸ばし、ドレスの端をぐいと引っぱった。デザインが繊細なだけに、破ってしまいたくなかった。証拠となるかもしれないから。ドレスはひどく汚れていた。数週間がたち、赤ワインの染みは紫っぽい色に変わっている。ボディス部分についた汚れがいちばんひどかったけれど、染みはスカート部分にも飛び散っていた。

でも持ち上げてみると、ワインとはちがう汚れに気づいた。もっと濃い色で、生地の奥まで滲みこんでいる。指先を伸ばして触れると、乾いて硬くなった血の感触があった。

心臓が鉛に変わったような気がした。息をしなさいと、自分に言い聞かせなければならなかった。わたしはさらにドレスをじっくりと観察した。

そしてとつぜん、冷静になった。鼓動が落ち着き、自然に呼吸ができるようになった。

この染みはまちがっている。

シャーロットがノリーの頭を殴りつけたのなら、噴き出した血があちこちに滴《したた》ったり、撥ねかかったりしたはず。ノリーのシャツがそうだったように。それなのに、この色の濃い染みにはムラがなく、その周りを薄めの染みが囲むようについている。まるで、子どもが描く、光輝く太陽だ。何か面倒なことがあった跡は見受けられない。どちらかといえば……洗ったようだ。

拭われていた。

血まみれの何かが拭い去られた。

わたしはドレスを持ったまま、台からおりた。

そのとき、声が聞こえた。「ジェイン――いったい、ここで何をしているの?」

わたしはふり返った。ローズ・クーガン・ブリッグス・ニューサムが立っていた。手に持っているのは、薔薇《ローズ・ブラッシュ》のはじらい。

22

こんな状況だと、どちらがより大きな罪を犯しているのか判断するのはむずかしい。寝室という神聖な場所に許可なく入りこんだ使用人か、ひとの命を奪った女性か。社会的道徳観を掲げるひとなら、わたしのほうを軽い罪だと見なすだろう。それでもわたしは、現行犯でつかまった犯罪者のような気持ちにならずにはいられなかった。

ルシンダとおなじように、ローズ・ニューサムも黒を着ていた――とりあえず、上半身は。チュニックとスカートのレースは黒いシルク地で、薄いクリーム色の糸で刺繍がほどこされていた。でも、スカートは前が開いたデザインで、チュニックは腰までの丈だ。その下からは明け方を思わせる金色の美しいタフタのレースが覗いている。縁には小さな金色のコインが挑発するようにぶら下がっていた。

すこしのあいだローズはその場でじっとして、状況を把握しようとしていた。視線が部屋のなかを移動する。抽斗があいていることに気づき、床の上の汚れたドレスを見つけた。わたしと目を合わせないと決めているようだった。自分が相手を見なければ、相手も自分が見えないと思っている小さな子どもだ。不意に、そんな気がした。

できるだけ穏やかに呼びかけた。「ローズさま」

「あなたが盗みに入ったと言ってもいいのよ」

「そうしたら、この血の付いたドレスのことはどう説明するおつもりですか？」

「あなたが盗もうとしていたとでも言うわ。ベンチリー家があなたを寄こして、そのドレスを手に入れようとした。シャーロットがノリーを殺した証拠になると、ベンチリー家のひとたちはわかっているから」

「だから隠しておいたんですね。ブラックバーン警視に疑われたら、あなたはこれを〝見つけた〟と言うつもりだった。ちがいますか？」

彼女はわたしに背を向け、バラの柄の入った絨毯の上を歩きはじめた。優雅な動きで、片足をもう片方の前に出している。

「だから、タイラー家のみなさんもラインベックに呼んで、ビアトリスさまとシャーロットさまをいっしょにいさせた。ふたりのあいだに何があったか、知らないふりをして。でも、あなたはもちろん、ちゃんとわかっていた。もういちど口論が起これば、嫉妬心からシャーロットさまがノリーさまを殺したというあなたの作り話が裏付けられると、とうぜんわかっていたんですよね。あの若いふたりは、お互いにいい感情を持っていなかったと大勢が証言していますよ、とでも言って」

おかしなことに、ローズは絨毯の上を歩きつづけている。わたしと話すつもりはあるのだろうか。

「以前、わたしとは話しやすいとおっしゃいましたね。いま、話しませんか？」

それ以上、進むべき絨毯がなくなり、ローズは巨大なベッドに足止めされていた。長椅子の端に腰をおろすと、緊張しながらも用心深い学生のように、膝の上で両手を組み合わせた。

「ベンチリー夫人から聞いたわ。あなた、フィラデルフィアに行ったんですってね」

「はい。お父さまのことは、ほんとうにお気の毒でした」

「あら——ということはスクールキルにも行ったのね」

「はい」

「たいしたところじゃないでしょう？」

わたしはためらいながら答えた。「あの町のひとたちは貧しいんですね」

「〝ひとたち〟ね。あいつらは獣よ」ここでローズは、膝の上の両手をぎゅっと握りはじめた。「子どもの姿は見た？」

「はい、何人かは」キャンディで頬をふくらませていた少女のことを思いだして答えた。

「わたしに向かって石を投げたのよ」

「誰がですか？」

「あの町の子どもたち。事故が起こったあとで。学校が終わると、わたしを待ちかまえているの——それで石を投げてきた。頭めがけてね」ジョークを言ったとでもいうように、彼女は笑おうとした。「それで大声で叫ぶの、おまえの父親は人殺しだと。でも、おとなたちには聞こえなかったみたい。通りを渡って行ってしまい、何も見ていないふりをした。でなければ、家のなかからカーテン越しにじっと見るか。そのなかのひとりでも、みすぼらしいちっぽけな家から出てきて、やめなさいと言ったと思う？　もちろん、誰もそんなことはしなかった。ところがね、わたしに石を投げた子どもたちは、事故で誰も亡くしていないのよ。ただ、石を投げつけたかっただけ」

「おっしゃるとおりだと思います」

「信じられる？　いちどなんてね、口許にぶつけてきたの。わたしは顔じゅう、血だらけになったわ。歯も折れた」そう言って彼女は頰に触れた。「ものすごく痛くて、目まいがして倒れたわ。その場に。それで思ったの。もうやめるはず。こんなにも痛がっているのがわかれば、もうやめるはずだと。でも、あいつらはわたしの周りに集まりはじめて、つぎには小突いてきたの。わたしは指で地面を引っ搔いて、何か投げ返せるものがないか必死で探したわ。何か重くて硬いものを。でも、指に触れるのは砂だけ。砂なんて、投げたところでどこかに飛ばされて終わりよ」

「どうやって逃れたんですか？」

「あいつらを蹴飛ばして、走って逃げた。家に着くと、母が言ったの。その顔！　父はわたしをじっと見るだけだった。ずいぶんとひどい顔に見えたんでしょうね。そのつぎの日よ、父の死体が川の近くで見つかったのは」

「それで、フィラデルフィアに行くことになったんですね」

「そのとおり。母は〈ワナメイカー百貨店〉の仕事を見つけたから。服は割引価格で買えたわ。母にとって、すてきな服に大きな意味があったの。わたしも学校が終わると百貨店に行ったわ。ある日、母の言いつけどおりにおとなしく坐っていられないことがあった。そうしたら母から、店の外で遊んでいらっしゃいと言われたの。そこで綱渡りをするみたいに歩道のひびの上を歩いていたら、男のひとが近づいてきて言った。気をつけて、落っこちないようにね。ここはずいぶん高いから、と。それが、すごくおもしろく思えた」ローズはそこで、グローヴの先をぐいと引っぱった。わたしとおなじ悪い癖だと思うと、すごくおかしな気がした。

「その男のひとに、どうしてひとりでいるのかと訊かれたわ。わたしは、ひとりじゃない、お母さんはこの百貨店で仕事をしている、と答えた。そうしたら、お母さんもきみみたいにかわいらしいのか、と訊いてきた。わたしよりきれいよと答えると、彼は言ったの。それならぜひお目にかからないと。なかに行ってあいさつしよう、と」彼女は顔を上げてわたしを見た。「母はわかっていなかったと思う。わたしのほうが先に彼と出会っていたことを。あの男は、わたしを先に見つけていたの」

彼女はわたしのことをじっと見つめたままだった。何か探られているような気がしたけれど、すぐにわかった。わたしに目を逸らしてほしがっている。見られたくないのだ。知られた過去のほんとうの意味を、わたしが理解したいまとなっては。

「お母さまではなかったんですね」わたしは言った。「チャールズ・ファラガットの相手は」

「彼は自分のことを、ミスター・チャーリーと呼ぶようにと言った。だからわたしは、そう呼んだ」ローズはグローヴをきちんと直した。「彼は母のもとに通ってくるようになった。そして、あちこち高級なお店に連れ出したの。母はそういうお店にふさわしい服を持っていなかったから、彼に買ってもらっていたわ。わたしも。ある日、彼の家のパーティに招待されたの。家に到着すると、彼は母に、愉しいことがあるからわたしを二階に行かせるようにと言った。きっと驚いて夢中になるから、おとなの邪魔にならない、と。母がいっしょに行く必要はない、とも言っていたわ。ここでほかの招待客と話しなさい、と」

「彼とふたりきりになるのは、怖くなかったのですか？」

「最初は、すこしね。でも、ミスター・チャーリーからこれはゲームだと言われたの。夕食に友人を何人か招待して、なかでも大切なひとたちは二階にいる、と。彼らにいたずらをするから、ちょっと手伝ってほしいと言われて、愉しそうだと思った。誰かにいたずらを仕掛けるのが。何が起こるのかわからないおばかさんでいるよりも、ずっといいような気がした。彼は言ったわ。ふたりで部屋に入ったら、まっすぐテーブルに行ってその上に立ってほしい、と」そこでローズは笑った。「そんなのはとても大胆な行動だし、行儀が悪いことよね。母なら、わたしが家具を足でこすったりしたら気を失うわ」

「それで、どうなりました？」

「部屋に入らないうちから、ミスター・チャーリーはすごく興奮してた。自分はなんてすばらしいことを思いついたんだ、と思っているみたいだった。そして身をかがめて、わたしの耳許でささやいたの。テーブルの上に立って、ばかな友人たちみんながきみを見上げたら、下着をおろしてほしい。その下着はそのテーブルに置いておきなさい。みんな、とてもまぬけな気持ちになるから。そう思わないかい？　ええ、そんなことをするのは、大胆というのとはすこしちがうわね。でも、そうするだけでいいからと彼に言われたの。テーブルの上に立って、下着をおろすだけだ、と。そして、友人たちをまぬけな気持ちにさせるんだ、と」

ローズは腕を伸ばし、両手を膝のあいだに差し入れた。「よく憶えてるわ――みんな、わたしを見上げていた。息を荒くして。その目を見て思ったの。このひとたちは、何が起きているのかわかっている。わたしがこうすることを望んでいる、と。だって、まぬけな気持ちになったら目を逸らすものでしょう。わたしだったの……まぬけな気持ちになったのは、わたしだった」

「そのあと、彼は解放してくれたんですか？」わたしは訊いた。

「まあ、そうね。運転手付きの車で家に送り届けてくれさえしたわ。わたしは、何をしていたのかと母が訊いてくれるのを待った。でも、訊かれはしなかった」

「そしてお母さまはまた、あなたを彼の家に行かせたのですね」〈ワナメイカー百貨店〉の女性店員が言ったことを思いだしながら、わたしは訊いた。

「ええ。月にいちどは。母は一階で坐って待っていた。パーティの招待客なんていやしない。彼は母に、ダンスの練習をしているとでも言っていたんだと思う。ピアノを弾く男のひともいたし――そんなこと、ずっと忘れていたけど」

「でも、ダンスの練習ではなかった」

「ええ。つぎに彼の家に行ったときは、男のひとたちがしゃべっているあいだ、わたしはクリームケーキを食べただけだった。そういうことは何回かあったわ。それから、暖炉の前に敷いたラグに横になるように言われるの。服を着たままのときもあったし、そうでないときもあった。たいてい、わたしはうとうとしてた。ずっと横になって、すごく退屈だったから。膝の上に坐るようにと言われることもあった。ほら、起きて、と言われて……」

その男たちのことを思い浮かべたのか、ローズはわずかに息をつまらせた。「そしてある日、ミスター・チャーリーが言ったの——ほんとうにばかげてるから、あなたは信じないかもしれないけれど——とにかく、彼は言った。きみも知っている男のひとが、下着をおろすところをもういちど見たがっているんだよ！　わたしは声を出して笑ったわ。彼が、おもしろおかしく言ったから。またクリームケーキが食べられるよ、って」

笑顔と言わなければならない表情が、ローズの顔に一瞬、浮かんだ。

「ミスター・チャーリーは先をつづけたわ。でも今回は彼ひとりだけだし、部屋も特別に用意する、と。それで、わたしはその部屋に入ってケーキを食べたの。何時間かたって目を覚ましたら、シーツは血だらけだった。それに、痛かった。そんなことがあったあとで、そろそろミスター・チャーリーの家に行くころねと母に言われたときは、わたしは行きたくないと抵抗した。ほとんど叫んでいたわ。それも街中で」

彼女は大きくため息をつき腕を組んだ。「そのときよ、ミスター・チャーリーが親切にしてられた理由を聞かされたのは。高級なものに囲まれているのに、彼のおかげだって。この先、立派な名門学校に入てくれるかもしれないのよ。ロバート・ニューサムが自分の娘を通わせるような、どこを取ってもすばらしい学校に通えるかもしれないのよ、とも言っていたわ。でも、わたしがそれを望んだと思う？　いやだと言ったのに、わたしがどうしたいかなんて、どうでもいいのよ」

「お母さまに腹が立ったのではないですか」

「母は、まったくちがう話を自分に聞かせていたんだと思う。あんなことじゃない……ちがう話を。母は体調が悪いという自覚があったの。そしてミスター・チャーリーは、わたしの面倒を見ると母に約束していた」

ローズはふっと笑った。「いつもいつも、わたしは坐ったまま、頭のなかで逃げだしていた。どこかほかの場所へ。スクールキルのことも考えた。あの子どもたちのことを。両手をぶらぶらさせたり膝の間にはさんだりして、指遊びもしたわ。〝サンブキンはどこ？〟〝ここだよ……〟」彼女は歌いはじめ、両手の指をからませた。

わたしは慎重に訊いた。「でも、ニューサム氏とはそこで出会ったわけではないですよね？」

「ええ。でも、彼もあの男たちとおなじ目をしていたけれどね」

自分でも止められないうちに、疑問を口にしていた。「どうして、そんなひとと生活をともにできるんですか？」

ローズは驚いたようだ。「できないわけないでしょう？　わたしはニューサムからお金を得ている。父もそうだった。わかってちょうだい。わたしの家ではニューサム家はすべてだったの。何かあれば、それはすべてニューサム家のおかげだった。父は神よりもロバート・ニューサムを崇拝していたんだと思う。少なくとも、彼と神を混同していたわ。わたしだって、そうだった。子どものとき、神さまは黒いスーツを着てビーヴァー・ハットをかぶったビジネスマンだと思っていたのよ。炭鉱の崩落の責任を負わされても、父は腹を立てなかった。会社を助けるのは従業員の仕事のひとつだと言って。自分を非難させておけば、それで会社が救われると。よろこんでそうすると言っていた。ほんとうは、何も言わずにいたのは、そうやって忠誠を尽くしていれば報われると期待していたからなの。でもそれが叶わないとわかって、父は壊れてしまった」

「それで、復讐しようと思ったんですね」

「いいえ。あのひとたちのなかのひとりのなろうと思ったの。砂の上に倒れている愚かな少女ではなく——ニューサム家のひとりに」彼女はそう言い、両手をまた、ぎゅっと握りはじめた。「男たちの何人かには娘がいたわ。どうして知っているかというと、自分でそう話したから。彼らは学校を訪ねて娘に会ってから、ミスター・チャーリーのところにやってくるの。そしてもちろん、ああいう男たちが大好きなもうひとつのこと、自慢話をはじめる。自分が何をしているか、誰を知っているか、そんな話ばかり。あるとき、ひとりの男が言ったわ。〈フィップス女学院〉で誰に会ったと思う？　あの、ロバート・ニューサムだ。娘を訪ねてきたんだね、と。そう訊いて、自分もその娘になりたいと思った。立派な学校で護られながら、パパがまた訪ねてくるのを待つ娘に。それからわたしは男たちと過ごすあいだずっと、ロバート・ニューサムのことばかり考えるようになった。

そんなとき、ミスター・チャーリーに言われたの。だいじないい子ちゃん、わたしの顧客にとって、きもはすこしばかり大きくなりすぎた。さて、きみのことはどうしようか？　わたしはすぐに、〈フィップス女学院〉に行きたいと答えたわ。ミスター・チャーリーも、そこまでひどい人間ではなかったのね。そんなたわごとを、すぐに実行してくれた。わたしのたわごとを、現実のものにしてくれたの……」

「どうして彼にそんなことができたんでしょう？」わたしは訊いた。いくらお金があっても、誰もがあの学校の通えるわけではないのに。

「あら、あの学校の役員会のひとりが彼のお友だちだったの。その役員も、ミスター・チャーリーのパーティにきていたひとりよ。そのひとはよろこんで、彼の頼みを聞いてくれたみたい。ミスター・チャーリーにはこう言われたわ。これで、しっかりと面倒を見てくれるひとを見つけられるね、と」

「そして、あなたは見つけた。以前から、そういう考えはあったのですか？」

「そういう考え？　ミスター・チャーリーから離れるときは、何かを考えるなんて状態ではなかったわ。彼からは、過去は忘れなさいと言われた。自分のことを、まったくべつの誰かだと思うように、と。〝べつの誰か〟になるのは、そんなにかんたんではないのに。わたしは空っぽだった。空虚。学校の教師からはいろいろなことを訊かれたけど、どう答えていいのかわからなかった。ひとりは、聴覚に問題があるのかと訊いてきたくらいよ。べつの教師は、頭をどこかに落としてきたんじゃないかと言っていた。同級生たちは、わたしの事情なんて気にしていなかった。わたしがまちがっていることだけは、わかってたみたいだけど。あの学校に通うようになれば、あのひとたちのいる場所に行けば、安心できると思っていた。でも、じっさいにそうなると、何もかもまちがっているように感じられた。自分はもう死んでいるのに、生きているふりをしているようで。ばかみたいに。

そんなある日、授業でルシンダ・ニューサムがわたしの隣の席に坐って、いろいろと訊いてきたの。いつもの、あのぼんやりとしたようすで。出身はどこ？　字は読める？　あとは忘れたけれど……何かについてどう思う？　とか。彼女に会ったとき、まるで目が覚めたみたいに感じたの。そしてとつぜん、自分が何をするべきかがわかった。その場ですぐ、わたしは新しい少女を演じはじめたわ。恥ずかしがりやで、相手をよろこばせたくてしかたないけれど、容姿に自信のない少女を。みんな、そういうことを気にしすぎるんだわ、なんて言いながら。そして、ルシンダがいいと思うものを、わたしもいいと思った。彼女がきらいなものには、わたしもとうぜん関心を持たなかった。しばらくして、彼女に訊かれたの。いっしょにお父さまに会ってくれないかって。話したいことがあるけれど、どう切り出したらいいのかわからない。お友だちがそばにいてくれたら、話しやすくなるかも……」

ローズはにっこりと笑った。「わたしはロバート・ニューサムに会った。彼がどんな目でわたしを見たかがわかると、確信したわ。これはぜったいにうまくいく、と」

「彼は、あなたが誰かを知らないんですね」

「知っているわ、とうぜんでしょう。わたしは彼の妻よ」

家族が手にできなかったすべてを、ニューサム家に護られ、気前よくお金を与えられることでローズは埋め合わせている。わたしはそう思った。でも、じゅうぶんではないようだけれど。

「ミスター・チャーリーはどうしました？」

そう訊くと、ローズの表情が変わった。どこか、うつろだ。とりわけ退屈なお茶会でぼんやりしているときに何か質問され、なんと答えようかと必死に考えているみたいに。

わたしは言った。「彼の顔も潰されていました」

「目だけよ。あの目、大嫌い。うんざりなの。わかるでしょう？　あの目で見られるなんて。うれしく思う女性もいるかもしれないけど、わたしは男性に見られたとたん、このひとはわたしに何をしてもいいと思いかけていると、ずっとそう感じてきた」

それから、彼女はぼんやりしたままかぶりを振った。「わたしが誰と結婚するかを学校の友人から聞かされると、ミスター・チャーリーは家にくるようにと言ったわ。彼が言うところの〝会計〟について話し合うためにね。彼は見返りを受けるだけの資格があると思っていたの——毎月、この先の人生ずっと。家へ行くと、ミスター・チャーリーは暖炉の前にいた。わたしは、その家であったあらゆることを思いだした。男たちがどんなふうに笑ったか、あいつらにどんなふうにからだを引っぱられたか、どんなひどいことをされたか――息が苦しくなったわ。呼吸できなかった。まるで、彼が胸の上に乗って、心臓をつぶされているみたいだった」すこし前から彼女の手は震えはじめていた。いま、ローズはその震えを止めて、ただこう言った。「彼は死なないといけなかったの」

「つぎに、ノリーさまですね」そう言ってわたしは、空《から》になった彼女のカクテルグラスを見た。卵白の跡が残っていた。「ノリーさまのことは、一瞬の怒りに駆られたわけではない。そうですよね？　あなたは殺すつもりだった。だから彼に薬を服《の》ませた。あの夜、ニューサムさまはノリーさまにお酒を控えさせていました――あなたがそう提案したのではないですか？」

ローズはうなずいた。

「そしてふたりで書斎で会い、あなたのカクテルを渡したんですね」

「彼は無礼だったわ。女が飲むくだらない飲みものなんてと、鼻で笑ったんだから。でも、わたしは言ったの。飲んだら驚くわよって。ほんとに驚いたと思うわ、気を失う直前にね。たぶん彼は……わかっていたと思う」そう話す彼女の口は、満足げに歪められていた。「怖がっていたと考えると愉しい。人生ではじめて、彼は怖がったのよ」

「どうして？」

「……どうしてそうしたか、ということ？」彼女は訊いた。「彼が急にフィラデルフィアに興味を持ったと知ったとき、仕事が理由じゃないとわかった。だからわたしは頼んだの……

一家の友人のひとりに、ということにしておきましょう……彼に目を光らせておいてと。ノリーの言動は手に負えなかったから、疑問には思われなかった。その友人は、ノリーが〈フィップス女学院〉を訪ねたことや、女性とひと晩、ホテルに泊まったことを報告してくれた。相手の女性はビアトリス・タイラーだと思う。それだけは、すこし驚いたわ」半分ジョークを言っているように、彼女はわたしに目を見開いてみせた。「驚くでしょう？　あんな良家のお嬢さんよ」

「それで、ノリーさまが帰ってきてからは？」

「ノリーは帰ってくると、お小遣いについて考えを変えるよう、父親に言ってほしいと頼んできたの。それができないなら、パーティのときにまったくちがった発表をする、と」

「ノリーさまはスクールキルにも行ったんですか？」

「いいえ。それに、わたしをクーガン家と結びつけることも、ぜったいしなかったはず。なんともまあ、賢いわよね。それでも、メイルスやギルフォイルと話してミスター・チャーリーのことをつきとめるくらいには情報を手に入れ、彼の関心はわたしの母にはなかったと推測した。わたしは、考える時間をちょうだいとノリーに言ったの。でも、彼が口を閉じたままでいないことはわかっていた――どれだけお金を渡しても。脅迫状のせいで夫が警備を強化したと知ったとき、わたしは思ったわ。これだ、って。パーティの夜まで、わたしはノリーを避けた。当日はひとの出入りが多く、誰でも入ろうと思えばこの家に入れたでしょう。あの夜――わたしたちが口論しているところを、あなたは見たわよね――書斎で会って返事をすると彼に言ったの。そしてわたしは、返事をしたというわけ。

薬が効くまでのあいだ、ノリーはわたしについて知っていると思っていることをぜんぶ、話してくれたわ。まるで、自分のことを重要人物だと考えているみたいだった。とても重要だと。でも、わたしは思ったの。ばかじゃないの、って。このひと、何もしていない。何も知らないくせに。わたしがどんな気持ちだったかなんて、このひとは知らない。老人の手の感触。のろのろ動く、乾いた口唇の感触。関節炎で腫れた指が下半身に触れると痛いの。その感触を知ってから、自分は重要だと言ってほしいわ。自分でその感触を……」

ローズが火かき棒をノリーの頭に振りおろすところが、先端のフックで彼の目を突くところが頭に浮かんだ。その光景をふり払おうと、わたしは言った。「あなたはまだ書斎にいたんですよね？　わたしがノリーさまを見つけたときも」

「いたわ。ノリーが気を失うまで、思っていたよりも時間がかかったの。でも、ありがたいことにあなたは書斎を出ていったから、わたしが彼のそばにいられたというわけ。怖ろしい場面に出くわしてしまったみたいにして……」

「だから、あなたのドレスに血が付いていても、誰も気にしなかったんですね」

「そのとおり」

「火かき棒はどこに隠したんですか？　わたしがノリーさまを見つけたときは、そこにはありませんでした」

「本棚の後ろ。警察はあの無政府主義者が凶器を持ち去ったと思いこんでいたから、それほど念入りに調べなかったのよ。それに、この家では誰も本なんて読まないから」

「でも、元にもどさないといけなかったはずです。どんなスカラリー・メイドだって、つぎの日に暖炉の灰を掃除するときに気づきそうなものですから」

「そうね。そこはまあ、慎重になったわ——警察はなかなか帰ってくれなかったし。でも、朝四時ごろにはシャーロットのドレスを見つけ、火かき棒の血を拭って元の場所にもどすことができたわ」

「そして、ペップ・ピルを床に撒いたんですね。シャーロットさまに疑いがかかるように」

「でなければ、あなたに」

あの夜、ローズはわたしに、ノリーを書斎に連れていくようにと言った。あれには意図があったのだ。わたしは身震いした。

彼女は話をつづけた。「頭を殴って殺すというのは、無政府主義者らしくないということはわかっていた。だから、車に爆弾を仕掛けることも考えたわ」

驚きが顔に出ていたにちがいない。ローズはにっこり笑った。「わたしは炭鉱の町で育ったのよ。ダイナマイトのことはよく知ってる。でも、いつ作動するか、そのタイミングがわかったためしがないの。だから、証拠が確実にべつのところを指すようにしておきたかった。そうそう。グローヴもちゃんと忘れなかったわ。瓶に指紋がつかないように」

「脅迫状はあなたが送ったんですか?」わたしは訊いた。

「いいえ」彼女はあざ笑うかのようにわたしを見た。「誰が送ったか、わからないの?」

わたしは首を横に振った。

「ノリーよ。彼は父親に、脅迫状はおふざけだと言いつづけていたでしょう。じっさい、そうだったというわけ――彼のジョークね」ローズの表情が曇った。「ノリーにも、あなたの仕業ねって言ったの。とうぜん、認めようとはしなかったけれど」

「では、ニューサム氏の鎮静剤の件は？　あれは事故だったんですか？」

彼女はグローヴを着けた手の中指を曲げた。「あなたがフィラデルフィアに行くと、わたしはすこしだけ動揺した。あなたが何をつきとめるか、わからなかったから。だから、新しくやってきた看護婦に言ったかもしれない。夫にかならず鎮静剤を服ませるように、と。おなじことをルシンダにも言ったのかも。とても苦しいときだったから、誰と話したのか、いまでもわからないの。でもありがたいことに、そのまちがいはちゃんと気づかれた。それからあの無政府主義者が逮捕されて、それで……」

ということは、ニューサム氏は安全だ――いまのところは。「ほんとうにありがたいと思ってます？」

「こんなことを言うと驚くかもしれないけれど、わたしは夫を傷つけることは望んでいないの。このまま妥協しておけば、ずっといまの生活をつづけられるから」そこで彼女は笑みを浮かべた。「ときどき、彼が眠っているところに行って、いっしょにベッドに入ることがあるわ。そして、片手を彼の口許に置くの。鼻の真下によ。彼がもがきはじめるまで、どれくらいかかるかしらと考えながら。でもいつも、その手を引っこめるの」

彼女がこちらに足を一歩、踏み出した。「犯人はあなただと言う必要がなくてすごくうれしいのよ、ジェイン。そのことは知っておいて。わたし……そんなことになったらフェアじゃないということは、わかっているから」

フェア。彼女の口調は真剣で誠実だった。自分がした最悪のことは、わたしに疑いがかかるようにと考えたこと。そう思っているみたいに。話を聞いたわたしは理解を示し、彼女を罰しようとはしない。ローズはそう望んでいる。そして怖ろしいことに、わたしは彼女を理解した。でも、まだじゅうぶんではない。

「殺さなくてもよかったのに」わたしは言った。「家を出ていくこともできたはずです。宝石類を持ち出して、それを売って、ヨーロッパにでも逃げればよかったのではないですか。ミスター・チャーリーのことはなんとも言えません。でも、ノリーさまのことは選択できたはずです。命を奪う必要はなかった」

「ええ、立派な人間だったものね」彼女はばかにするように言った。「誰が哀しむかしら?」

「妹のルシンダさまです。彼女は、あなたにも親切にしてくれたんですよね」

「最近ではそうでもないわ。とにかく、いまとなってはそんなことはどうでもいい。終わったことよ」

「どうでもよくありません。三つ目の命があるんですから——あなたが救うことのできる命です」その表情から、誰の話をしているのかローズにはわかっていないようだった。「ヨーゼフ・ポーリセックです」

「あの無政府主義者？　だって、彼は自白したじゃない」

「でも、彼は無実です。あなただってご存じのはず。彼は甥を亡くしています、これ以上、苦しめないであげてください」

ローズの目つきが険しくなり、わたしは自分がまちがいを犯したと気づいた。ヨーゼフ・ポーリセックの甥の話をすれば、彼女に石を投げたスクールキルの子どもたちを思いださせてしまう。いまは彼女が石を持っている。重く、ひとを殺せるほどの石を。

「自白してくださいとは言いません」わたしは言った。「あなたから州知事に電話をして、寛大な処置をお願いしてください。以前、傷つけてしまった男性のために、ニューサム家が慈悲を請うのです。立派な行ないですよ」

「立派すぎないかしら」ローズは言った。「そんな立派なこと、誰も信じない。だから詮索されるわ。どうしてそんなことをするのか、手前勝手な隠された動機があるはずだといって」

「そうなったら、ほんとうのことを話してください。あなたがされたことを世間に公表してください。そのときこそ、しかるべきひとに罰を受けさせるときです」

ローズは声を出して笑った。「それってイヴリン・ネズビットとおなじね。建築家のスタンフォード・ホワイトから何をされたか、彼女が十六歳のときに世間に暴露したときと。そんなことをしたらわたしは、立派で誠実な若者をこの国から奪った、ふしだらで堕落した女だと思われるだけよ」

これにもう、説得することにできない。わたしに汚れたドレスを手に取った。「あなたが州知事に電話せずに、ヨーゼフ・ポーリセックの命が救われることがなければ、わたしは警察に行きます」

「そのドレスを持って？」

「このドレスの血痕は、火かき棒を拭ったからついたように見えます。無政府主義者がそんなことをするでしょうか？」

「誰が拭ったかはわからないわ」

「あの日、ノリーさまが着ていたジャケットが手元にあります。その下襟には血痕がついていました」

彼女は手をひらひら振った。「あら、そう。それなら、きちんと洗っておいてちょうだい」

「それに、鎮静剤の成分が見つかりました。あと、アルブミンも。卵白に含まれるたんぱく質の一種です。それが、薔薇のはじらいに独特の泡をつくりだす成分ですよ」

「ノリーはあの夜、いくつものグラスからお酒を飲んでいた。わたしのグラスから飲んでいたとしても、べつに驚くことじゃない」

「でも、彼がこぼしたのはあなたのグラスのお酒だけなんです。鎮静剤と卵白だけでは、あなたを有罪とするには不十分でしょう。でも、それで世間は疑問を抱くようになります。あなたが訊かれたくない疑問ですよ」

そう言ったとき、彼女の目のなかで何かが燃えあがった。そこでわたしは思いだした。この女性はすでにふたりの命を奪っている。二回とも、追い詰められてどうしようもないと感じたときに。

わたしはすぐさま言った。「これ以上、あなたを苦しめたくはありません。知っていることは誰にも話さないと誓います。でも、してもいないことでヨーゼフ・ポーリセックを死なせるわけにはいきません。州知事に電話してください。お願いします、ミセス・ニューサム。ローズさま」

ほんの一瞬、ぼんやりとした希望が彼女の目に表れた。いたずらをして見つかったけれど、今回はぶたれないだろうと感じている子どものようだった。今回はたぶん、自分のせいではないとわかってくれるひともいると、彼女は気づいている。

でも、過去のつらい経験はローズにさまざまなことを教えた。そしてわたしは、自分の視界から少女のローズ・クーガンが消え、まったくべつの誰かに替わるようすを見守っていた。

ローズはすっくと立ち上がった。「夫は、ひとりきりの息子を殺した人物が罰せられることを望んでいるわ。夫の望みは最優先されなければならないの」

この先は心を鬼にしなければならない。いまから脅しをかけるのだから。でも、やはりわたしは彼女に手を差しのべたかった。「それがずっと問題だったのではありませんか？　あなたの夫のような男性の望みが、つねに優先されてきたことが」

彼女は鏡の前に立って身なりを整えた。「社会ダーウィン主義という新しい説を聞いたことはある？　数カ月まえ、夫が説明してくれたわ。その説はね、お金持ちがお金持ちなのは、優秀で賢くて一所懸命働くからなんですって。だからか生命力が強いのね。貧しいひとたちは、そういうすばらしい性質に恵まれていないから死ぬの。でも、強いひとたちは何も感じない」そう言って彼女は鏡越しにわたしを見た。「わたしたちにはありあまるほどの富があるから、最後の一セントまで手放さない。それを取り上げようとする脅しはなんであっても、わたしたちの存在を脅かすものと見なすわ」

ローズはふり返った。「命に高い価値があるという話じゃないの。だからそうね、適者生存と言うほうがいいかしら？」

「スクールキルの炭鉱には価値があったのではないですか？　あなたのお父さまには価値があったのでは？」

スカートの両脇をすこしつまんで持ち上げ、彼女は言った。「お客さまのところにもどらないと。あなた、ここから出ていってくれたらありがたいんだけど」

「わたしは価値があったと思います。ヨーゼフ・ポーリセックの命にも価値があります。彼のようなひとたちのためにあなたが話さないのなら、わたしが話します」

彼女は天を仰いだ。一瞬、まちがいなく完全に、この若い女性がシックシニー炭鉱の大惨事の九人目の子どもの犠牲者に見えた。少女はおぼつかない足取りで歩く父親の手を握るけれど、その父親はけっきょく、彼女の世界から消えただけだった。残された少女は復讐によろこびを見いだし、他人を残酷に利用する。彼女は最高に運がいいと言うひともいるかもしれない。かつては見捨てられひどい目に遭ったかもしれないけれど、いまはまばゆく輝いているのだから。でも、血を好むところは変わっていない。
おじはこう言っていた。死者の代わりに誰かが語らなければならない。
わたしはローズ・ニューサムに言った。「では、わたしがあなたの代わりに話します」

23

その夜、わたしは自分の部屋で手紙を書いた。チャールズ・ファラガットとノリー・ニューサムの死について、そしてふたりを殺した人物について、自分が知っていることを何枚にもわたって。書き終えると、写しをつくった。一通はマイケル・ビーハンに、もう一通はおじに渡すつもりだった。何かあったときのために。ローズ・ニューサムは何をするかわからないから、すべてを書き残しておくのが賢明だろう。

ローズには一週間の猶予を与えよう。その七日のうちに、ニューサム家が慈悲を求めたという新聞の見出しを見なかったら、警察に知らせる手立てを考えよう。

いますぐ行動を起こさなければ、いますぐ犯人を指ささなければという気持ちと、結果を想像して絶望する気持ちとのあいだで、わたしはなんだか不思議な痛みを感じていた。ヨーゼフ・ポーリセックが救われるのは、正義の復讐者としての役をおりること。ローズ・ニューサムがすべてを告白するのは、他人の罪のせいで損なわれたローズ・クーガンを世間に知られること。路上で男が少女に満足げな視線を送るのを見かけると、テーブルの上に立って男たちにじろじろと見られた話をしたときのローズ・ニューサムのうつろな表情を思った。彼女がノリーを叩きのめしたあと、その潰された顔面に残されていたものを思った。ビーハンからは何度か電話があったけれど、わたしは出なかった。人生ではじめて、正しく行動できるか自信がなかったから。

一週間が終わりに近づくころ、ルイーズの靴を磨こうとそれを持って下階《した》におりた。すると、ベンチリー夫人がシャーロットに何やら言う声が聞こえてきた。「いまごろ、ニューサム夫妻はラインベックにいるんでしょうね」

わたしはドアの外で足を止めた。

「しばらくそこで過ごしてほしいわね」シャーロットが答えた。「ええ、そうね、そうするでしょうね。ルシンダの誕生日パーティのときにニューサム夫人が散々、言っていたでしょう。裁判のことで世間に注目されて、ただただ疲れてしまったと。彼女、ニューサム氏の体調が心配なのね。ルシンダは、おばあさまを連れてヨーロッパに行くんですって。だから、いなかに隠れるのがいいと思っているみたい」

ニューサム夫妻はたしかに、ラインベックに雲隠れしていた。やはりハドソン川付近に家を持つニューサム氏の何人かの友人に会うとき以外は、ほとんど家から出ないという。ある金曜日の早朝、夫妻は友人たちを訪問するために出かけた。わたしが警察に行って話そうとしていたまえの日だ。使用人のひとりはのちに、車に乗りこむときにローズ・ニューサムが見せた、夫に対する並はずれた気遣いに心を打たれたと新聞に語った。「寒い日でした。奥さまは毛布を一枚、余分に用意させ、ご自身でだんなさまをしっかりとくるんでいました。

それから、だんなさまの頭のてっぺんにキスをしました」

その日、ハーレーに住む農夫から、爆発音を聞いたと警察に通報があった。彼が現場に駆けつけると、畑のはずれで一台の車が炎に包まれていたという。その町を通る道路は一本しかなく、消防士たちが悲運な車のところまでやってくるのに、ずいぶんと時間がかかった。でも、それは問題ではなかった。爆発の勢いはすさまじく、ニューサム夫妻はすでに死んでいたから。ハロルド・グライダーという名の運転手も、やはり命を落としていた。

とうぜん、グライダーに疑いの目が向けられた。彼はその月のはじめに、ニューサム家で仕事をはじめたばかりだった。噂では以前、マルクス主義を掲げる団体に所属していたとか、名字はほんとうはグライダーではなく、ガッレアーニ（ルイージ・ガッレアーニという、イタリア系の無政府主義者がいた）だとささやかれた。警察は、ダイナマイトはニューサムの屋敷から持ち出されたものだと断定した。古い木の幹を吹き飛ばすために使われていたのだ。とくに、規模の小さな爆発物ではびくともしない、地中にしっかりと根を張った大木を取り除くのにダイナマイトを使う方法が普及していると、新聞で読んだことがあった（デュポン社は、ダイナマイトを添加剤として使うと、土壌にいい作用があるとしても売りこんでいた。揮発し破壊するという性質が、土壌の成長を早めると言われていたのだ）。

ニューサム夫妻の葬儀は公式には行なわれず、ルシンダと祖母は身の安全を考え、ヨーロッパに留まった。でも世間のひとたちは、グライダー運転手に個人的な責任を押し付けるのに、それほど熱心ではなかった。彼は死んだ。もう罰を受けさせることのできない殺人者に注目するより、復讐を求める気持ちを、まだ生きている人物へ向けたのだ。ヨーゼフ・ポーリセックへ。迅速な裁判と死刑判決を声高に求めるひとたちはとても多かった。

あらたなニューサム家の殺人事件について耳にしたその日、マイケル・ビーハンから電話があった。このときは、わたしは電話に出た。

数日後、二月にしてはじめじめして気まぐれに暖かった日の午後に、彼とセントラルパークで会った。遊歩道を歩いていくと、彼はベンチのそばに立っていた。フィラデルフィアから帰る列車のなかで交代で着たコートを着て、両手をポケットに入れていた。山高帽はすこしだけ後ろにずれていた。彼が寄こした新聞売りの少年のせいで家の外に出て、路上にいた彼を見かけたときの光景が蘇《よみがえ》った。不愉快で安っぽいタブロイド紙の記者だと、彼をそう思っていたことを思いだそうとした。その記憶と、いま目の前に立っている男性とは結びつかない。でも彼が口をひらいたときは、何かいやな予感がした。「生きてるね。きみもローズ・ニューサムに火かき棒で襲われたんじゃないかと心配していたんだ。きみが遺体安置所に現れていないか確認するのに、友人に電話しないといけなかったんだから」

わたしはごめんなさいというふうに笑ってみせ、ふたりでベンチに腰をおろした。

「それで」ビーハンは言った。「彼女も逃げ切れなかったんだね」

「そう思う？」

わたしはローズ・ニューサムと話したことを彼に聞かせた。ダイナマイトについて、なんと言っていたのかも。話し終えると、彼は言った。「なんてこった」そのすぐあとに、おなじことをまた言った。それからしばらくは、黙ったままだった。

ようやく彼は口をひらいた。「自殺したと思う？　無政府主義者を救うよりも？」

「ええ」

「でも、きみは警察に引き渡すつもりはないと言ったんだろう？　彼女は寛大な処置を頼むだけでよかったのに」

「過去が明らかになるのよ。わたしがどれだけ約束しても、その話は誰かからべつの誰かに伝わってしまう。そうなったらローズさまはいつ、また絶望してもおかしくない。石を投げつけられても砂しか投げ返せない、地面に倒れた少女になりかねないの。どうせ死ぬなら自分の手でと、彼女ならそう思うでしょうね」

ビーハンはため息をついた。「なら、ヨーゼフ・ポーリセックの最後の頼みの綱が消えてしまったわけだ」

「そうとは言えないわ。わたし、ルシンダ・ニューサムに手紙を書きたいと思ってるの」

「いやいや。そりゃあ彼女の祖母は、身を墜とした性質《たち》の悪い女と結婚した息子のことは許すだろう。でも、当の息子はその女に殺されてしまったんだよ」ビーハンはかぶりを振った。

「その秘密を秘密のままにしておくためなら、彼女は百人のポーリセックを死なせるさ」

「でもルシンダは、正義を大切に思っている」

「そうだとしても、あの子は祖母以外の家族全員を失った。この事実を受け入れられる状態にあると思うかい？　きみだって、ちゃんとした証拠は持っていない。頭がおかしいと思われるだけだ。でなければ、金銭目的だと」

「鎮静剤の成分がついた布片があるわ」

「その鎮静剤の出所《でどころ》がローズだとは証明できない」

「チャールズ・ファラガットがいる」

「頭を割られたブタ野郎だ、ノリーとおなじ目をした。でもそれだけでは、じゅうぶんな証拠にはならない」

「何かを証明する必要はない。疑念を持たせるなら、ルシンダさまにポーリセックの命を救うことを考えさせるだけでじゅうぶんじゃない？」

ビーハンは考えた。そしてかぶりを振った。「だれも疑念なんか持ちたくないさ。きみがそう仕向けたところで、彼女は感謝なんてしないだろう。それにブラックバーン警視は、無政府主義者を始末するという見せ場を諦めることなんてないと思うね。彼はすでに、連邦議会議員選挙への出馬も考えているらしいよ」

わたしは姿勢を正し、障害となるものがあるか考えた。何もなかった。ニューヨークのニューサム一家のほとんどは殺された。シックシニー炭鉱事故に関連した脅迫状のことがあるから、怪しげな手紙は警察に止められてしっかり調べられるだろう。ルシンダがあの手紙をけっして目にしないという可能性はじゅうぶんにある——すくなくとも、いまのところは。

ポーリセックから、甥の写真を取り返してほしいと頼まれたことを考えた。それがあれば、死ぬのが怖くなくなると言っていた。わたしはこぶしを腿に叩きつけた——強く。

びくりとしたように、ビーハンがわたしの腕を取った。

「まちがってる」わたしはばかみたいに大きな声で言った。

「わかってる」

彼はまだ、わたしの手を押さえていた。わたしはそのままにした。そして、彼の親指が手首をさすりはじめた。心地よかったし、それ以上の何かを感じた。わたしも彼の手首をさすった。

それからわたしは言った。「どちらにしても、彼に甥御さんの写真を渡さないと」

「それなら、うちの新聞社が手に入れた。とうぜん、それを利用するつもりでね。大きな声を出さないで、大金を支払ったんだ。しかも、確実に刑務所に届くように手配した」

「ほんとうにポーリセックに渡してもらえるの？　彼に慰めなんていらないと言うひとだっていそうなのに」

「渡さないと、先方が困ったことになる。ぼくはもう記事に書いたからね。〝殺人犯、亡くなった甥の写真を手に……〟」内容を説明しながら、ビーハンは片手を上げた。

「あなた、死刑執行に立ち会うつもり？」わたしは驚いて訊いた。

「そういう判決が出れば」彼はわたしをちらりと見た。「どんなようすだったか話してあげるよ。聞きたいなら」

「よくわからない」

それからしばらく、ふたりで黙ったまま坐っていた。

やがてビーハンが言った。「そういえば、この一連の事件にもおもしろいことがあるんだ」

わたしは思わず笑ってしまった。涙を流す代わりに、ちょっとした感情の爆発が起こったみたいだった。この先、わたしはマイケル・ビーハンのこういうところを恋しく思いだすだろう。奇妙なこの世界に、陰気なよろこびを持ちこむところを。

「この事件の記事を書きはじめたとき、最初はちがう人物を犯人だと思っていたんだ」

「シャーロットさまでしょう?」

「いや。きみだ」

わたしは彼をじっと見つめて、ジョークを言っているのかどうかを見極めようとした。本気だった。

「あの書斎から、きみは半狂乱で飛び出してきた。それからニューサムの息子が殴られたと聞いて、あの娘もかわいそうに、ろくでなしの手にかかりそうになって頭を殴りつけたんだなと、まず思ったんだ。とうぜんの報いを受けさせた、と」

「名家の子息が、メイドに手を出し、迷惑がられて、冥界へ」

ビーハンはさすが、というようにうなずいた。「ぼくがベンチリーの家を訪ねたときのことは憶えてる? きみに、シャーロット・ベンチリーは友人を利用してもいいんじゃないかと訊いたよね。じつは、友人が必要なのはきみかもしれないと思ってた」

「わたしが無実だと思ったのはいつ? というか、ほんとうにそう思ってる?」

「あの下襟を切り取ったときだ。おやおや、証拠を切り取るとはなんて賢いんだ、と思った。

でもきみは、切り取った布片をぜんぶ持っていかなかった――犯人ならそうすると考えていたのに。それに、報酬を払おうという申し出を断った。それもまた、きみが弁護料の支払いに直面しているなら、しそうもないことだ」

「わたしが殺していたら、どうしてた？」

「何から何まで計画していた。事件が終わるころには、きみは正真正銘、少女たちの守護神である聖アグネスになり、支配者の息子であるノリーは好色な獣を父に持つ息子になるはずだった」

「それで何かがちがってくるの？」

「ああ。ぼくはいい記事が書けるからね。それにきみは、ポーリセックよりもずっとかわいらしいから、注目されただろうね」

わたしは言うべき言葉をどう言おうかと考えながら、無意識に腕を組んだ。「そういうジョークは、わたしには通用しないわよ。おもしろおかしくしようとしているだけなんでしょう。でも……」

彼はさっと立ち上がると、首だけこちらに向けて言った。「おもしろおかしくなんて思っていない。それときみの言うとおり、こんなことは言うべきではなかった」

ふたりともしばらく、口をきかないでいた。やがてわたしは帰ろうと立ち上がり、彼もつづいた。歩きはじめると、彼がそわそわしているのが伝わってきた。わたしも落ち着かない気持ちだった。理由はわかっている。でも〝もう、これきりね〟とか〝さようなら〟とか言うのは、いままで話していたことを考えると軽率な気がした。

通りに向かいながら彼は言った。「いいことを教えてあげる。きみのお気に入りだったファレル夫人は憶えてる?」

「大嫌いだったファレル夫人なら憶えてる」

「彼女、ローズ・ニューサムの宝石を盗んでいたところを見つかって逮捕されたよ。いくつかの宝石が見当たらなくなって、逮捕される前の日、ローズが彼女を叱りつけていたらしい」

公園の端まできた。ここから先は、別々の方向に向かう。思い切り深呼吸をして両手をコートのポケットに入れ、ビーハンは言った。「えっと、たぶんきみに手紙を書くと思う。記事の切り抜きを送るよ」

いらないと言うべきだとわかっていた。でもわかっていること、感じていること、することはそれぞれちがう。そしてわたしは、できるなら彼を行かせたくないと思っていた。それに、記事の切り抜きがすごく危険ということもないだろう。「わかった。住所は知ってるわよね」

「知ってる」

「あの……」

「何?」

「手紙の書き方をあなたに教えるのもどうかと思うけれど」

「いや、聞くよ」彼ににっこりと笑った。

「物語にしないで。わかるでしょう、〝哀れな獣は〟とか、そういったことよ。事実だけを伝えて。どんなにひどいかは書かなくていい。もう、じゅうぶんにひどいから」

彼は帽子をすこし持ち上げた。「さようなら、ミス・プレスコット」

そのとき、どうしてかはわからないけれど彼は片手を差し出した。それから手のひらを上に向けた。握手しようというのではなく、何かを頼もうとしている。わたしは戸惑った。何を頼まれるのか、わからなかったから。許してほしい？　友人でいてほしい？　わからない。でも、なぜだかわたしはその手に自分の手を重ねた。それからしばらく、わたしたちはそのままそこに立っていた。もう、彼は行くだろう。手を重ねていることが気まずくなる。それが現実だ。ひとは歩み去る。でも、彼はそうしなかった。わたしが望むかぎり、よろこんでふたりの手を重ねたままでいようとしているみたいだった。やがてふたりの指が絡まり、何を頼んだにしても彼の望みは叶えられた。

ヨーゼフ・ポーリセックの裁判は、あらたな展開なく進んだ。彼は自白していたので、あとはその冷酷さと、協力者の名前を言わないことが死刑に値するかどうかを判断するだけだった。ニューサム夫妻の死もあって多くのひとがその答えははっきりしていると思い、ほとんどのひとは判決について確信していた。とくにブラックバーン警視は、アメリカの司法制度に対する信頼を公言した。

裁判のことは、ベンチリー家では話題にされなかった。わたしはバスや高架鉄道に乗ると、《タウン・トピックス》紙にちらりと目をやった。ひげが伸び、むっつりした表情で被告席に坐るヨーゼフ・ポーリセックの似顔絵が載っていた。死んだ甥の復讐のためにロバート・ノリス・ニューサム・ジュニアを殺したという自白を、彼はけっして覆さなかった。弁護士は妹を呼んで証言させた。彼女は目に涙を浮かべ、兄は誰のことも殺したはずがないと断言した。でもこの証言は、哀しみにくれる妹の口から出た言葉にすぎないとして、たちまち退けられた。弁護士はつぎに、筆跡鑑定の専門家を呼んだ。彼は、脅迫状の文字はポーリセックの筆跡や言葉づかいのパターンと一致しないと証言した。でもこの証言も、脅迫状はポーリセックが名前を言うことを拒んでいる共犯者によって書かれたと思われる、という理由で退けられた。

ポーリセックの上司の証言で、殺人はあらかじめ計画されていたと判断された。殺人の凶器と見られているとび口がなくなっていることは、ポーリセックが司法の手から逃れようとした証拠だとされた。約束どおり、ビーハンは切り抜き記事を何枚か送ってきた。その一枚に、メモが添えられていた。〝見通しは暗い〟

子どものころ、わたしはゾウが大のお気に入りだった。どうしてかはわからない。ゾウには何か、計り知れないところがあったからだろう。あれほどの巨体に、大きくてぱたぱたする耳と、小さな尻尾と、細かいものも選《よ》りわけられる敏感な鼻と、ずんぐりしたしわだらけの脚が与えられたのは、どんな壮大な構想があってのことだったか、と思っていた。おじはわたしの頼みを聞いて、何回かセントラルパーク動物園に連れていってくれた。子ゾウが鼻を伸ばして親ゾウの尻尾をつかみ、背後で完璧に守られながら早足で駆けていたのを憶えている。

わたしは動物園一の人気ゾウ、ティップのイラストを新聞から切り抜いて持っていた。ティップはかつて、アダム・フォアポーというサーカスの興行師のものだった。フォアポーは、やはり興行師として大成功を収めていたP・T・バーナムの最大のライヴァルだ。フォアポーのサーカスではゾウたちは三輪車に乗らされたり、ほかにもいろいろな芸をさせられたりした。ところがティップは飼育員を死なせてしまい、セントラルパーク動物園に寄贈されることになったのだ。体重が五トンもあるティップは、歳上でずっとおとなしいオールド・ジェニーという名前のゾウと鎖でつながれた状態で、フィラデルフィアから運ばれてきた。そしてニューヨークに着くと、何千というひとたちに迎えられた。その群衆は、二頭が二十三番街の埠頭からウェスト・サイドに並ぶ共同住宅を過ぎて五番街へと行進するにつれ増えていった。二頭が五番街に現れると、市《まち》の裕福な人たちはおおいに驚いた。《ニューヨーク・タイムズ》紙は、〝群衆は品格をないがしろにしているが、今回にかぎっては、一定のペースで進むゾウに遅れることなく、おなじ方向に向かって一斉にすばやく移動していた〟と記事に書いた。

その日はティップにとって、ニューヨークでいちばんしあわせな日だったかもしれない。動物園ではウィリアム・スナイダーに世話をされていたけれど、彼は長いあいだ、ティップにマルタンガールを装着させた。頭を上げられないようにするための拘束具だ。スナイダーは、ティップが子どもたちにコショウをまぶしたリンゴを食べさせられたりぶたれたりしていても、見て見ぬふりをした。そして、彼もティップをぶった。ティップを大声でからかい、自分を鼻でぶたせることもした。そのあとで、ティップに殺されそうになったと訴えた。罰として、スナイダーはティップの二本の牙を三十センチずつ、のこぎりで切り落とした。ティップは五年にわたって拘束具をつけられた。脱出を試みて、檻《おり》の格子を突破しようとして、つながれていた鎖に止められたこともある。スナイダーは、こんな獣は始末しないといけないと言い張ったけれど、ほかの飼育員たちは反対した。ティップはもっとからだを動かす必要があるだけで、予想外の行動をしたときの正しい対応は、鎖につないで〝鳴き声を上げるまでぶつ〟ことだと、口々に言った。スナイダーはこの助言を受け入れたようだ。というのも数年後、彼はまたティップに殺されそうになったのだ。ティップはすでにフォアポーのサーカスで四人、そのあともセントラルパーク動物園で四人、死なせていた。《ニューヨーク・タイムズ》紙はこんな見出しを掲げた。〝ティップは矯正されなければならない。さもなければ死を！〟

殺処分の計画が立てられた。おなじゾウ舎にいたジュノとリトル・トムは、危ないからと移動させられた。何千という見物人は遠ざけられた。ティップにはバケツ三杯分のニンジンとリンゴが与えられることになった。最初の二杯は無害だけれど、三杯目にはシアン化水素が満たされていた。

ティップはリンゴもニンジンも嫌いだったから、食べようとしなかった。そこで、シアン化物をまぶしたバケツ一杯分のふすまを与えられた。ティップは、これは食べた。その後、九時間も苦しんで死んだ。

ティップは身をよじり、檻の格子に体当たりして危うく壊すところだった。つながれている鎖を引っぱり、毒で感覚のなくなった牙を壁に打ちつけた。血が飛び散り、大きな鳴き声を上げた。どうにかして壁を突破しかけた。これで自由になれたかもしれなかった。でも、地面に崩れ落ちた。最後に哀しげに鳴いて、ティップは死んだ。表皮と骨はアメリカ自然史博物館に寄贈された。

わたしのティップのイラストはインクでさっと描きなぐったような、なんとかゾウの形に見えるものだ。完成していない作品だとも言える。でも、たしかに鎖につながれた生きものが描かれていた。大きな頭を低くし、耳は垂れ、長い牙はいまにも地面につきそうになっている。その顔には獰猛なところは見られない。疲れきって、哀しげなだけだ。キャプションにはこう書いてあった。〝ゾウのティップは、つねに臨戦態勢〟

ヨーゼフ・ポーリセックが電気椅子に坐ると発表された日、わたしはその切り抜きを取り出して鏡の枠の角にはさんだ。その鏡は毎日、朝と寝るまえにかならず見ている。

ポーリセックの刑は三月十八日にシンシン刑務所で執行された。ニューサム家に何か言いたいことはあるかと訊かれ、彼はこう答えたという。「自分がしたことに後悔はないです。たぶん正しくないでしょう、ニューサムのひとたちにしたことは。でも、ニューサムのひとたちは、子どもたちにもっとひどいことをしました」この言葉は、無情な殺人者の冷酷さを裏付けるものと受け取られた。誰も、彼の話す英語がたどたどしいことには触れなかった。《タウン・トピックス》紙の記事には、ポーリセックが監房から電気椅子に向かうまで、甥の写真をしっかり胸に抱いていたとちゃんと書いてあった。死刑執行のあと、その写真は消えた。誰かに盗まれ、ぞっとするような瞬間の記念品を集めるコレクターに売られたと思われている。

翌日、ベンチリー氏はポーリセックの刑が執行されたという記事を朝食の席で読んだ。それから新聞をたたんでテーブルの上に置いた。「さて、これで終わりだ」

24

死刑執行から一週間後、ウィリアム・タイラーがベンチリー家を訪ねてきてお茶をふるまわれた。春休みで帰省したけれど、まもなくイェール大学にもどるという。シャーロットは同席しなかった――タイラー家と気軽におつきあいするには、ビアトリスとのあいだの諍《いさか》いがまだまだ、生々しい記憶になっているらしい。でも、ルイーズは笑みを浮かべてショートブレッドを勧め、フィラデルフィアへ出かけたことについてウィリアムからいろいろ訊かれると、はにかみながらもちゃんと答えていた。

ベンチリー夫人はお茶の間じゅう、どうにかずっと口を閉じていた。このことは、誇りを持ってお伝えしたい。

ウィリアムが帰る時間になって、ルイーズは立ち上がった。ほんの一瞬、彼女は目を伏せて肩を落とした。幸せそうにしていたベンチリー夫人は、不安げになった。わたしはといえば、親が娘の事情に立ち入ることを警戒して気持ちを引き締めた。

でもルイーズは背すじを伸ばして顔を上げ、はっきりとした声で言った。ウィリアムがぶじにニュー・ヘイヴンにもどれるように、と。

玄関でコートと帽子を渡すと、ウィリアムは礼儀正しく答えた。「ありがとう、ジェイン」

わたしはほほえみ、一歩、退《さ》がった。そうすることが適切とされていた。

するとウィリアムは言った。「彼のことは残念だ。ほら……」

わたしはうなずいた。ポーリセックを助けられずに申し訳ないと思っていることがわかったから。あるいは、彼は自分自身にがっかりしているのかもしれない。どこかの時点で、自分のなかに新しく生まれた理想はなんとなくばかげていると、誰もがそう思っているとはっきりとわかったのだろう。そんな世間のあざけりをやり過ごすことができず、ウィリアムはまた、誰かのあとに付いてまわることを選んでいた。彼に腹を立てることなどできない。あらゆる意図や目的に対して、わたしもおなじことをしたのだ。

「どうぞお気をつけて、ウィリアムさま」

午後が休みだったある日、わたしは時間を見つけてローゼンフェルド氏を訪ね、彼の力添えにあらためてお礼を伝えた。感謝の言葉に彼は照れ、落ち着かないようすで眼鏡を拭きながら訊いた。「卵白の謎は解けたんだね？」

「はい、解けました」

彼は眼鏡をかけ直した。「満足できたかな？」

「いいえ」

「ポーリセック氏の甥御さんのことは新聞で読んだ。だから、彼には犯行の動機があると思わずにはいられなかったが」

「卵白や鎮静剤のことがなければ」

彼は顔を上げた。「甥御さんのことには、誰も関心を寄せなかったのかな？」

「そうするべきひとは、誰も。残念ですけれど」わたしはそこで口をつぐんだ。「とくに、ニューサム夫妻が亡くなったあとは」

「ああ、あれはひどい話だ。きみはどう思っているのだろう、あれもやはり」そこで彼は間を置いた。「卵白の達人の仕業だと？」

「ええ。でも、これ以上誰かが傷つけられるという心配はしなくていいと思います」

「ほう、それは何よりだ」

ドアのベルが鳴り、客が入ってきた。

「ほんとうに、ありがとうございました」

「いや、どういたしまして、ミス・プレスコット」


三月後半のある日、ベンチリー家の女性三人はバイマン夫人とお茶を飲むためにダウンタウンへ出かけた。バイマン夫人は由緒ある家柄の出で、彼女がずっと住むタウンハウスは、ワシントン・スクウェア・パークにある。かつてのこの市《まち》の上流階級の中心だったところだ。そして、無縁墓地として利用されていたところでもある。一八八九年にジョージ・ワシントンの大統領就任百周年を祝ってアーチがつくられたとき、人骨や墓石が発見された（アーチ自体はスタンフォード・ホワイトの設計だった)。いまそのアーチの下をくぐりながら、名も知らない死者たちの上をそぞろ歩くカップルや、走りまわる子どもたちや、乳母車を押すナニーたちを見て、わたしはなんだか不思議な気持ちになった。

シャーロットはこの近くの女性裁縫師のところにドレスを何枚か仕立て直しに出していて、わたしがそれを引き取りに行き、オハラが車でベンチリーの家まで運ぶことになっていた。彼はそのあともどってきて、三人を家まで送り届ける予定だ。春先の土曜日で、女性裁縫師のところに歩いて向かいながら午後のさわやかな空気を感じ、過ぎたことはくよくよ考えないことにしようと思った。わたしはいろいろな点で幸運だ。健康で、どちらかといえば若く、仕事がある。夏になったら思い切って昇給を願い出よう。でなければ、ハウスキーパーへの格上げを。というのもベンチリー夫人はいまだに、自分にぴったりだと思うハウスキーパーを見つけられずにいたから。ハウスキーパーは当座の地位だと思って務まるものではない。生涯を通して勤めあげる仕事だ。それに、年配の女性がつく仕事でもある。年配で、たいていは独身の女性が。

シャーロットが仕立て直しを頼んだドレスは、黒いドレスではなかった。灰色や薄い紫色でさえない。先週、わたしはなんの説明もされないまま、喪服をすべてしまうようにとシャーロットから言われた。彼女はあいかわらず公の場に出ていくことはなかったけれど、さまざまなお誘いの手紙が玄関テーブルに積み上げられ、いろいろなところからの電話が鳴りはじめていた。きょう引き取るドレスの一枚は、青色と金色のシルク地の高価な既製品だ。

ヨーロッパ旅行に行くという話が出ていたけれど、シャーロットはあくびをしながら扇越しにオペラを観ているうちに、やがてその扇も落としてしまう。わたしにはそう思えた。

ドレスを持ってオハラの車にもどるころは、夕方になっていた。そこで聞こえた音は、じっさいよりもずっと大きな音として記憶している。急に強い風が吹いた。空気が破裂したようだった。それから、ガラスの割れる音がした。顔を上げると、ワシントン・プレイスの上空に黒い煙が広がっていた。煙は人間の筋肉かというほどに、くねくねと動いていた。自らひとつの塊になって、大きな拳をつくろうとでもしているようだった。誰もが走りはじめた。わたしも走った。どうしてだか、まったくわからないままに。

わたしが着いたときには、群衆はすでにアッシュ・ビルディングに集まっていた。警察官は群衆に向かって建物から離れるようにと声を張り上げたけれど、それよりも炎の熱のすさまじさが、誰のことも寄せつけないでいた。誰もが上のほうを見ていた。わたしもそれに倣って、みんながじっと見つめている九階に目をやった。女性がふたり、窓の胴蛇腹のところまで這い出ていた。煙は彼女たちのところにも迫っている。炎は閉められた窓を破り、ふたりの髪に燃え移った。両手で髪を叩きながら、ふたりはそこから飛び降りた。群衆がひとつになって金切り声を上げた。ふたりが着地した音は聞こえなかった。

女のひとたちが泣き叫びながら、窓に向かって這うようにして次々に現れ、胴蛇腹にぶら下がった。スカートは燃え、彼女たちはそこから落ちた。落ちるときに、両腕をまっすぐ横に伸ばしているひともいた。飛べたらいいのにと思っているようだった。群衆は物干し台から毛布を、近隣の家々からシーツやカーテンを持ち寄った。男性たちがそれをぴんと張るようにして持ったけれど、ひとが落ちてくるときの衝撃はそうとうなもので、からだを受け止める毛布は彼らの手からもぎとられ、女性たちは地面に叩きつけられた。場所によっては地下貯蔵庫の出入り口をつき破るひともいて、通りにぽっかりと大きな穴を残した。消防士たちはビルに水を浴びせた。水は窓から建物の外にあふれだし、ビルの側面の〈ブラム服飾専門店〉や〈ハリス兄弟の紳士服〉といった看板を伝って滝のように流れ落ちた。それは最後には、血で赤く染まった水たまりへと流れこんだ。

その日、トライアングル・シャツウェスト工場の火災で百四十六人が亡くなった。そのうち、おじの避難所のルース・ソロモンを含む百二十三人が女性だった。みんな逃げることができたかもしれないけれど、工場のドアは施錠されていた。働いているひとたちが、許可なく休憩を取るのを防ぐための措置だった。火災の原因はタバコの吸い殻で、シャツウェストをつくるための脆く薄っぺらい生地に引火して、一気に燃え広がったと考えられた。

遺体安置所に運ばれるまで、遺体は一時的に東二十六丁目通りの埠頭に並べられた。警察は百個の棺を要請したけれど、ニューヨーク市にはその数だけの用意がなかった。火災による損傷がそれほどひどくない遺体は、埋葬布で覆われた。ある新聞はつぎのように書いた。〝通りには男性や女性、少年や少女の遺体が散らばっていた。いや、ちがう——通りは遺体で埋めつくされていた〟

マーサー通りが管区の警察官たちは途方にくれた。というのも、何かしら身元を特定する手がかりを求めて、遺体を一体一体、確認することになったからだ。名前がわかると衣類の切れはしに書いて、遺体にピンで留めていった。六人の身元はわからずじまいだった（二〇一一年二月に全員の身元が特定された）。

火災当日とその後の数日、ニューヨーク市民はひたすら、トライアングル・シャツウェスト工場火災の犠牲者を悼《いた》んで過ごした。五番街の貴婦人から酒場の住人まで、誰もが〝何か〟をしたいと思っているようだった。火災の翌日、おじの避難所に行った。そうしたいと申し出たところ、ベンチリー家のひとたちは何も言わずに行かせてくれた。そうすることで、自分たちも救援活動に貢献できると感じたのだと思う。でも、行ってみると避難所は空っぽだった。みんな、犠牲者を支援するために出かけていたのだ。わたしもそこに向かった。とはいえ、かんたんな作業をするだけで助けになることは何もできずにいる、大勢のなかのひとりにしかなれなかった。犠牲者の大半はユダヤ人やイタリア人だった。避難所の女性たちのなかには、娘や妻や姉妹を探す家族のため――でなければ、埋葬するのに手伝いを必要としている家族のため――に通訳をかって出るひとたちもいた。埠頭のそばの人混みに近づいていくと、屋台の売り子の叫び声が聞こえてきた。「あるうちが買いどきだよ！　大火災の記念品！　死んだ女の子の指にはまっていた指輪だよ！」

そこでほんとうに偶然、アナを見かけた。彼女は男性とイタリア語で話していた。その声は穏やかで力強かった。男性の年齢と表情からすると、娘がぶじに見つかったのだろう。ふたりの話が終わるまで待ち、わたしは声をかけた。「アナ？」

その日の夜、わたしとアナはイースト川のほとりにあるベンチに腰をおろし、ヴォランティアのひとたちに差し入れられたサンドウィッチを食べ、ジンジャーエールを飲んだ。アナはこの日ずっと、ふたつの国の言葉を話していたから、きっとしずかに過ごしたいだろうと思った。でも、彼女は話した。「誰がこのサンドウィッチを差し入れてくれたか知ってる？アンドリュー・カーネギーだよ」

「まさか」

アナはかぶりを振り、サンドウィッチをひとつ手に取ってかぶりついた。「いまは誰もが、何かしら送ってくる。みんな怖れているんだね」

「世間は、工場の経営者を殺人罪で起訴するようにと要求しているわ」

アナは肩をすくめた。「そんなことしても有罪にはならないよ。陪審員のいる裁判にかけられたとしたってね」

「今回は規模が大きすぎる。世間は誰かが罰せられるところを見たいはずよ」

「誰か、ね」アナは譲歩して言った。「罰せられるべき誰かである必要はないけどね。どうせ、なんだかんだと弁解して、百四十六人もが死んだ完璧な理由を見つけるんだから」そこで彼女はわたしをじっと見つめた。「べつの〝誰か〟はどうなった？　あんたが持ってた布片の？」

わたしは紙に包まれたサンドウィッチを見下ろした。「ニューサム夫妻が亡くなった車の爆破事故のことは、わたしたち、話していないわよね」

「そうだね」アナはにっこり笑ったけど、戸惑っているようだった。「そのことであたしに何か訊きたいの？」

「そういうわけじゃない」

「知りたくないから、だね」

「よく知っているからよ。あなたは無関係だと知っているから」

アナはばかにしたような、感心したような表情をした。「で、誰の仕業かはわかってるんだね」

「ええ、わかってる。それに、ノリー・ニューサムを殺した犯人にもいくらかは正義がなされたと思う」

アナはきょとんとなった。わたしは目の前の川をじっと見つめた。小型船が蒸気を噴き上げながら、ブロンクスに向かって進んでいた。大西洋がすぐそこだから、この川は潮のにおいがする。一瞬、父のことを考えた。父はわたしをこのマンハッタン島に連れてきて、それから捨てた。わたしを連れてきたことで務めは果たしたから、あとはアメリカに面倒を見てもらいなさいとでもいうみたいに。

「脅迫状はあなたが書いたのね？」わたしは思わずそう訊いていた。

しばらくしてからアナは答えた。「あたしの判断じゃない」

やはりわたしが正しく、ローズがまちがっていたのだ。ノリーが書いたにしては、あの脅迫状はあまりにひとの心を捉えるものがあった。誰かの立場になって考えるなんて、どこまでも自己中心的な若者にはとうていできなかっただろう。

わたしは訊いた。

「何か計画があったの？」

「あった」

計画。殺人の計画。人生を終わらせる――何を終わらせるの？　わたしはちらりとアナを見た。ロバート・ニューサム・ジュニアの死を想像して、何が得られると思ったのだろう。マッキンリー大統領が殺されて、何かが達成された？《LAタイムズ》紙本社ビルの爆破事件では？　ヨーゼフ・ポーリセックの死刑を歓迎する新聞記事に歓声を上げる人たちのことを考えた。これでわかるだろう。逃げられはしないんだ。でも、ちゃんと確かめたひとなどいないように思える。その先に何が待っているかを知ったとしても、殺人を犯そうというひとたちはたいてい、また殺そうとする。わたしはローズの言葉を思いだした。ただ、石を投げつけたかっただけ。

アナの声が聞こえた。「もっと慎重になってもよかったな。もっとちゃんと――」

あなたは傷ついていないじゃない。そう思ってわたしは片手をひらひらさせた。その先は聞きたくなかった。計画の日時は決まっていたのか、その日はノリーとシャーロットの婚約発表の前だったのかあとだったのか、聞きたくなかった。どういう方法を取るつもりだったのか、犠牲者の数は抑えるつもりだったのか、正確な人数を数えられないほどにするつもりだったのか、聞きたくなかった。わたしの存在はアナにすこしは意味があったのか、聞きたくなかった。彼女の存在は、わたしに大きな意味をもたらしてくれたから。アナは友人だけれど、アナがその言葉をばかばかしいと思っていることは知っている。でも、友人でいることをやめるつもりはない。

わたしはジンジャーエールの瓶を掲げた。「ヨーゼフ・ポーリセックに」

アナもほほえんで、自分の瓶を掲げた。「ヨーゼフ・ポーリセックに。そしてヤヌシュに」

「ヤヌシュに」

わたしはルース・ソロモンのことを考えた。ようやく裁縫師になるの、と笑いながら言っていた。「ルース・ソロモンに」

アナも彼女の名前をくり返した。

ほとんどひとり言のように、わたしは言った。「ローズ・クーガンに」

それからふり返って埠頭に目をやった。まだ多くのひとが肉親を探していた。

25

今週、新聞は大きな哀しみをもってルシンダ・ニューサムの死を伝えた。《タウン・トピックス》紙はずいぶんまえに廃刊になっていたけれど、《タイムズ》紙や《ウォール・ストリート・ジャーナル》紙や《デイリー・ニューズ》紙が、ニューヨーク市有数の慈善家に弔意を表した。新聞各紙だけでなくラジオやテレビもまた、おなじように。彼女の写真が――あいかわらず地味だったけれど、九十二歳の彼女はひとの気持ちを引きつけて離さない魅力があった――あちこちで見られた。メトロポリタン美術館では半旗が掲げられた。メトロポリタン歌劇場やブロードウェイの照明が落とされた。セントラルパーク名物の馬車を引く馬は黒い羽根飾りをつけられた。ニューヨーク公共図書館に設置されている二頭のライオン像、アスターとレノックスの首には献花の花輪が飾られた。

市長はありきたりのお悔やみを述べた。社交界のゴシップ記者たちは、ルシンダの人生や経歴のなかで、いかにも彼女らしいエピソードを発掘しようと躍起になった。彼女は結婚したものの夫に先立たれると、殺された自分の家族に敬意を表して名前を旧姓にもどしていた。新聞がそれ以外の名前で彼女を呼ぶことはけっしてなかった。葬儀は五番街の聖トマス教会で執り行なわれた。誰が参列して誰がしないのか、またその理由を巡って憶測は過熱した。限られた時間ではあったけれど、一般市民も招待されて式を見守った。

わたしは参列しなかった。とはいえ、〈迷える女たちのためのゴーマン避難所〉がルシンダ・ニューサムから受けた並はずれた寛大さを称えて、避難所から代表がひとり、列席した。

何年もまえ、もう何年も何年もまえ、わたしはルシンダ・ニューサムに会っていた。奇妙なことに、彼女の兄が殺された、まさにその家で。とはいえ、じっさいに話したのは彼女の執務室で、あの書斎ではない。わたしは、自分の知っていることと疑っていることを彼女に話した。わたし以外にそのことを知っているひとがひとりいるけれど、彼もわたしも公にするつもりはなく、そうするかどうかはルシンダ本人が決めることだと伝えた。著名人としてのルシンダ・ニューサムはずっと私生活を明かしていなかったから、公にしないと言われてもわたしは驚かなかった。また、莫大な資産を〈全米女性労働組合連盟〉や〈ハルハウス〉（近代社会福祉の母といわれるジェイン・アダムズが設立した隣保館）や〈迷える女たちのためのゴーマン避難所〉に寄付しはじめても、やはり驚かなかった。

彼女が亡くなったいま、一九一〇年のあのクリスマス・イヴに何があったのか、真実の全容を話してもいいはずだ。もちろん、現在ではニューサム家の殺人事件を憶えているひとはそれほど多くはない。あの事件のあと、家庭のなかでも地球規模でも、ほんとうにたくさんのひとが殺されてきたから（ニューサム家の殺人は、わたしがはじめて経験した暴力的な死だった。でも、けっして最後でもない。その話はまた、べつの機会に）。それでもわたしは、すくなくともアイダ・ポーリセックの名誉を回復したい。彼女は一九五六年に亡くなるまで、兄の無実を訴えつづけた。そしてもちろん、ヨーゼフ・ポーリセックの名誉の回復も願っている。

それがいまのひとたちにとって重要なの？　どの死が重要でどの死が重要でないかは、社会みずからが判断するのに。まだ生きていれば、アナならそう指摘するだろう。彼女が〝愚かで価値のない、裕福な青年〞と呼んだ人物の死については、彼を殺した犯人をつかまえて罰するのに、ニューヨーク市じゅうの人手が総動員された。一方でトライアングル・シャツウェスト工場の経営者、マックス・ブランクとアイザック・ハリスは、殺人の罪には問われなかった。のちに民事訴訟が起こされ、犠牲者ひとりにつき七十五ドルの慰謝料が支払われることになった。でも、保険会社はブランクとハリスに六万ドルの保険金を支払った——つまり、犠牲者ひとりあたり、四百ドルほどの価値があったというわけだ。だから彼らにとっては、それほど悪いことではなかった。

とはいえ、罪悪感からなのか、いま変えなければすべてが崩れると気づいたからなのか、トライアングルの火災のあとで変化はたしかに起こった。消火器や火災報知機、スプリンクラーの設置を義務付ける法律が新しく制定された。女性と子どもたちの労働時間は短縮された。ヨーゼフ・ポーリセックの孤独な死——あるいは、ノリー・ニューサムの死も。そう見たいひとがいれば——ができなかったことは、百四十六人の犠牲者によって達成された。

ルシンダ・ニューサムの葬儀のすぐあと、わたしは一通の手紙を受け取った。おかしな形をした封筒に入っていて、消印は外国のものだった。どこの国なのかはわからず、返信先の住所も書かれていなかったので、最初は封をあけるのをためらった。でも、その手書きの文字の美しさや濃い青いインクの色や宛名がわたしの旧姓の〝プレスコット〟だったことで興味を引かれ、わたしは読んだ。

ジェインへ

　歳を取るということは不思議議ね。そう思わない？　とくに、七十以上年も死んでいると。ルシンダの葬儀のときに会えずに、残念だったわ。お話しできればと思っていたのだけれど。だって、ちゃんとお礼を言わないでいるから。あなたは、わたしが隠れていることを何年もずっと黙っていてくれた。その話を売ることだってできたでしょうに——たとえば、あのハンサムな記者さんに。でも、あなたはそうしなかった。約束を守ってくれた。それって、めったにないことよ。

(それに、宝石を持って姿を消すようにと親切に助言してくれたことにも、感謝しないと。グライダーのことは心配しないで。わたしが個人的に雇って、ちゃんと報いているから)

　でも、そろそろあの約束からあなたを解放してあげる。わたしに残された時間はあまりないから。

さあ、死者の悪口を言うときよ。

愛と敬意をこめて
ローズ

アナがここにいれば、マイケル・ビーハンが、ルイーズ・ベンチリーが、そしてノリー・ニューサム本人がここにいれば、みんな口をそろえて言うはず。「ちがう、ジェイン。そうじゃない」。そしてわたしが忘れていることを思いださせ、誰それはこう言った、そんなことは言っていない、と主張するだろう。ひとりの人物のことはずば抜けていいひととして語っているけれど、ほかのひとには手厳しいと言われるかもしれない。わたしが気づかないことに気づくかもしれない。わたしは、事件そのものは目撃していないから。

でも、これがわたしが知っているとおりの真実だ。はっきりと記憶している。

あとは、好きなように考えてほしい。

訳者あとがき

〈ニューヨーク五番街の事件簿〉シリーズの一作目をお届けします。

　それまで仕えていたアームズロウ夫人が亡くなり、ジェインはルイーズとシャーロット姉妹のレディーズ・メイドとして、ベンチリー家にやってきます。ただ、名家だった夫人のところとはちがってベンチリー家はいわゆる〝成金〟で、ニューヨークに引っ越してきたばかりでした。そのため、社交界からは警戒されたり、鼻で笑われたりしています。そんな一家の娘のシャーロットが、名門中の名門であるニューサム家の息子のノリーと結婚することになり、ニューヨークじゅうは大騒ぎになりました。ところが、ふたりの婚約が正式に発表されるはずだったクリスマス・イヴのパーティで事件が起きます。なんと、ノリーが殺されてしまうのです。そして新聞は、まるでシャーロットの犯行であるかのように、あることないことを書きたてました。ここで、ジェインの出番です。レディーズ・メイドは、女主人《レディ》の身の回りの世話をいっさい引き受けるのが務め。彼女はシャーロットの潔白を証明するべく奔走するのですが……。

本作の舞台は一九一〇年のニューヨークです。二十紀初頭のニューヨークは著しく発展する一方、その発展を支えた労働者たちは、過酷な環境で働かされていました。ジェインの友人のアナの境遇は、まぎれもない事実です。また、作中で語られているトライアングル・シャツウェスト工場の火災をはじめ、ほかに出てくる事件や事故はどれもじっさいにあったか、じっさいにあったことを基にしています。アナが所属する〈国際婦人服裁縫労働者同盟〉も実在し、とくに女性や子どもの労働者の待遇改善を訴えていました。アメリカ発展の影には、とんでもなくひどい出来事が起きていたのです。事件の真相はやり切れないものですが、つきつめればその発端も、労働者の過酷な状況が原因と言えるでしょう。

このようなエピソードがふんだんに出てくる本作は、コージー・ミステリとしてはやや深刻かもしれません。ですがコージー・ミステリの主人公は、しっかりと自分の脚で立っている女性ばかりです。もちろん、ジェインもそんな女性のひとり。彼女自身も、三歳まで住んでいたスコットランドから父親に連れられてアメリカに渡った移民（このときのエピソードもまた、つらいものがありますが）で、それなりに苦労して育ちました。でもそのおかげで、いずれメイドとしておおいに役立つことになるスキルを身につけることができたのです。何かと厳格だったアームズロウ夫人にも一目置かれていたのもうなずけます。

読みどころはまだまだあります。アメリカの礎《いしずえ》を築いた移民の子孫たちは、事業で成功して由緒ある名門ファミリーになり、ヨーロッパの貴族や王族に負けないほどの富を手にしました。そんな名門のひとつであるニューサム家の贅をつくしたお屋敷のようすや、登場する女性たちが身にまとう流行のドレスなど、当時のアメリカの社交界の華やかさやを堪能できますし、労働者や移民の置かれていた状況など、アメリカの歴史も知ることができるのです。メイドの〝本場〟であるイギリスとはすこし異なる、アメリカのメイドの世界をお愉しみください。

著者のマライア・フレデリックは、これまでにYA作品を二作発表していました。本作でミステリ作家としてデビューしたところ、今年のアメリカ探偵作家クラブの主催するエドガー賞で、メアリー・ヒンギス・クラーク賞部門にノミネートされました！　惜しくも受賞は逃しましたが（受賞したのは『雪　殺人事件』〔矢沢聖子訳／講談社〕の邦訳がある、スジャータ・マッシーの *The Widows of Malabar Hill* でした）、訳者の心のなかでは本作が受賞しています。それほどみなさんにお勧めしたい、読みごたえのある作品です。

翻訳にあたっては、原書房の善元温子さんにお世話になりました。たいへんな原稿を丁寧にチェックしてくださり、ありがとうございました。この場を借りてお礼申し上げます。

二〇一九年八月

吉野山早苗

コージーブックス

ニューヨーク五番街《ごばんがい》の事件簿《じけんぼ》①

レディーズ・メイドは見逃さない

著者　マライア・フレデリクス
訳者　吉野山早苗《よしのやまさなえ》

2019年10月20日　初版第1刷発行

発行人　成瀬雅人
発行所　株式会社　原書房
〒160-0022 東京都新宿区新宿 1-25-13
電話・代表　03-3354-0685
振替・00150-6-151594
http://www.harashobo.co.jp
ブックデザイン　atmosphere ltd.
印刷所　中央精版印刷株式会社

落丁・乱丁本はお取り替えいたします。
定価は、カバーに表示してあります。
 ISBN978-4-562-06099-3 Printed in Japan